Christian Günther

Bäume

Prosa

Bibliografische Information der Deutschen Nationalbibliothek: Die Deutsche Nationalbibliothek verzeichnet diese Publikation in der Deutschen Nationalbibliografie; detaillierte bibliografische Daten sind im Internet über http://dnb.dnb.de abrufbar.

© 2016 Christian Günther

Illustration: Christian Günther

Herstellung und Verlag: BoD – Books on Demand, Norderstedt

ISBN: 978-3-7412-8443-4

Bäume	8
Jacaranda	8
Buche	15
Esche	28
Linde	34
Akazie	38
Eiche	47
Expat-Storys	54
Im Banne des Bo	54
Handgeschliffen	58
Sundowner	61
Kommunizierende Röhren	64
Arabeske	68
Ornamental	75
Gorkij hin und gor'ko her	80
Unter Haselnußsträuchern	82
A-A-arriviert und de-haha-destabilisiert	85
Ballett	88
Kette	90
James Dean	93
Vom Balkon	94
Die Dame mit dem Hündchen	99
Zwei Geschichten	101
Die Schauspieler	101
Jahreszeiten	115
Italia	121
Divertimenti: raz – dwa	144
Bierchen	144
Tschuf tschuf	147

Die Wesen	176
„Mister – dead"	178
Costanera Sur	182
Pontiac	184
Der Nachtfalter	188
Lago	190
Das dunkle Mädchen	201

Bäume

Jacaranda

Unter uns lag das glitzernde Meer. Das Flugzeug ging zur Landung über, steuerte auf die Lagune zu und flog bald so tief, dass wir die staubigen Palmen auf dem ockerfarbenen Flugplatz erkennen konnten. Muriel ließ meine feuchte Hand los, und wir stiegen aus.

Als wir aus der vollklimatisierten Halle traten, schlug uns heiße Luft entgegen, die nach sonnendurchglühtem Asphalt und Meer roch. Eine leichte Brise wehte und ließ die Palmen rauschen. Zikaden schrillten.

Wir fuhren mit dem Mietwagen ins Zentrum, parkten und fanden an einem baumbestandenen Platz eine kleine Pension, die noch ein Zimmer für uns hatte. Nachdem der Patron schläfrig unsere Personalien aufgenommen hatte, schafften wir unser Gepäck hinauf und traten auf den winzigen Balkon hinaus. Mittelhohe Bäume, deren zartgliedrige Blätter vielfach gefiedert waren, säumten den Platz. Auf der gegenüberliegenden Seite stand eine verfallene Kirche. Ihr weißgekalkter, dachloser Türm, auf dem Störche ihr Nest gebaut hatten, ragte über die Bäume hinaus. Rechterhand, dort wo eine Straße auf den Platz mündete, standen ein paar Tische im flirrenden Schatten. Wir fragten uns, in welcher Richtung das Meer lag, und Muriel vermutete, dass es nicht allzu weit hinter der Kirche sei, weil dort ein etwas milchiger Dunst in der azurblauen Luft liege.

Obwohl wir müde von der Reise waren, durchstreiften wir noch am selben Tag einen großen Teil der Stadt. Wir bummelten durch die Straßen, gingen die Hafenmole entlang, lauschten dem klimpernden Klang der schaukelnden Boote, schauten den wenigen Schiffsleuten bei ihren Handgriffen zu und gelangten schließlich erschöpft wieder zum Platz vor unserer Pension. Wir waren durstig und ließen uns im Schatten unter den Bäumen an einem der Café-Tischchen nieder. Da kein Kellner zu sehen war, ging ich in den wohltuend dunklen Raum hinein, wo ein junger Mann hinter einer Espressomaschine saß und ein Buch las. Lächelnd nahm er meine Bestellung auf und brachte bald schon Pfirsicheistee und kaltes Wasser zu uns heraus. Nachdem wir jeder ein Glas des erfrischenden Getränks, das verdünnt besonders köstlich schmeckte, heruntergestürzt hatten, lehnten wir uns entspannt zurück. Muriel schlüpfte aus ihren Riemchensandalen und legte ihre müden Füße auf meine Knie, ich spielte mit ihren Zehen. Nach einer Weile rückte sie neben mich und flüsterte mir ins Ohr, ob mir der seltsame Mann aufgefallen sei, der unweit von uns auf einer Bank sitze. Ich wusste sofort, wen sie meinte. Der Mann war ausgemergelt, sein schmales Gesicht braungebrannt, Schuhe, Hemd und Hose waren schmutzig, aber früher elegant gewesen. Er trug eine Brille, die er hin und wieder abnahm und anschaute, wie um ihre Sauberkeit zu prüfen, was wie ein Tic wirkte. Wenn er die Brille wieder aufgesetzt hatte, schaute er hoch, so als suche er etwas im Baumblattwerk über seinem Kopf. Vielleicht sitze dort ein Vogel, meinte Muriel, und ich scherzte, dass er doch schon einen habe. Wir verglichen unsere Beobachtungen miteinander und kamen zu der Vermutung, der Mann sei kein Südeuropäer. Er sei unglücklich, ergänzte Muriel nach einiger Zeit, - und nicht betrunken, steuerte ich bei. Sie lehnte ihren Kopf an meine Schulter, und ich strich über ihre blonden Locken.

Schließlich setzten wir unseren Erkundungsgang durch die Stadt fort. Wir gingen durch schmuddelige Gassen und einen staubigen Park und kamen an einem Fußballstadion vorbei. Gegen Abend fanden wir zu unserer Pension zurück und kauften Brot, Käse und eine Flasche Wein in einem Supermarkt. Vom kleinen Balkon aus war der Mann auf der Bank nicht zu sehen, die Bäume verbargen ihn.

Als wir früh am nächsten Morgen aufbrachen, um mit dem Mietwagen die Küste entlangzufahren, war die Bank, auf der der merkwürdige Mann gesessen hatte, leer. Auf einer Schnellstraße brausten wir stundenlang an weiß getünchten Häusern, riesigen Werbeschildern für Hotels und Golfplätze, an Agaven und Palmen vorbei. Aus manchen der Agaven waren in der Mitte bis zu drei Meter hohe Stämme emporgewachsen. - So blühen sie, informierte mich Muriel. Während wir uns den Fahrtwind um die Ohren blasen ließen, wanderte unser Blick oft aufs Meer hinaus, das beständig zur Linken lag. Auf der anderen Seite waren bewaldete, rundkuppige Berge zu sehen.

Nach einigen Stunden bogen wir in nordwestliche Richtung ab. Die Landschaft wurde hügeliger, die Straße zweispurig und kurvenreich. Sie führte durch Korkeichenhaine und duftende Eukalyptus- und Pinienwälder. Schließlich endete der Wald, und wir durchquerten eine Dünenlandschaft. Eine Staubwolke hinter uns lassend, fuhren wir zu einem Parkplatz hinauf, der über den Klippen lag, und stiegen aus. Sofort umwehte uns der Geruch des Ozeans, wir traten an den Klippenrand und sahen auf die riesige tiefblaue Fläche hinaus, die zum Ufer hin smaragdgrün war und sich in großen Wellen wild und weiß schäumend brach. Die Brise trug winzige Gischttropfen zu uns herauf, und von den Pflanzen, die auf den Klippen wuchsen, ging ein würziger Duft aus. Rechterhand gingen die Klippen in einen viele Kilometer langen, sanft geschwungenen, menschenleeren Sandstrand über.

Wir folgten einem Pfad zum Strand hinunter. Dort stapften wir durch den Sand bis zu einer Stelle, vor der im Meer keine Felsen waren. In der Ferne ließen ein paar Leute einen Drachen steigen. Schnell zogen wir uns um und liefen ins Wasser, das uns in den ersten Minuten furchtbar kalt erschien, so dass wir über die sprudelnden, gewaltigen Wellenausläufer zu springen versuchten, die uns umzureißen drohten. Als wir bis zum Bauchnabel im flutenden Wasser standen, kam eine große grüne Welle auf uns zu, deren Kamm genau vor uns seinen höchsten Punkt erreichte und sich uns durchsichtig entgegenbog. Nebeneinander durchtauchten wir die grün glitzernde Wand, strichen uns danach das Wasser aus dem Gesicht und sahen uns vor Freude lachend an. Vom nächsten großen Wellenberg - Muriel tauchte unter ihm hindurch - ließ ich mich bis ins flache Wasser mitnehmen und lief dann wieder zu ihr hinaus.

Als wir genug hatten, legten wir uns in die Sonne, um uns wieder aufzuwärmen, und ich küsste Muriels blaue Lippen.

In der kleinen Ortschaft, die etwas landeinwärts lag, gab es keine Unterkunft, also fuhren wir weiter die Küste hinauf und gelangten schließlich in einen größeren Ort, der sich die Hänge eines Hügels hinaufzog, auf dem eine Windmühle stand. Wir bekamen ein winziges Zimmer in einer Pension, die von vielen jungen Touristenpärchen bewohnt war, stellten unsere Sachen ab und schauten uns das Städtchen an. Wir stiegen die steilen verwinkelten Gassen hinauf, die zwischen den weiß gekalkten Häusern hindurchführten. Auf den Dachterrassen und Balkonen hingen Badehandtücher und Wäsche, Jasmin und Bougainvillea umwuchsen Wände und Dächer, und in den Gärten standen Oliven- und Zitronenbäume. Oben auf dem Hügel orgelte der Wind auf den Tonkrügen, die an die Flügel der Mühle gebunden waren, und wir schauten auf den Ozean hinaus. Dann sahen wir, dass ein Fluss an der Ortschaft vorbeiströmte, und folgten mit den Augen seinem Lauf. Er war von grünen Feldern umgeben und schlängelte sich auf das Meer zu. Seine Mündung war nicht zu sehen, und wieder wanderte unser Blick über die weite blaue Fläche des Ozeans bis hin zum Horizont.

Auf dem Rückweg vom Strand kamen wir an der Kirche und der Feuerwehr vorbei und landeten auf dem von kleinen Restaurants und Bars umgebenen Dorfplatz, in dessen Mitte, von Verkehr umflutet, alte Männer unter ein paar Palmen saßen. Wir teilten uns eine Portion gegrillten Fisch, tranken ein Bier, merkten, wie müde wir waren, gingen zur Pension zurück und ließen uns aufs Bett fallen.

Eine Woche lang sah unser Tagesablauf so aus: Wir frühstückten in einem Café, verbrachten die Zeit bis zum Mittag am Strand und hielten dann - wie alle Bewohner - Siesta. Gegen vier aßen wir ein Sandwich und fuhren wieder an den Strand. Am Abend kehrten wir zurück, duschten, liefen durch das Städtchen, tranken in einer Bar neben der Markthalle ein Bier und gingen essen. Ich allerdings rief einmal am Tag zuhause an, weil dort nicht alles zum Besten stand.

Über diese täglichen Telefonate kam es nach einiger Zeit zum Streit. Der Streit war so heftig, dass wir die letzten Urlaubstage, die uns danach noch blieben, nahezu schweigend verbrachten. Es war die erste große Krise unserer Beziehung. Um den Zustand etwas erträglicher zu machen, schlossen wir uns einem harmonischen Pärchen an, das uns ein wenig von unserer Wut aufeinander und Traurigkeit über uns ablenkte.

Endlich war die Zeit um, wir verabschiedeten uns und fuhren missgestimmt auf der kurvigen Straße durch die Korkeichen-, Eukalyptus- und Pinienwälder zurück, bis wir nach vielen Stunden die vierspurige Schnellstraße erreichten, die uns schließlich wieder in die Stadt führte, auf deren Flughafen wir vor zehn Tagen gelandet waren. Bis zum Abflug blieb noch viel Zeit, und weil wir nicht zusammen durch die Stadt gehen wollten, verabredeten wir, uns drei Stunden später wieder am Wagen zu treffen. Während Muriel, wahrscheinlich um sich Geschäfte anzuschauen, in Richtung Zentrum davonging, streifte ich erst einmal am Hafen umher. In Gedanken versunken, sah ich auf die blendenden Sonnenreflexe im Hafenbecken, als mir plötzlich eine Idee in den Sinn kam. Ich beschloss, zum Abschied noch einmal den Platz aufzusuchen, an dem unsere Pension stand. Auf gut Glück ging ich los, verirrte mich ein paarmal, fand aber den Platz schließlich wieder. Ja, dort war unsere Pension, da war der Balkon, von dem aus Muriel und ich gemeinsam auf den Platz geschaut hatten, und ich stand neben dem Café, vor dem wir gesessen hatten. Aber wie sehr hatte sich der Platz verändert! Nun blühten alle Bäume. Violettblaue Blütentrauben hingen zwischen den gefiederten Blättern. Es sah wunderbar aus. Jetzt erst fiel mein Blick auf den merkwürdigen Mann, den Muriel und ich in der Woche zuvor so genau betrachtet hatten, und der auf derselben Bank saß. Flüchtig ging mir durch den Kopf, dass es vielleicht auch die Erinnerung an ihn gewesen war, die mich hierher gezogen hatte. Während ich darauf wartete, dass einer der Café-Tische frei wurde, schaute ich gelegentlich zu ihm hin, und es schien mir so, als hätten sich nicht nur die Bäume, sondern als hätte auch er sich verändert. Seine Haltung schien entspannter, und er hantierte nicht mehr mit seiner Brille. Aus Neugier und weil vor dem Café immer noch nichts frei war, ich aber sitzen wollte, ging ich über den Platz und setzte mich neben ihn auf die Bank. Zu meiner Überraschung wandte er sich mir sofort zu, so dass ich in seinem mit scharfen Falten versehenen, braun gebrannten Gesicht die leuchtend graugrünen Augen sehen konnte, und sprach mich auf Deutsch an. Ob sie nicht schön seien, die Jacarandabäume, fragte er. Und als ich bejahte, erhob er sich, zog eine der Blütentrauben behutsam zu sich herab und roch daran. Ich solle mir dieses Blau ansehen, sagte er, woher solch ein Blau wohl komme, frage er sich. So wie er mit mir sprach und mich anblickte, wirkte er keineswegs verwirrt, was ich insgeheim befürchtet hatte, allenfalls ein wenig überspannt. Und unglücklich, wie noch in der Woche zuvor, schien er auch nicht zu sein. Er erkenne mich wieder, sagte er nun, vor einiger Zeit sei ich mit einer Frau hier gewesen. Ich nickte und gestand ihm, dass wir uns Gedanken über ihn gemacht hätten, weil er so einsam und verzweifelt auf dieser Bank gesessen habe. Ja, es sei ihm nicht gut gegangen, sagte er, jetzt ginge es besser. Ob ich seine Geschichte hören wolle? Ich nickte.

Vor einem Jahr habe er den Sommerurlaub mit seiner Frau hier im Land verbracht. Es sei schon das dritte Mal gewesen, und, vielleicht auch weil ihnen das meiste hier schon zu bekannt gewesen sei, hätten sie sich gelangweilt und nicht so gut verstanden. Er sei von seinem Beruf als Lehrer so angestrengt gewesen, dass er ein sogenanntes Sabbatjahr eingelegt habe. Und obwohl er gewusst habe, dass er sich nun ein Jahr lang erholen könne, habe er sich nicht entspannt. Früher habe er mit seiner Frau viel teilen können, die Natur sei zum Beispiel eines ihrer gemeinsamen Interessen gewesen. Sie hätten sich ausgetauscht und viele schöne Momente gemeinsam erlebt. Das sei in diesem letzten Urlaub anders gewesen. Sie hätten kaum noch miteinander gesprochen, und er habe nicht gewusst, woran dies eigentlich gelegen habe. Allerdings habe es doch noch einige wenige glückliche Augenblicke gegeben. Schließlich, am Tag vor der Rückreise, habe seine Frau es nicht mehr ausgehalten und ihm gestanden, dass sie sich kurz vor der Reise in einen anderen verliebt habe. Er sei dann nicht mit ihr zurückgeflogen, habe sich ein billiges Zimmer gemietet und sei ruhelos durch die Stadt gestreift. Dabei habe er sich wieder und wieder an den letzten glücklichen gemeinsamen Augenblick erinnert. Das sei ein Moment unter den blühenden Jacarandabäumen hier auf diesem Platz gewesen. Als sie verblüht gewesen seien, habe er die Stadt verlassen und sei an die Küste gereist. Dort habe er den Rest der Saison in einer Restaurantküche gearbeitet, vor allem um nicht zuviel nachzudenken, und sei den deutschen Aussteigern, Haschisch rauchenden Althippies, FKK-Anhängern und Frührentnern aus dem Wege gegangen. Die Winter hier seien regnerisch, in den Häusern sei es feucht und kühl, das Leben eintönig und trist. Viele Männer tränken, und das Fischen habe ihm nicht gefallen. Er sei den Menschen immer mehr ausgewichen, viel durch die Gegend gewandert und habe sich nicht mehr um sein Äußeres gekümmert. Immer wieder habe er an die blauen Jacarandablüten denken müssen, das sei zu einer Art Besessenheit geworden, und irgendwann habe er sich vorgenommen, noch einmal unter den blühenden Bäumen auf derselben Bank zu sitzen, auf der seine Frau und er zuletzt einen kurzen Augenblick glücklich gewesen seien. Deshalb sei er im Sommer hierher zurückgekehrt und habe unter den Jacarandas sitzend auf das Erscheinen ihrer blauen Blütentrauben gewartet. Als es vor einigen Tagen soweit gewesen sei, seien ihm Glücksschauer den Rücken hinabgerieselt. Kurz darauf habe er sich überwunden und seine Frau angerufen. Deren Verliebtheit in den anderen sei inzwischen erloschen gewesen, sie sei einsam, habe sie gesagt, und denke oft an ihn. Also werde er in ein paar Tagen zu ihr nach Hause fliegen, schloss er und sah zu den Blüten hinauf.

Ich wünschte ihm Glück und erwähnte, dass ich und meine Freundin in etwa einer Stunde am Flughafen sein müssten. Er wisse das, sagte er, meine Freundin habe es ihm vorhin erzählt.

Während ich ihn völlig überrascht und auch ungläubig ansah, fuhr er ruhig fort. Sie habe ihn wohl treffen wollen. Genau dort, wo ich säße, habe zuvor sie gesessen und seine Geschichte ebenso interessiert wie ich angehört. Plötzlich hatte ich das Bild vor Augen, wie Muriel hier an meiner Stelle unter den Jacarandabäumen gesessen hatte, und Sehnsucht nach ihr überkam mich. Der Mann sah mich mit seinem schutzlos offenen Gesicht an. Ich solle mich nun auf den Weg machen, sagte er zum Abschied, auch er wünsche mir Glück.

Ich stand auf, gab ihm die Hand und ging, noch einmal auf ihn und den Platz mit den blühenden Bäumen zurückblickend, in der Richtung davon, in der ich unseren Mietwagen vermutete, an dem Muriel vielleicht schon auf mich wartete.

Buche

Ich hatte die Kassenzettel der letzten Tage auf den Küchentisch gelegt und kontrollierte die Summen mit einem Taschenrechner. Des öfteren musste ich neu ansetzen, weil die Zahlen auf der Anzeige einfach verschwanden. Obwohl draußen die Sommersonne schien und das Licht in der Küche eingeschaltet war, war es zu dunkel für die Solarzelle. Also hielt ich den Rechner von Zeit zu Zeit in die Nähe der Glühbirne, so dass er danach für ein paar Minuten seinen Dienst tat. Ich fand keinen Fehler und heftete die Belege im dafür vorgesehenen Aktenordner ab. Nachdem ich den Ordner zu den anderen ins Regal gestellt hatte, setzte ich mich wieder an den Küchentisch und berechnete in einem karierten Schulheft, wieviel vom monatlichen Arbeitslosengeld mir bis zum Ersten noch blieb. Den Leistungssatz, die Differenz zwischen Miete und bewilligtem Wohngeld sowie die Sätze für noch zu zahlende Nebenkosten hatte ich im Kopf. Das Ergebnis, das mich nicht überraschte, weil ich es fast bis auf den Cent genau hätte vorhersagen können, trug ich in meine Wochentabelle und danach noch in ein Koordinatensystem ein. Die Kurve nahm exakt dengleichen Verlauf wie die des vergangenen Monats. Ich legte das Heft auf die anderen in der Schublade und schaute zur Wanduhr: 19.33 Uhr. Wie immer würde ich mir um 19.45 Uhr ein Brot mit Butter schmieren und dann zwei Scheiben Fleischwurst darauf legen. Ich beobachtete den schwarzen Minutenzeiger der einer Bahnhofsuhr nachempfundenen Uhr und wartete darauf, dass er sich weiterschob. Bevor dies ein weiteres Mal geschah, stand ich auf, holte die Butter in ihrem durchsichtigen Kästchen aus dem Kühlschrank und stellte sie auf den Tisch, damit sie sich in zehn Minuten besser streichen ließe. Nur keinen Leerlauf aufkommen lassen, dachte ich und meinte, mit meinen Füßen den Durchtritt der Pedale ins Nichts zu fühlen, wie damals als Kind, als ich den Halt verloren und mit dem Mund auf die Lenkergabel gefallen war. Ich erinnerte mich an den metallischen Geschmack des Blutes und das Bild im Spiegel, das mich mit blutverschmiertem Mund zeigte.

    Nein, nicht an ihr Gesicht denken, an ihre Wange, die Lippen, ihre Tränen, das zitternde Kinn, den Blick!

    Nach dem Abendbrot, zu dem ich wie gewöhnlich ein Glas Mineralwasser getrunken hatte, stellte ich die Butter und die Frischhaltebox mit der Wurst wieder in den Kühlschrank. Den Teller und das Messer spülte und trocknete ich gleich ab. Danach ging ich in den Flur, in dem die Zeitungen des vergangenen Jahres aufgeschichtet waren, nahm die Ausgabe, die an der Reihe war, also die Zeitung, die genau vor einem Jahr erschienen war, von einem der Stapel und die aktuelle Nummer von einem anderen und setzte mich wieder an den Küchentisch. Nun trennte ich die Lokalteile heraus und faltete sie so, dass ich deren erste Seite nebeneinander legen konnte. Seit dem letzten Sommer las ich ausschließlich die Artikel und Meldungen des Lokalteils, wobei ich beide Ausgaben miteinander verglich. Es erstaunte mich nicht mehr, wie viele Übereinstimmungen es gab. Die Artikel zu jährlich wiederkehrenden Veranstaltungen wie Vogelschauen, Jahrmärkten oder Stadtteilfesten ähnelten sich sehr. Einige stimmten sogar fast wortwörtlich überein. Der Journalist hatte einfach den Artikel vom Vorjahr übernommen und nur einige Namen geändert. Obwohl ich nicht genau wusste, warum, hatte das vergleichende Lesen der Lokalteile wie immer eine beruhigende Wirkung auf mich. Vielleicht weil ich mir vorstellte, dass alles immer so weitergehen würde, dass auch im nächsten und unabsehbar vielen vielen weiteren Jahren der Mai-Kirmes das Stadtteilfest und dem Stadtteilfest die Vogelschau folgen werde. Dabei nahm ich am öffentlichen Leben der Stadt gar nicht teil. Ich hatte noch nie eine jener Veranstaltungen besucht. Lediglich einige Abschlussfeuerwerke hatte ich beobachtet, so gut es vom Fenster aus ging. Im tiefsten Grund empfand ich diese Lektüre vielleicht deshalb als so angenehm, weil mir die Meldungen zu versichern schienen, dass die Menschen um mich herum friedlich zusammenlebten. Es hätte ja auch ganz anders sein können. Anstatt um Harmonie untereinander bemüht zu sein und miteinander zu feiern, hätte ein jeder den anderen drangsalieren können. Weil ich Verbrechen und auch Unfälle für Ausnahmen hielt, die in der Berichterstattung jedoch überrepräsentiert waren, las ich die betreffenden Artikel meistens nicht. Außerdem wollte ich nicht an meine frühere Arbeit erinnert werden, die gerade mit diesen Schattenseiten des Lebens in Zusammenhang gestanden hatte. Nicht nur das - ich selbst hatte Schatten verursacht und war vor über einem Jahr aus dem Polizeidienst ausgeschieden. Während ich versuchte, die Erinnerung an diese Zeit zu unterdrücken, ging mir durch den Kopf, dass es genau das Falsche war, Zeitungsartikel zu studieren, die die Vergangenheit, in die ich nicht zurückschauen wollte, wieder aufleben ließen. Nur mühsam gelang es mir, mich auf die Seite vor mir zu konzentrieren, und wahrscheinlich weil ich abgelenkt war, las ich einen Artikel, den ich sonst nicht gelesen hätte. Am siebzehnten Juni vergangenen Jahres hatte ein älterer Mann an einem Vorortbahnhof eine Frau unsittlich bedrängt, war auf die Gleise gestürzt und von einer Bahn aus der Gegenrichtung zu Tode gefahren worden. Als ich nun auf die entsprechende Seite der heutigen Ausgabe blickte, stutzte ich. Gestern, am siebzehnten Juni, also genau ein Jahr später, hatte an demselben kleinen Bahnhof ein junger Mann versucht, eine ihm unbekannte Frau zu umarmen, zu küssen, und hatte sie dann in den Oberarm gebissen. Daraufhin war er von einigen Passanten überwältigt und bis zum Eintreffen der Polizei festgehalten worden. Da der Mann einen verwirrten Eindruck gemacht habe, sei ein psychiatrisches Gutachten angefordert worden.

    Es erschien mir seltsam, dass beide Vorkommnisse, die einander darin ähnelten, dass es sich bei beiden um geschlechtliche Übergriffe handelte, an derselben Stelle und auf den Tag genau im Abstand von einem Jahr stattgefunden hatten. Natürlich konnte das alles nur Zufall sein. Aber weil mir nun noch auffiel, dass die Straftaten offenbar auch zur selben Tageszeit - „gegen neunzehn Uhr" hieß es in beiden Artikeln - geschehen waren, beschloss ich, die Zeitungen vom vergangenen Jahr auf ähnliche Meldungen hin zu durchsuchen. Wie verblüfft war ich, als ich in der Ausgabe vom sechsundzwanzigsten Juni auf eine kurze Meldung stieß, die besagte, dass sich am Tag zuvor gegen neunzehn Uhr an eben jenem Bahnhof, der nur wenige Tage vorher Schauplatz eines sexuellen Übergriffs und tödlichen Unfalls gewesen war, eine Frau nackt ausgezogen und getanzt habe. Wegen Erregung öffentlichen Ärgernisses sei die sich heftig wehrende Frau kurz darauf in polizeilichen Gewahrsam genommen worden. Weitere Meldungen, die den Vorkommnissen ähnelten oder sonst in einem Zusammenhang mit ihnen standen, fand ich bei einer schnellen Durchsicht aller mir zur Verfügung stehenden Zeitungsausgaben nicht.

Als ich die letzte wieder zurück auf den Stapel legte, bemerkte ich erst, dass der Zeitpunkt, zu dem ich mich für gewöhnlich schlafen legte, längst überschritten war. Ich erschrak geradezu, als ich von der Wanduhr ablas, dass es schon nach ein Uhr morgens war. Schnell löschte ich das Licht, und fahl fiel der Schein einer Straßenlaterne, die schräg vor dem Haus stand, in die Wohnung. Ich ging ins Badezimmer, wusch mich und putzte mir die Zähne. Wie immer vermied ich den Blick in den Spiegel. Bevor ich mich auf die Schlafcouch legte - ein Möbelstück, das außer von mir noch von niemandem benutzt worden war, denn ich hatte nie Gäste gehabt -, trat ich ans Fenster und sah auf den von der Laterne angeleuchteten Baum hinaus, der dort zwischen den Mietskasernen stand. Es war ein großer Baum, dessen Äste tief herniederhingen, und seine Blätter waren von einem dunklen, fast schwarzen Rot wie getrocknetes Blut. Ich wusste, dass ich schlecht einschlafen würde. In meinem Kopf schwirrten Verbrechen und Verbrecher umher, und ich dachte daran, wie ich noch vor nicht allzu langer Zeit regelmäßig biertrunken in unserer damaligen Wohnung irgendwo im Sitzen eingeschlafen war. Dann erinnerte ich mich auch an das immer noch betrunkene Aufwachen, die Kopfschmerzen, den Geschmack im Mund und den eigenen Geruch. Als ich meinte, Gabrieles Schluchzen zu hören, wie es damals aus dem Schlafzimmer gekommen war, schaltete ich das Licht wieder an, nahm ein Buch über Verschlüsselungscodes zur Hand und versuchte zu lesen.

Nachdem ich wie immer zerschlagen aus meinen üblichen Träumen, in denen ich Alkohol trank und die Kontrolle verlor, aufgewacht war, stellte ich die Kaffeemaschine an, deren Geräusche mich wie jeden Morgen etwas beruhigten. Während ich zwei Tassen trank, schaute ich auf den Baum hinaus, dessen Blätter mich nun im Sonnenlicht nicht mehr an Blut erinnerten. Mein Tagesplan sah Gänge zu verschiedenen Supermärkten vor, um dort Angebote im Sortiment und Jobangebote am schwarzen Brett zu studieren, aber da mir die tags zuvor entdeckten Geschehnisse an dem Vorortbahnhof aus irgendeinem, mir selbst nicht erklärlichen Grund keine Ruhe ließen, beschloss ich, einem ehemaligen Revierkollegen einen Besuch abzustatten.

Seit fast zwei Jahren betrat ich die Wache zum ersten Mal wieder. Der Pförtner erkannte mich und ließ mich unbeanstandet hinein. Mein Kollege arbeitete noch immer in demselben Büro, in dem auch ich einen Teil meines Dienstes versehen hatte. Er begrüßte mich freundlich - alle Kollegen hatten in der Sache, die zu meiner Entlassung aus dem Polizeidienst geführt hatte, hinter mir gestanden -, und nach einem kurzen, unverbindlichen Gespräch konnte ich mein Anliegen vorbringen, mir Einsicht in die Akten über jene Vorkommnisse zu gewähren. Ich könne es wohl nicht lassen, meinte der Kollege kopfschüttelnd, ließ sich dann jedoch recht schnell überreden, mit einem Bekannten im Archiv zu telefonieren, der mir die entsprechenden Akten heraussuchen würde. Noch am Nachmittag könne ich zur Einsichtnahme kommen. Bevor ich ging, versicherte mir der ehemalige Kollege noch einmal, dass ich für sie immer noch einer von ihnen sei, denn ich hätte nur das getan, was sie alle schon oft hätten tun wollen und was in ihren Augen völlig in Ordnung sei.

Im Archiv des Polizeipräsidiums schleuste mich der Bekannte meines Kollegen in einen Raum, in dem die Schriftstücke schon auf einem Tisch bereitlagen. Ich begann mit dem am weitesten zurückliegenden Vorfall. Weil die Ermittlungen aufgrund des Todes des Beschuldigten sofort eingestellt worden waren, erfuhr ich an mir Neuem nur Namen, Geburtsdatum, Geburtsort und Adresse von Opfer und Täter. Nachdem ich mir die Daten notiert hatte, wandte ich mich dem zweiten Fall des vergangenen Jahres zu. Hier war die Aktenlage genauso spärlich, weil von einer Anzeige abgesehen worden war, und ich konnte meiner Liste nur die persönlichen Angaben über die nackt tanzende Frau hinzufügen. Im letzten Fall war dem Bericht der Beamten, der zum Hergang des Geschehens nichts Neues beitrug, eine Zeugenaussage des Opfers beigefügt. Dieser war zu entnehmen, dass der Täter ihr schon im Zug aufgefallen sei. Er hätte bis kurz vor dem Halt ganz ruhig an der Tür gestanden und hinausgeschaut. Sie habe sich neben ihn gestellt, um auszusteigen. Kurz bevor sie die Türen geöffnet habe, sei er unruhig geworden und habe sehr laut durch die Nase geatmet, so als bekomme er nicht genug Luft. Er habe sie schon beim Aussteigen bedrängt und sie dann gleich auf dem Bahnsteig mitten in der Menge von hinten gepackt. Er habe sie zu sich gedreht und küssen wollen, sie habe sich gewehrt, da habe er sie in den Arm gebissen. Als sie geschrien habe, hätten ihn Männer von ihr weggerissen und festgehalten. Auf die Frage, ob ihr noch etwas aufgefallen sei, gab das Opfer an, der Mann habe plötzlich so gewirkt, als habe er Drogen genommen. Andere Zeugen bestätigten ihre Aussage. Die ärztliche Untersuchung aber hatte keinen Hinweis auf Drogenkonsum erbracht, lediglich ein erhöhter Adrenalinwert war bei der Blutanalyse festgestellt worden. Nachdem ich alle notwenigen Notizen gemacht hatte, verließ ich Archiv und Präsidium.

Wieder in meiner Wohnung suchte ich im Telefonbuch nach den Rufnummern der Beteiligten. Ich fand die des ersten Opfers, der verhaltensauffälligen Frau und des letzten Täters. Ich legte mir Block und Stift bereit und setzte mich vor das Telefon. Unentschlossen stand ich jedoch wieder auf und stellte mich ans Fenster. Obwohl es schon gegen Abend ging, stand die Sonne gleißend über dem rotbelaubten Baum und blendete mich. Ich dachte daran, dass übermorgen der längste Tag des Jahres sein würde, die Sommersonnenwende. Dann ging ich wieder zum Telefon hinüber, starrte aber nur auf den Apparat hinunter. Die Schatten im Zimmer hatten sich schon erkennbar verschoben, als ich mich schließlich überwand und die erste Nummer auf meiner Liste wählte. Der Ehemann des ersten Opfers teilte mir in entschiedenem Ton mit, seine Frau wolle nicht mehr über das damals Geschehene sprechen, und legte auf. Die

Frau, die vor fast genau einem Jahr auf dem Bahnsteig getanzt hatte, ging selbst an den Apparat. Auch sie wollte nicht über das Vorkommnis sprechen, aber als ich ihr sagte, dass ich Polizeibeamter sei und Zusammenhänge zu zwei anderen Fällen sähe, begann sie doch zu erzählen. Sie wisse bis heute nicht, sagte sie mit trauriger Stimme, was damals über sie gekommen sei. Sie erinnere sich nur noch daran, dass sie im Zug gefahren sei und es auf einmal gar nicht mehr habe abwarten können, an der nächsten Station auszusteigen, obwohl sie dort gar nicht habe aussteigen müssen. Ich fragte sie, ob sie noch wisse, wo sie im Zug gesessen habe. Sie habe an den Ausstiegstüren gestanden, antwortete sie. Ob sie sich erinnern könne, warum sie unbedingt habe aussteigen wollen, fragte ich. Sie schwieg und sagte dann stockend, gleichsam nach Worten tastend, sie habe ins Freie kommen, die Luft auf ihrer Haut fühlen wollen. Also habe sie sich ausgezogen, das sei ihr ganz natürlich vorgekommen. Sie schwieg einen Moment und flüsterte dann, es sei wunderbar gewesen. Überrascht fragte ich nach, und sie wiederholte, ja, es sei ein wunderbares Gefühl gewesen, wie sie es noch nie und seitdem nie wieder gehabt habe. Als ich fragte, an was sie sich noch erinnere, antwortete sie mit brüchiger Stimme, an nichts, nur daran, dass sie danach völlig zerstört gewesen sei. Drei Monate später habe man sie aus der Klinik entlassen. Jetzt müsse sie Schluss machen, fügte sie hinzu und legte auf. Der Klang ihrer Stimme hallte in meinem Kopf nach, und gegen meinen Willen gesellte sich plötzlich die Vorstellung von Gabrieles Gesicht dazu, mit den Abdrücken auf ihrer Wange. Um das Bild zu verdrängen, wählte ich hastig die Nummer des letzten Täters. Eine ältere Frau gab mir die Auskunft, Herr Ehlers sei im Krankenhaus. Auf mein Nachfragen hin erfuhr ich, dass er in der Universitätsklinik behandelt werde.

    In dieser Nacht musste ich zwei Tabletten nehmen, um wenigstens ein paar Stunden zu schlafen.

Schon um neun am nächsten Morgen stieg ich aus dem Bus, der vor dem Eingang zum Klinikgelände hielt. Zwischen großen alten Backsteingebäuden rauschten die Bäume. Ich ging durch die Parklandschaft und gelangte zur Nervenklinik. Ein Krankenpfleger öffnete die Tür zur Station von innen und ließ mich ein. Ich sagte, dass ich ein Freund von Herrn Ehlers sei und ihn besuchen wolle. Eigentlich sei dies im Moment nur Familienangehörigen gestattet, teilte er mir mit, aber weil es Herrn Ehlers den Umständen entsprechend schon recht gut gehe, könne er eine kurze Ausnahme machen, der Patient sitze im Fernsehraum. Dort hielt sich nur ein Mann im Bademantel auf, der auf den ausgeschalteten Fernseher zu schauen schien. Vorsichtig sprach ich ihn an, und er wandte mir langsam sein trauriges Gesicht zu. Ich fragte ihn, wie es ihm gehe, und er sah mich nur mit großen Augen an. Dann schaute er wieder zum Fernseher hin. Ich erzählte ihm, dass ich versuchen würde, das Geschehen am Bahnhof aufzuklären. Weil er nicht der erste gewesen sei, der genau dort und zu genau derselben Zeit auffällig geworden sei, müsse ein Zusammenhang bestehen, sagte ich und bat ihn, mir noch einmal zu schildern, was vorgefallen sei. Aber Herr Ehlers schüttelte nur den Kopf und schwieg. Als ich ihn weiter bedrängte, vergrub er irgendwann den Kopf in den Händen. Sein Bademantel war schlecht zugeknotet, und seine schmuddelig weiße Unterhose war zu sehen. Ich schaute auf ein Regal mit Brettspielen und dachte, dass das Ganze hier keinen Sinn habe und dass ich den Mann besser in Ruhe ließe. Doch dann fiel mir eine letzte Frage ein. Ob er sich erinnern könne, am Bahnhof dort ein Glücksgefühl gehabt zu haben? Da sah er mich wieder mit großen Augen an und nickte dann langsam. Er habe sich sehr gut gefühlt, sagte er tonlos, so gut wie niemals zuvor, fügte er noch hinzu. Weil ihn der Pfleger nun ins Stationszimmer rief, stand er schwerfällig auf und ging davon. Ich sah ihm nach, wie er in kleinen Schritten und mit herabhängenden Armen den Gang hinunterschlurfte. Dann bat ich einen vorbeikommenden Pfleger, mich hinauszulassen.

In der Stadt angekommen, beschloss ich, nicht nach Hause zu gehen, sondern mit dem Zug die Strecke abzufahren, die Opfer und Täter zurückgelegt hatten.

An dem kleinen Bahnhof, wo die unerklärlichen Vorfälle geschehen waren, stieg ich aus. Ein teilweise überdachter Bahnsteig mit einem Fahrkartenautomaten, ein altes Bahnwärterhäuschen, Fahrradständer, - hier war nichts Auffälliges zu entdecken, kaum zu glauben, dass genau hier diese seltsamen Dinge geschehen waren.

Mit dem nächsten Zug fuhr ich ein paar Stationen weiter, stieg dort um und fuhr wieder zurück. Im Zug stellte ich mich wie die Täter ans Fenster vor den Ausstiegstüren und schaute hinaus. Auch sie hatten diese Felder und die Hügel im Hintergrund gesehen, das Strauchwerk am Bahndamm, die kleinen Ortschaften mit Kirche und Baumarkt, die Bahnschranken, und nun, bevor der Zug vor dem kleinen Bahnhof abbremste, das Jagdschlösschen und die lange Allee.

Etliche Male fuhr ich die Strecke ab, aber es fiel mir nichts auf.

Als ich um kurz vor sieben Uhr abends, also zu der Tageszeit, zu der alle drei Ereignisse vorgefallen waren, im Zug am Fenster stand, dachte ich wieder darüber nach, ob ich mir einen Zusammenhang zwischen den Fällen nur einbildete, ob vielleicht doch alles nur Zufall war. Während ich hinausschaute, überlegte ich, was jetzt, zu dieser Tageszeit, anders war als bei den Fahrten zuvor. Die Sonne stand etwas niedriger, das war alles, und obwohl es ein diesiger Tag war, blendete sie mich ein wenig. Ich kniff die Augen zusammen: Dort war das Jagdschlösschen, gleich würde der Zug an der langen Allee entlanggleiten, abbremsen und am Bahnhof halten. In einem der Bäume bewegte sich etwas, wahrscheinlich ein Landschaftsbauer, ein von der Gemeinde beauftragter Baumarbeiter, der morsche Äste absägte, die Passanten gefährdeten. Diesmal stieg ich nicht mehr an der Station aus und fuhr gleich in die Stadt weiter.

In dieser Nacht verfolgten mich trotz der Tabletten Traumfetzen, in denen ich mit Gabriele stritt, in denen ich trank, und schließlich ließ mich die Szene, als ich sie schlug, erschrocken aufwachen. Ich nahm noch eine Tablette und schlief erst gegen Morgen noch einmal ein.

Als ich mit starken Kopfschmerzen aufwachte, stand die Sonne schon hoch am gleißenden Himmel. Ich sah noch einmal meine Unterlagen durch, hielt es aber nicht lange in der Wohnung aus und beschloss, einen Spaziergang zu machen, um mich abzulenken. Ohne dass ich es wirklich gewollt hatte, führte mich mein Weg in die Gegend, in der Gabriele seit unserer Trennung wohnte. Ich sah zu ihrer Wohnung hinauf, stellte mir vor, wie sie nun lebte, und wartete. Es war ein heißer Tag, und ich setzte mich in den flimmernden Schatten einiger Bäume, die um einen Spielplatz gruppiert waren. Ich merkte, dass es mir nicht gut ging. Aber wann war es mir denn je gut gegangen? Plötzlich trat Gabriele aus dem Haus. Ihre Haare glänzten im Sonnenlicht, sie trug ein fliederfarbenes T-Shirt und einen kurzen weißen Rock. Sie sah ein bisschen wie eine Tennisspielerin aus. In dem kurzen Augenblick, in dem ich ihr Gesicht sah, wirkte sie glücklich, glücklicher, als sie es mit mir gewesen war, dann sah sie mich, erschrak und ging schnell fort. Ich folgte ihr nicht und blieb wie betäubt auf der Bank des Kinderspielplatzes sitzen.

Am späten Nachmittag stieg ich an dem kleinen Bahnhof aus, den ich inzwischen so genau kannte. Diesmal wollte ich die Strecke zu Fuß abgehen. Zwischen den Büschen am Bahndamm führte ein kleiner Trampelpfad entlang. Der Schotter neben den Gleisen glitzerte, und von den in der Sonne schmorenden Holzschwellen drang ein chemischer Geruch herüber. Langsam näherte ich mich der Allee, die schon von weitem zu sehen gewesen war. Der Lärm einer Motorsäge klang herüber. Nun gelangte ich zu den ersten Bäumen. Jetzt war es völlig still. Die Motorsäge war verstummt, und kein Lufthauch wehte, so dass die Bäume nicht rauschten. Ich trat zwischen die Reihen auf den welligen, verwitterten Asphalt. Aus etlichen geborstenen Stellen wuchsen Büschel trockenen Grases. Die Allee musste sehr alt sein. Während ich an den Bäumen vorüberschritt, sah ich mir diese genauer an. Die Stämme, deren Rinde grau und recht glatt war, so dass sie mich an Eselshaut erinnerte, hatten Wülste und Ausbuchtungen, wo einmal Äste gewesen waren. Manche wiesen auch Verknotungen auf, die mich an Elefantenrüssel denken ließen, auch wegen der waagerechten bräunlichen Streifen, mit denen die Rinde gezeichnet war. Während ich mit den Augen den Ästen ins Blattwerk hinauf- und in die grünen Blattmassen hineinfolgte, stieß ich mit dem Fuß plötzlich gegen abgeschnittene Äste und Zweige. Die mittelgroßen spitz zulaufenden Blätter waren am Rand gesägt, und mir fielen die stark sichtbaren Blattnerven auf. Ich wandte mich wieder den Bäumen zu. Hier, hoch über meinem Kopf, musste der Gartenarbeiter seinen Dienst tun. Die Motorsäge war allerdings schon seit einiger Zeit nicht mehr zu hören gewesen. Von meinem Standort aus konnte ich nichts im Grün weit oben über mir erkennen. Mich wunderte auch, dass keine Leiter zu sehen war. Jetzt war mir, als hätte ich ein leises Knacken gehört. Ich rief in den Baum hinauf, doch niemand antwortete. Vielleicht trug der Arbeiter einen Hörschutz. Ich rief noch einmal, aber wieder rührte sich nichts. Es konnte natürlich auch sein, dass der Mann kurz zuvor weggegangen war, um eine Pause zu machen. Ein drittes Mal rief ich vergeblich, dann setzte ich meinen Weg durch die Allee fort und nahm mir vor, auf das Geräusch der Motorsäge zu achten, das auch noch in weiter Ferne zu hören sein würde. Hier am Anfang der Allee sah ich noch viele frisch abgeschnittene Zweige auf dem Asphalt liegen, später waren sie in den Graben geräumt, und die Blätter verwelkt.

Als ich die Allee hinter mir gelassen hatte, schaute ich noch einmal zurück. Aus dieser Richtung würde ich mich ihr nachher im Zug nähern. Ich lauschte, aber nichts außer dem Zirpen der Grillen war zu hören. Nachdem ich an einem Feld vorübergegangen war, gelangte ich zu dem Jagdschlösschen. Das blassgelbe Gebäude schien leer zu stehen und wirkte aus der Nähe verwahrlost. Große Farbplacken waren von den Wänden in wuchernde Brennnesseln gefallen. Ich schaute durch eines der Fenster hinein, konnte aber nichts erkennen. Schließlich ging ich weiter, an einer Bahnschranke, einem Baumarkt und ein paar Schrebergärten vorbei bis zur Bahnstation. Dort gab es nicht einmal ein Bahnwärterhäuschen. Die Uhr über dem Bahnsteig zeigte halb sieben, und während ich auf den Zug wartete, drang noch einmal der Lärm der Motorsäge herüber, brach dann jedoch ab. Wahrscheinlich hatte der Baumpfleger seine Arbeit beendet. Jetzt lief der Zug ein.

Kurz darauf stand ich an meinem Platz an den Fenstern der Ausstiegstüren und schaute hinaus. Da waren die Schrebergärten, an denen ich gerade vorbeigegangen war, der Baumarkt mit der kleinen Ortschaft dahinter und die Bahnschranke. Die Sonne blendete sehr stark. Durch meine zu Schlitzen zusammengekniffenen Lider sah ich nun das Jagdschlösschen, und es war mir, als bewege sich hinter einem Fenster im oberen Stock etwas. Wahrscheinlich war es nur eine Spiegelung. Der Zug näherte sich jetzt der Allee, und ich nahm mir vor, nach dem Baumpfleger Ausschau zu halten. Wie wohltuend war es, in den Schatten der Bäume zu gleiten! Ich öffnete weit die Augen und merkte, dass durch Lücken im Laub Sonnenstrahlen blitzten, aber das war mir nicht unangenehm, im Gegenteil, das Flackern schien einem Rhythmus zu folgen, so als untermale es ein Musikstück, ein Menuett vielleicht, und wirkte auf mich wie eine Aufforderung zum Tanz, ein entspannter Tanz mit einer wunderbaren Frau, bei dem nur der Moment zählte und alles andere ins Vergessen sank, das Trinken, die Wutanfälle, die Verluste, all das löste der immer schneller werdende Rhythmus zu nichts auf, und ich spürte, wie sich meine Brust weitete, und atmete befreit, und ich fühlte, wieviel Kraft in meinem Körper war und wollte die ganze Welt umarmen ...

Esche

Es dämmerte schon und in der kleinen Stadt am Fuß der Hügel gingen die ersten Lichter an, als Alexander aus dem Coupé stieg, auf den Gehweg trat und über eine Hecke schaute. Das Haus, in dem er von seinem zehnten bis zum zwanzigsten Lebensjahr gewohnt hatte, schien geschrumpft zu sein, wenn er es mit dem seiner Erinnerung verglich. Ansonsten hatte es sich jedoch nicht verändert. Seitdem er damals in die entfernte Landeshauptstadt gezogen war, um Architektur zu studieren, war er nicht mehr hier gewesen. Clara, seine zwanzig Jahre jüngere Geliebte, die ihn zu diesem Besuch gedrängt hatte, zupfte sich das Kostüm zurecht, das sie sich für diese Reise gewünscht hatte, und hakte sich bei ihm unter. Die Tür des Hauses öffnete sich, und Alexanders Vater kam ihnen durch den Vorgarten entgegen. Sein Gang war in den Jahren, seit sie sich zuletzt in einem Hotel einer süddeutschen Großstadt getroffen hatten, vorsichtiger und sein Gesicht faltiger geworden, sonst wirkte er noch genauso wie damals. Er begrüßte sie herzlich, Alexander stellte ihm Clara vor, mit der er nun seit etwa einem Jahr zusammen war, und der Vater bat sie herein.

Nachdem sie sich im Badezimmer Gesicht und Hände gewaschen hatten - es war eine lange Fahrt gewesen -, setzten sie sich zum Vater an den Küchentisch. Das Esszimmer benutze er nicht mehr, erklärte dieser, während er Brot und Wurst für sie aufschnitt. Sie aßen etwas und tranken Apfelschorle dazu. Es wurde nicht viel gesprochen, aber das störte Alexander nicht, denn der Vater war immer ein schweigsamer Mann gewesen. Zum Nachtisch bot er ihnen Birnen aus dem eigenen Garten an. Den Baum habe er noch zusammen mit seiner Frau gepflanzt, sagte er zu Clara gewandt. Alexander erzählte von einigen Aufträgen, an denen er im Moment gleichzeitig arbeite, und wie gut sein Architekturbüro laufe, seit Clara es organisiere. Wie immer stellte der Vater keine Fragen und gab, fragte man ihn, nur kurze Antworten. Mit Letzterem verhielt es sich dieses Mal jedoch ein wenig anders, was daran liegen mochte, dachte Alexander, dass ein Gast, zumal eine Frau, im Hause war. Seit dem Tod von Alexanders Mutter, erzählte der Vater plötzlich, verlaufe sein Leben sehr eintönig, und in der kleinen Stadt scheine sich nicht wirklich viel zu ändern. Allerdings habe er auch wenig Einblick in das Leben der anderen, die Leute lebten halt so dahin, werde gesagt, aber sie stürben halt auch, und außerdem habe es auch hier schon Ereignisse gegeben, die Menschen völlig aus ihrer Bahn geworfen hätten. Während der Vater sprach, hatte er sich seinem Sohn zugewandt, der nun aufstand und sagte, er wolle Clara nun gerne das Haus zeigen. Der Vater nickte nur und sagte, dass er sich hinlege, weil er morgen früh aufstehe, er wünsche ihnen eine gute Nacht.

Während sie oben in Alexanders altem kleinen Zimmer die Betten bezogen, fragte Clara, warum ihn sein Vater so seltsam angesehen habe. Er wisse es auch nicht, sagte Alexander, und drückte ihr ein Kissen in die Hand.

Als Alexander am nächsten Morgen in die Küche herunterkam, saß Clara dort am Tisch und beobachtete, während sie eine Tasse Kaffee trank, seinen Vater, der im Garten Laub zusammenrechte. Die Sonne schien vom blauen Himmel, und Spinnwebfäden glitzerten in der Luft. Clara hatte ihr blondes Haar zum Zopf gebunden, was ihr ein etwas strenges Aussehen verlieh. Jetzt kam der Vater zur Küchentür herein und brachte den Duft kalter Herbstluft und den Geruch von Laub mit. Er setzte sich zu ihnen an den Tisch und begann, ganz entgegen dem Verhalten, das Alexander bei ihm kannte, davon zu erzählen, wie er hier mit seiner Frau gelebt hatte. Sie sei ganz anders als er gewesen, ein den Dingen mehr als den Menschen zugewandtes Wesen. Daher habe es oft Auseinandersetzungen gegeben, doch genau das habe ihre Ehe lebendig gehalten, sagte der Vater und schaute seine Gäste an. Seine Frau sei nun mehr als fünf Jahre tot. Verliere man etwas, merke man erst später, was man verloren habe. Ihm scheine es so, als sei er in den Jahren ohne seine Frau langsam verknöchert. Alexander übrigens komme eher nach ihr als nach ihm, das habe sich nicht nur ihm schon früh und immer wieder bis zu seinem Weggang gezeigt, stellte er nun noch fest. Nach diesen Worten stand er vom Tisch auf, sagte, er müsse Besorgungen machen und verließ das Haus. Ob er damit etwas Bestimmtes gemeint habe, fragte Clara sofort und musterte ihn, doch Alexander gelang es, seinen Ärger zu überspielen, indem er sich mit der Zubereitung des Frühstücks beschäftigte.

Nach dem Essen gingen sie in den kleinen Ort, und auf Claras beharrliches Fragen hin, gab Alexander ein paar Geschichten aus seiner Jugend so kurz wie möglich wieder. Die Geschichten waren allerdings ohnehin nicht lang gewesen. An einem Gebüsch vorübergehend, fiel ihm etwa ein, dass er sich darin einmal versteckt hatte, nachdem er vor einem prügelnden Mitschüler davongelaufen war. Über das baufällige kleine Haus, an dem sie vorüberkamen, als sie den Ort verließen und auf den Wald zugingen, sagte er jedoch nichts. Die dunklen Fenster und der verwilderte Garten ließen ihn vermuten, dass es verlassen sei. Nun folgten sie einem Weg, der in sanfter Steigung die Flanke des Berges hinaufführte. Bevor er vom Tal weg zur Kuppe hin abbog, traten sie an den Rand des Absturzes und schauten auf den besonnten Ort hinunter. Alexander suchte das Haus des Vaters unter den vielen anderen und zeigte es Clara. Dort lief jemand durch den Garten. Obwohl es aus dieser Entfernung schwer zu sagen war, kam es Alexander so vor, als sei die Person jemand anderes als sein Vater.

In lang gestreckten Kurven führte der Weg durch den Laubwald weiter hinauf. Sie überquerten ein Bachbett, in dem umgestürzte Bäume lagen, Alexander wählte eine Abkürzung an einigen hohen Kiefern vorbei durch einen Hohlweg, und schließlich traten sie auf eine weite, grasbewachsene Ebene hinaus, über der der blaue Himmel leuchtete. Sie folgten einem Schotterweg, der, von Obstbäumen gesäumt, mitten durch die Weideflächen zu einem in der Ferne liegenden Bauerngehöft führte. Pferde grasten, zwei blaugraue Reiher standen bewegungslos im glänzenden Grün, und ein Spaziergänger begegnete ihnen. Am Eingang des Hofs lag ein Jagdhund in der Sonne, und es roch nach Pferdemist. Sie gingen weiter und kamen langsam dem gegenüberliegenden Waldrand näher, als Alexander einen Blick zur Seite warf. Dort, in einem entlegenen Winkel der Weide, erhob sich ein von Brennnesseln umgebenes Strauch- und Baumdickicht wie eine hausgroße Insel im Gras. Noch während er seinen Blick über die wenigen Baumwipfel gleiten ließ, die aus dem Gestrüpp herausragten, fragte Clara schon, was das dort sei. Vielleicht hatte sie ein Zögern in seinem Gang bemerkt. Man habe einfach den Wald an dieser Stelle stehen lassen, antwortete Alexander und wollte weitergehen. Doch Clara umfasste ihn an der Taille und hielt ihn zurück. Sie wolle sich das einmal näher ansehen, sagte sie, und zog ihn mit sich fort. Von dem Feldweg aus, den sie nun entlanggingen, konnten sie die blauen Berge in der Ferne sehen, und Alexander fragte sich, ob hier im Frühling immer noch Mohn wuchs. Inzwischen waren im Dickicht schon einzelne Pflanzen zu erkennen, näher aber kam man auf dem Weg nicht an die grüne Insel heran. Alexander versuchte weiter zu gehen, doch Clara zog ihn an sich und flüsterte, sie wolle dort hinein. Schon war sie an die Umzäunung getreten, der die Wiese umgab, die sie noch von dem Dickicht trennte, und schlüpfte darunter hindurch. Alexander folgte ihr und holte sie an den Brennnesseln ein, zwischen denen sie einen Durchgang suchte. Er führte sie zu einer Stelle, wo sich ein schmaler Pfad hindurch- und ins Halbdunkel schlängelte. Nun mussten sie zwischen Brombeersträuchern hindurch, an denen Clara noch ein paar Beeren fand. Jetzt waren sie von der Außenwelt abgeschnitten. Alexander steuerte auf eine Lichtung zu, wo sie sich auf sonnenbeschienenen Graswülsten niederließen. Nicht weit von ihnen stand ein leuchtend gelber Baum mit gefiederten Blättern, an dessen Zweigen dunkle, wirre Rispen mit geflügelten Samenfrüchten wie schwarze Trauben hingen. Clara schaute in den Baum hinauf und sang ein paar Zeilen eines Liedes, ein Lied aus ihrer alten Heimat, sagte sie, wo es hieß, dass jemand die Esche frage, wo die Geliebte sei. Dann zog sie Alexander an sich und küsste ihn mit ihrem Brombeermund. Ein Knacken, dem rauschender Flügelschlag folgte, ließ sie kurz innehalten. Ihre Zungen waren schwarz von den Brombeeren. Während sie sich liebten, war Alexander so, als glitte ein Schatten, vielleicht der eines großen Greifvogels, über sie hinweg, und eine schwarze Rispe fiel ihm in den Nacken.

Sie hatten sich wieder angezogen, Clara führte ihr Haar wieder zum Zopf zusammen, und Alexander ging zu dem Baum, mit dem ihn undeutliche Erinnerungen verbanden. Unter ihm, in einer Grasmulde, die wie ein Nest aussah, glitzerte etwas. Gerade beugte er sich vor und wollte danach greifen, als Clara einen Schrei ausstieß und ein Hutzelwesen mit langen grauen Haaren zischend aus dem Gehölz hervorbrach, auf ihn zuschoss, blitzschnell das Ding vor ihm aus dem Gras griff und wieder im Dickicht verschwand. Nur kurz hatte er ihr verwittertes Gesicht, ihren verzweifelten Blick und ihre verschmutzten Kleider wahrgenommen. Während sie eilig den Ort verließen, fragte Clara, wer die alte Frau gewesen sei und was sie gewollt habe, worauf Alexander antwortete, er wisse es nicht. Als sie wieder auf dem Weg waren, blickten sie beide auf die Insel zurück, und Clara sagte, dass sie unter Menschen sein wolle, ob man hier nicht irgendwo einkehren könne. Alexander führte sie durch den Wald zu einem Gasthof, in dem sie inmitten älterer Ausflügler nahezu schweigend eine Tasse Tee tranken und ein Stück Kuchen aßen. Auf dem Rückweg - Alexander hatte eine andere Strecke gewählt, die allerdings länger war - wurde es im Wald immer dunkler und kühler. Clara flüsterte, ihr werde es unheimlich, besonders wenn sie daran denke, dass ihnen die Waldfrau folgen könnte - durchs Unterholz schleichend, sich lautlos ins Moos drückend und hinter den schwärzer werdenden Stämmen verbergend.

Erleichtert erreichten sie schließlich den Rand der Anhöhe und sahen auf die Lichter der Ortschaft hinab. Inzwischen war der Mond aufgegangen und stand groß, gelblich und mit dunklen Flecken über dem Haus des Vaters. Der hatte, was er

Alexanders Meinung nach in früheren Zeiten nie getan hätte, ein Gulasch gekocht, das er ihnen sofort auftischte. Während sie aßen, erzählte Clara von der verstörenden Begegnung auf ihrer Wanderung. Daraufhin sah der Vater Alexander so an, als erwarte er, dass sein Sohn etwas sage. Als Alexander schwieg, goss der Vater bedächtig Rotwein nach, dann sah er seinen Sohn noch einmal an und sagte, er habe sie also gesehen. Obwohl Alexander ihn sofort bat, er möge die alten Sachen doch lassen, sprach der Vater ruhig weiter. Nach der Trennung von Alexander habe Friederike allein in dem Häuschen ihrer Eltern gelebt, sei wenig zu sehen gewesen, weil sie wohl die meiste Zeit im Wald verbrachte, und sei wunderlich geworden, soweit wisse er das ja. Irgendwann aber müsse sie angefangen haben, im Wald zu übernachten, doch niemand habe herausfinden können, in welchem Versteck. Einige Leute im Ort behaupteten, sie hätten in einer kalten Winternacht gesehen, dass sie sich spätnachts ein paar Stunden in ihrem Haus aufgehalten habe, aber lange vor Morgengrauen in den Wald zurückgegangen sei. Verärgert über den Vater stand Alexander auf, räumte die Teller ab, wobei ihm das neugierig lächelnde Gesicht Claras unangenehm auffiel, und ließ die beiden bei ihrem Wein sitzen. In der Küche spülte er das Geschirr und hörte nebenan die tiefe Stimme des auf seine alten Tage geradezu geschwätzigen Vaters. Plötzlich meinte er, im Augenwinkel eine Bewegung hinter sich wahrzunehmen und wandte sich um. Aus dem Dunkel des Gartens trat Friederike ruhig in den Lichtkreis vor der gläsernen Tür und sah ihn durch das Glas an. Der Blick ihrer dunkel glänzenden Augen wirkte ein wenig traurig, war aber vollkommen klar. Ihr Gesicht war gewaschen, ihr Haar gekämmt, und sie trug einen sauberen Mantel. Verwundert ging Alexander auf die Tür zu, Friederike aber beugte sich hinunter, legte etwas ab und ging schnell fort. Alexander öffnete die Tür und hob die zwei Dinge auf, die dort lagen. Das eine war ein Armreif, den er, wie er sich erinnerte, ihr irgendwann einmal geschenkt hatte, das andere ein leuchtend gelbes Blatt, wahrscheinlich jenes Baums, unter dem sie so oft gesessen hatten.

Alexander beendete den Abwasch, dann entschuldigte er sich bei den anderen mit ein paar dürren Worten und zog sich nach oben zurück. Er schloss sich im Badezimmer ein, sah sein Gesicht lange im Spiegel an und nahm dann eine Dusche, um sich von seinen Gedanken abzulenken. Danach legte er sich hin und nahm ein Buch zur Hand. Er hörte Clara nicht mehr.

Als sie früh am nächsten Morgen abfuhren, schwebten einzelne Nebelschwaden über den Bäumen auf den Hängen. Der Vater stand regungslos auf einen Besen gelehnt vor dem Haus und sah ihnen nach. Den Armreif und das Blatt, dessen Ränder sich über Nacht nach oben gebogen hatten, hatte Alexander auf dem Tisch seines alten Zimmers liegen lassen.

Linde

Sie ging neben ihm auf das Schloss zu. Hier hatte der Kurfürst Kanäle anlegen lassen wollen, damit er und seine Gäste in Gondeln vom Hauptschloss zum auf den Zentimeter genau einen Kilometer entfernten Lustschloss und zurück schippern konnten. Dieses Projekt hatte ihn dann endgültig ruiniert. In dem Gebäude waren Teile der Universität untergebracht, vielleicht war es dieser Umstand, der Berthold veranlasste, einige Sätze über den Vortrag zu sagen, den er in der nächsten Woche im Seminar halten sollte. Kerstin wusste, dass es wieder einmal um den Vergleich verschiedener Texteditionen gehen würde, hörte kaum zu und sah zu ihm auf, zu seinem markanten Profil und zu den blauen Augen. Sicher sprach er auch so vor den Kommilitonen, die er schon von Beginn des Studiums an überflügelt und seitdem weit hinter sich gelassen hatte, und zu den Professoren, mit denen er auf Augenhöhe zusammenarbeitete. Jetzt hörte er auf zu sprechen, und sie wusste nicht, ob er erwartete, dass sie etwas sagte. Schweigend bog er in eine Allee ein, und schweigend folgte sie ihm. Im Halbdunkel der Bäume, die in doppelter Reihe eine große Wiese begrenzten, entspannten sich die Region um ihre Augen und die Augen selbst; endlich konnte sie die Lider wieder heben, die sie der tief stehenden, aber immer noch grellen Sonne wegen hatte gesenkt halten müssen. Bald würde die Dämmerung einsetzen; ins sanfte Dunkel zwischen und unter den Bäumen mischte sich schon ein Ton wie blauer Rauch. Nun umfing sie der Duft der blühenden Bäume und erinnerte sie an einsame Sommernächte vor nicht allzu vielen Jahren, als sie noch bei ihren Eltern gewohnt und ein solcher Baum vor ihrem Fenster gestanden hatte. Welch unbestimmtes Fernweh hatte der Duft damals ausgelöst, welche Sehnsucht, mit dem Jungen, einem dunkellockigen Träumer, in den sie damals verliebt war, die dicht gewebte Nacht gemeinsam zu erleben, sich aneinander zu schmiegen und zu küssen. Sie stellte sich auf die Zehenspitzen und zog einen Zweig mit den herzförmigen, von Honigtau glänzenden Blättern zu sich herab und roch an den Dolden mit den kleinen blassgelben Blüten. Während die weich behaarte Unterseite eines Blattes kitzelnd über ihre Oberlippe streifte, forderte sie Berthold auf, auch einmal an den Blüten zu riechen. Der blieb stehen, drehte sich um, lächelte über sie und ihre Spontaneität wie über die possierlichen Launen eines kleinen Mädchens und drängte darauf weiterzugehen. Als sie zu ihm getreten war, fuhr er mit seinen Ausführungen über seinen Vortrag fort; diesmal sprach er davon, welchen Eindruck er damit sowohl bei den Professoren als auch bei seinen wenigen Konkurrenten innerhalb der Fakultät machen werde. Kerstin schaute auf die Wiese, wo ihr - abseits größerer Gruppen, oft mit Gitarrenspieler, und abseits der Fußballer - engumschlungen liegende Liebespaare auffielen, und dachte, wie allein man auch zu zweit sein könne. Am liebsten hätte sie sich einfach ebenfalls ins Gras gelegt.

  Plötzlich blieb Berthold stehen, flüsterte ihr zu, dass dort jemand aus dem Seminar auf sie zukomme, der ihm gerade noch gefehlt hätte, und legte seinen Arm um sie. Ein schlanker Junge mit zerzaustem dunklen Lockenhaar ging auf sie zu, begrüßte sie und sagte gleich etwas Positives über Bertholds Projekt, so dass dieser, der, wie Kerstin spürte, sofort hatte weitergehen wollen, doch stehen blieb. Kerstin fiel auf, dass sich in Nazars Haaren ein paar Grashalme verfangen hatten, wahrscheinlich hatte er gerade noch auf der Wiese gelegen und geschlafen, denn jetzt rieb er sich seine Augen und streckte sich etwas. Anstatt weiter über Bertholds Projekt zu reden, wie zu erwarten gewesen war, fragte er nun aber plötzlich, ob sie diesen Duft röchen, und atmete tief ein. Berthold war offenbar zu verblüfft, um zu antworten, und Kerstin nickte nur und sah Nazar an. Über dessen grünen Augen fächelten lange Wimpern, er hatte einen schönen Mund und trug ein Polohemd, das jetzt an der Hüfte einen Streifen seiner braunen Haut sehen ließ. Kerstin fand, dass er etwas Feminines ausstrahlte. Nun schlug er vor, sich gemeinsam auf die Wiese zu setzen, um bequemer ein bisschen zu plaudern, was Berthold sofort ablehnte. Kerstin aber stimmte zu, obwohl sie wusste, dass Berthold sich darüber ärgern würde, und zog ihn sogar an der Hand mit.

Als sie im Gras saßen, sagte Berthold gleich mit demonstrativ geschäftsmäßiger Miene, dass sie nicht viel Zeit hätten, aber Nazar ging darauf nicht ein, streckte sich wohlig, stützte den Kopf auf und sah sie lächelnd an. Er schien für den Moment vollkommen zufrieden damit zu sein, den Sonnenschein zu genießen, der durch die leicht in der Abendbrise flirrenden Blätter zu ihnen drang. Da Berthold nur wortlos und etwas verstockt wirkend auf die Fußballspieler sah und Kerstin keine Lust hatte, ein Gesprächsthema herbeizuzwingen, trat ein kleines Schweigen ein, währenddessen nicht viel mehr als das nahe Blätterrauschen, das Kerstin an die Parksequenzen aus dem Film 'Blow Up' erinnerte, und die entfernten, gelegentlichen Rufe der Spieler zu hören waren. Nun fragte Berthold, dem das Schweigen offenbar zu dumm wurde, eher gelangweilt, warum er sich im vergangenen Jahr gar nicht an der Universität habe blicken lassen. Nazar anwortete, dass er zwei Semester lang zu keiner einzigen Veranstaltung gegangen sei.

Dann sagte er, wie sehr er sich freue, den Duft der Linden wieder zu riechen, im Sommer letzten Jahres habe er ihn gar nicht wahrgenommen, weil er ein Leben geführt habe, das er Holly-Golightly-Leben nenne. Kerstin und Berthold sahen ihn fragend an, und Nazar erklärte, dass er sich wie das in 'Breakfast at Tiffany's' von Audrey Hepburn gespielte Partygirl vorgekommen sei. Er sei mit jemandem zusammen gewesen, der zur Jetset-Szene gehörte, ein starker, sehr männlicher Typ, etwas älter als er, ein Geschäftsmann aus der Upper Class, in den er sehr verliebt gewesen sei. Berthold räusperte sich unwillig, was Kerstin als Zeichen zum Aufbruch deuten sollte, aber einfach nicht beachtete. Sie seien viel herumgereist und hätten überall wilde Partys gefeiert. Kerstin dachte an die Reisen, die sie zusammen mit Berthold gemacht hatte, an die vielen schönen Augenblicke, an die erste, intensive Zeit und daran, wie sie sich die letzten Male als seine Begleiterin zu wissenschaftlichen Kongressen in irgendwelchen Hotels und bei Abendveranstaltungen gelangweilt hatte. Nazar ließ sich auf den Rücken sinken, sah in den Himmel und sagte, er habe damals nur noch in der Nacht gelebt und bis mittags geschlafen. Nach Schönheitspflege und Shopping mit anderen Partygirls habe er sich dann mit diesen lustigen Mädchen auf die nächste Party vorbereitet und in Stimmung gebracht. Sein Freund habe ihn bald auf den Geschmack von Kokain gebracht, das zur Herstellung einer flirtiven Atmosphäre leider schnell unverzichtbar geworden sei. Dann habe sein Freund plötzlich aufgehört, sich für ihn zu interessieren, er frage sich allerdings manchmal, ob er sich überhaupt je für ihn interessiert habe, und habe angefangen, sich auch mit anderen im Bett zu amüsieren. Sie seien zwar noch als Paar aufgetreten, aber er selbst sei im Lauf der Zeit völlig verstummt und habe sich immer weniger als eigenständige Person gefühlt, und nicht nur, wenn er mit seinem Freund zusammen gewesen sei, nein überhaupt. Kerstin schaute auf eine Wolkenwand, die sich über den fernen Häuserzeilen jenseits der Wiese gebildet hatte, sich deutlich vom klaren Himmel abhob und genau wie ein Wald aussah. Es schien so, als spiegelte die Wolkenformation die Allee hinter ihnen oder als hätten die Wolken die Allee nachgeahmt. Die Farben waren natürlich anders, aber Kerstin konnte die runden Wipfel der Bäume erkennen und meinte, weitere ihrer Konturen sich abzeichnen zu sehen. Nazar erzählte, wie er eines Tages seine Sachen zusammen gepackt, die von seinem Freund für ihn gemietete Wohnung verlassen habe und in sein kleines Apartment zurückgekehrt sei. Ein Mal habe der Freund ihn angerufen und aufgefordert, ihn auf eine Party zu begleiten, habe sich danach aber nicht wieder gemeldet und sei nie vorbeigekommen. Anfangs sei er sehr deprimiert gewesen, habe tagsüber geschlafen und nachts viel ferngesehen. Erst seit Beginn des Sommers sei er wieder offen für die Welt und fühle sich stark, sagte er und fragte, ob sie mit ihm Spaghetti kochen wollten. Berthold lehnte ab, sah auf seine Uhr und stand auf Sie seien schon zu spät, sagte er, schaute kurz auf den im Gras Liegenden und ging in Richtung auf den baumlosen Museumsvorplatz davon. Kerstin, die etwas unschlüssig sitzen geblieben war, sah Nazar an. Vom Rand der Wiese rief Berthold jetzt ihren Namen. Sie und Nazar erhoben sich und gaben sich Küsse auf die Wangen. Am Himmel hinter ihm hatte sich der Wolkenwald gelichtet. Langsam ging Kerstin auf die duftende Allee zu.

Akazie

Seit meiner Kindheit verbringe ich die Sommermonate hier in M., einem kleinen Ort in den Hügeln oberhalb der Côte d'Argent. In den vergangenen fünfzig Jahren hat sich nicht viel verändert. Ein paar Ferienvillen sind dazugekommen, und von den Einheimischen werden einige etwas reicher geworden sein. Wie von Beginn an halte ich mich von ihnen fern. Abgesehen von Maître Fégor, mit dem ich jeden Freitag eine Partie Schach spiele, spreche ich mit niemandem. Das heißt, mit Mme Darrieux, in deren Gemischtwarenladen ich schon als Kind Süßigkeiten kaufte, wechsle ich beim wöchentlichen Einkauf einige Worte. Ich brauche die Ruhe, um zu schreiben, habe jedoch seit Jahren nichts mehr geschrieben, das mich in irgendeiner Weise überzeugt oder überrascht hätte, so dass ich mittlerweile kaum noch wirklich schreibe, sondern nur früher Geschriebenes überarbeite.

An diesem Freitag kehrte ich in der Abenddämmerung vom Schachspiel in der Kanzlei zurück und dachte darüber nach, wie leicht ich meinen mir sonst überlegenen Gegner geschlagen hatte. Maître Fégor, ein gebildeter Mann von vierzig Jahren mit angenehmen Umgangsformen, der sich erst vor wenigen Jahren in M. niedergelassen hatte, war durch ein unbedachtes Damenmanöver in Zugzwang geraten. Vielleicht rührte sein Lapsus auch daher, dass er während des Spiels mehr als gewöhnlich gesprochen hatte, insbesondere davon, dass Mieter, eine offenbar wohlhabende Pariserin und ihre Tochter, in die leer stehende Villa neben meinem Grundstück eingezogen seien.

Durch den dicht bewachsenen Garten gehend sah ich zum Nachbargrundstück hin und nahm zwischen den Stämmen einiger Pinien hindurchspähend eine Limousine wahr, die vor dem Haus geparkt war. Mehr aus Langeweile denn aus Neugier begab ich mich in den hinteren Teil des Gartens, wo der Zaun an der Flanke der Nachbarvilla verlief. Während die Zikaden - nach einer kurzen Pause, weil sie mich gehört hatten - um mich herum ohrenbetäubend zu schrillen begannen, blickte ich hinter dem Stamm einer Akazie stehend zu den nahen, geöffneten Fenstern hinüber. Das süße Parfüm der Akazienblüten sickerte auf mich herab, und an meiner Handfläche fühlte ich die rauhe Rinde des Baumes. Im Dämmerlicht des Badezimmers sah ich ein Mädchen stehen, das in ein Buch schaute. Nun legte sie das Buch auf die Fensterbank, neigte den dunkelhaarigen Kopf zur Seite, küsste ihren Oberarm, leckte daran und biss leicht hinein. Jetzt holte sie ein Mobiltelefon aus einer Tasche, das vibriert haben musste - einen Klingelton hätte ich gehört -, streifte, während sie sprach, ihre Hose hinunter, setzte sich mit gespreizten Beinen auf das Bidet, warf den Kopf in den Nacken und brachte sich zum Höhepunkt. Danach steckte sie das Mobilphone weg, zog sich wieder an, nahm das Buch und verließ das Bad.

An diesem Abend arbeitete ich nicht mehr. Stattdessen schaute ich durch ein Opernglas auf die Fenster des Nachbarhauses. Die Zweige der Akazie mit ihren vielfiedrigen Blättern wischten immer wieder durch das Bild, doch ich sah sowieso nicht viel, weil durch die zugeklappten Fensterläden nur spaltbreit Licht fiel.

Am nächsten Tag ertappte ich mich dabei, dass ich immer wieder zum Nachbarhaus hinüber sah. Die neuen Bewohner schienen lange zu schlafen, sie frühstückten wohl auf der Terrasse, die auf der meinem Grundstück abgewandten Seite der Villa lag. Dann hörte ich das Auto wegfahren.

Es dauerte bis zum späten Nachmittag - meine Korrekturen waren schleppend verlaufen -, bis ich das Knirschen der Autoreifen hörte. Mir den Anschein gebend, als wolle ich in den Ort gehen, eilte ich durch den Garten und geriet in Sichtweite. Bei der kurzen Vorstellung war ich derart befangen, dass mir nur wenige Einzelheiten auffielen. Mme Dufresne, eine üppige Blondine, trug enge Reithosen und roch süßlich nach dem Pferd, das sie wohl gerade geritten hatte, Claire hatte einen leichten dunklen Flaum über der Oberlippe, sagte nur ihren Namen und blähte die zarten Nüstern. Während Madame ihrer Tochter gereizt befahl, die Einkäufe aus dem Wagen zu holen, meinte ich in ihrem strengen Gesicht gleichzeitig etwas von einem kleinen Mädchen zu sehen. Claire, die mit ihren dunklen Lippen eine Schnute zog, beugte sich über die Rücksitze, um die Taschen herauszuhieven. Ich musste mich zusammenreißen, um nicht auf ihren Po zu starren und hinterließ wohl den zerstreuten Eindruck eines alten Professors.

In dieser Nacht blieben die Fensterläden offen, flackernde Kerzen brannten im Nachbarhaus, aber viel war nicht zu sehen, auch weil mir die sich im Wind stark bewegenden Akazienzweige die Sicht nahmen. Allerdings war mir so, als hätte ich die Schattenrisse dreier Personen im Haus wahrgenommen.

Am nächsten Tag kamen meine Nachbarn erst spät vom Baden zurück. Ich postierte mich hinter der Akazie und hörte, wie die Mutter ihrer Tochter Anweisung gab, die Badeanzüge zum Trocknen aufzuhängen. Claire legte sie auf das Fensterbrett im Bad, holte ihre Flechttasche und schloss die Tür ab. Dann zog sie sich aus, streichelte ihren Po und besah ihn sich in einem großen Spiegel, der an der Seitenwand in der Nähe der Tür angebracht sein musste. Leider konnte ich sie in diesem Teil des Badezimmers, dem dunkelsten, nicht mehr so gut sehen. Sie hielt etwas Glänzendes in ihrer Hand, dann war sie kurz von einem Topf von Fettgewächsen auf dem Fensterbrett verdeckt. Als ich sie wieder sah, war sie näher beim Fenster, streckte ihren Po dem Spiegel, den sie offenbar verstellt hatte, entgegen und sah sich über die Schulter dabei zu, wie sie sich rieb. Währenddessen hatte ich meine Hose geöffnet, drückte meinen Unterleib gegen die Akazie, spürte die Rauhheit der Rinde, die rissiger Nashornhaut ähnelte, drückte mein hartes Glied dagegen und starrte auf Claire, die aber nun einen der Fensterflügel mit dem Fuß zustieß, so dass ich nur noch eine weiß gekalkte Wand mit einem Regal sehen konnte. Ich stellte mir vor, wie sie weitermachte, und wurde in den Knien weich. Dann sackte mein Kopf in den Nacken, und ich sah die frischgrünen Blätter gegen den strahlend blauen Himmel flirren, ein paar Schmetterlingsblüten fielen von den duftenden weißen Rispen herab und an den knorrig knotigen Ästen sah ich Dornen sitzen. Erst als Claire das Bad wieder verließ, erhaschte ich einen Blick auf sie. Ich ließ meinen Blick zum Eingang der Villa schweifen: Der Maître war gekommen; ich sah zu, wie er vor dem Haus Mme Dufresne begrüßte, die weitaus freundlicher auf ihn als auf mich zu reagieren schien. Wahrscheinlich ging es um eine juristische Angelegenheit. Etwa eine Stunde später fuhr er wieder fort.

Seitdem lag ich jeden Tag auf der Lauer: Wenn ich mich nicht im Garten aufhielt, wo ich so tat, als schnitte ich Büsche zurecht oder zupfte Unkraut, behielt ich das Nachbarhaus von meinem Arbeitszimmer aus fest im Blick. Aber erst drei Tage später, nachts, war das Haus wieder belebt. Wahrscheinlich hatten Mutter und Tochter einen Ausflug nach Menton oder Cannes gemacht. Auf dem engmaschigen Mückengitter vor dem geöffneten Fenster eines Zimmers, das bis dahin nicht benutzt worden war, sah ich im Schattenspiel, wie ein Mann eine Frau entkleidete, der Figur nach zu urteilen, war es Mme Dufresne, dann ging das Licht aus. Etwa zehn Minuten später sah ich, dass sich der Mann im Badezimmer wusch, dann blieb alles still.

Das Kreischen der Schwalben weckte mich früh. Noch vom Bett aus schaute ich zum Fenster hinaus und sah ihre kleinen dunklen Körper am strahlend blauen Himmel entlangschießen. Das Nachbarhaus lag völlig ruhig da. Ich sog tief den alles durchtränkenden Duft der Akazien ein, kochte mir einen Kaffee und trank eine Schale.
  Obwohl das Badezimmerfenster geschlossen war, wollte ich gerade zu meiner Beobachtungs-Akazie gehen, um dabei zu sein, wenn im Nachbarhaus das morgendliche Treiben begann, als ein Polizeiauto und ein Ambulanzwagen die Auffahrt hinauffuhren. Zwei Sanitäter mit einer Trage, ein Arzt und der an seiner grobschlächtigen Gestalt und dem von Wein und Pastis geröteten Gesicht leicht zu erkennende Inspektor gingen ins Haus. Kurz darauf trugen die Sanitäter einen Leichnam - die Gestalt auf der Bahre war völlig zugedeckt - heraus, schoben sie in den Rettungswagen, der Arzt stieg dazu, und der Wagen fuhr fort.

Voller Unruhe ging ich auf den Eingang der Villa zu, als mir der Inspektor entgegentrat. Ohne auf meine Frage, was geschehen sei, zu antworten, wollte er von mir wissen, ob mir in der vergangenen Nacht etwas Besonderes aufgefallen sei. Daraufhin erzählte ich ihm von den Begebenheiten, die ich gestern beobachtet hatte. Erst dann teilte er mir mit, dass Mme Dufresne ermordet worden sei. Dabei fixierte er mich mit seinem Blick, um, wie mir schien, meine Reaktion auf die Nachricht ganz genau zu beobachten. Während ich meinem Erstaunen und auch Entsetzen Ausdruck zu verleihen versuchte, fiel mir der Gegensatz zwischen seiner ungesund aufgedunsenen Gesichtshaut und dem klaren, harten Blick seiner blauen Augen auf. Anschließend fuhr auch er davon.

Vom Meer her war Wind aufgekommen, und die Akazie über mir rauschte, während ich in Gedanken über den Tathergang das Haus beobachtete. Endlich öffneten sich die Fenster des Badezimmers, und ich sah Claire. Ihr Gesicht schien verschlossen, ausdruckslos starrte sie auf den Badeanzug ihrer Mutter, der auf dem Fensterbrett lag. Ich überlegte, ob ich hinübergehen und sie irgendwie trösten könnte. Während ich mir geeignete Worte zurechtzulegen suchte, sah ich den Wagen des Maître die Auffahrt hinaufkommen. Mich hinter der Akazie verbergend sah ich den Maître hineingehen und kurz darauf in Begleitung Claires wieder herauskommen. Ich vermutete, dass er sie abholte, damit sie nicht allein in dem Haus blieb, in dem in der Nacht zuvor ihre Mutter ermordet worden war.

In dieser Nacht wirkte der schwarze Block des verlassenen Nachbarhauses, der mich, bevor Mutter und Tochter dort eingezogen waren, nie beunruhigt hatte, mit einem Mal bedrohlich auf mich. Meine Vorstellungskraft brachte verschiedenste Bilder der Tötung hervor und konstruierte zu einem jeden noch einmal unterschiedlichste Tatabläufe, deren Wahrscheinlichkeit ich zudem auch geradezu zwanghaft rational abwog. Dies führte dazu, dass ich keinen Schlaf fand, obwohl ich immer erschöpfter wurde. Als ich schließlich, etliche Stunden nach Mitternacht, zu müde war, um mir noch etwas vorzustellen oder nachzudenken, fiel mir plötzlich das unerträglich laute Schrillen der Zikaden auf und machte mich so verrückt, dass ich mit dem Luftgewehr auf die nächsten Geräuschquellen in die völlige Schwärze schoss.

Irgendwann musste ich doch eingeschlafen sein, denn ich erwachte mit dem Luftgewehr in der Hand auf meiner Balkonpritsche liegend.
    Der Tag zog sich furchtbar schleppend dahin. Der Anblick des verlassenen Nachbarhauses war mir unerträglich, dennoch schaute ich immer wieder zu dessen Fenstern hin, aber nichts regte sich. Die Äste der Akazie über mir waren gezackt wie dunkle Blitze. Am späten Vormittag, die Hitze war drückend, versuchte ich, den Maître zu erreichen, um etwas über den Fall und auch den Verbleib Claires zu erfahren, aber er war den ganzen Tag in einer dringenden Angelegenheit unterwegs. Anschließend überlegte ich, ob ich in den Ort gehen sollte, um Informationen zu bekommen, entschied mich aber dagegen, weil es Mittag war und sicher alle Einwohner in ihren abgedunkelten Zimmern schliefen. Der Gemischtwarenladen war geschlossen, und wen ich, außer Mme Darrieux, überhaupt hätte ansprechen können, wusste ich gar nicht.
    Am Nachmittag, ein heftiger Sommerregen hatte eingesetzt, holte mich der Inspektor mit der Begründung ab, ich müsse mich einem routinemäßigen Speicheltest unterziehen, da es sich um einen, wie er es formulierte, 'Sexualmord mit eindeutigen Spuren' handle. Während er mir das mitteilte, sah er mich, wie mir schien, geradezu verächtlich an. Bevor wir zur Dienststelle führen, sagte er, wolle er sich aber noch meinen Garten anschauen. Unter Regenschirmen gingen wir hinaus in den wogenden Garten. Dort wunderte ich mich, dass er - anstatt mir auf dem Weg zu folgen - zwischen triefenden Büschen hindurch sofort den eher abgelegenen Bereich mit der Akazie ansteuerte. Zu meinem Entsetzen musterte er den Stamm der

Akazie, ich aber sah erleichtert das Wasser die Rinde herab laufen - in den Spalten und Furchen zwischen den Borken sprudelte es geradezu herab und musste, wie ich dachte, all meine Spuren beseitigt haben. Übellaunig schweigend fuhr mich der Inspektor zur Dienststelle im Rathaus, wo ein Laborant mir eine Speichelprobe entnahm. Anschließend begann meine Befragung, die schnell zu einem ruppig geführten Verhör wurde. Nach einer Wiederholung der Fragen vom Vortag gab mir der Inspektor lakonisch und dabei wieder meine Reaktionen genau beobachtend einige Informationen zur Tat. Mme Dufresne sei mit einem Gürtel erdrosselt, unbekleidet aufgefunden worden, und der Gerichtsmediziner habe zur Genanalyse taugliches Material, das höchstwahrscheinlich vom Täter stamme, sicherstellen können. Dann wurde mein unbestimmter Eindruck, dass er etwas gegen mich in der Hand hatte, zur Gewissheit. Ihm sei, sagte er, eine Filmaufnahme übergeben worden, die mich kompromittiere. Sie zeige, wie ich - offensichtlich auf jemanden in Mme Dufresnes' Haus starrend - im Garten - er fixierte mich, ich errötete und senkte den Blick – , - er beendete den Satz nicht. Ich müsse schon Verständnis dafür haben, sagte er, dass mich dieses Verhalten angesichts der sexuellen Begleitumstände wenn nicht sogar des Charakters der Mordtat verdächtig machte. Als ich daraufhin meine Unschuld beteuerte, winkte der Inspektor nur geringschätzig ab, verwies auf die zu erwartenden Untersuchungsergebnisse und entließ mich.

Auf dem langen Weg durch den Regen zurück versuchte ich vergeblich, Ordnung in meine Gedanken zu bringen, sah aber nur Bilder: Ich sah Claire, wie sie mich, während sie sich im Bad selbst befriedigte, filmte, ich sah Claires Mutter vor mir stehend und als Schattenriss in ihrem Schlafzimmer mit dem Mann, der in der Mordnacht bei ihr gewesen war. Während die Pinien am Rand meines Fußwegs im Wind tosten, versuchte ich noch einmal nachzudenken: Ich hatte nichts mit dem Mord zu tun, was also hatte ich zu befürchten? Glaubte Claire etwa, ich sei der Mörder ihrer Mutter?

Als ich zuhause ankam, war es fast dunkel. Ich zog meine durchnässten Kleider aus, schaute zum unbeleuchteten Nachbarhaus hin und öffnete eine Flasche Rotwein. Der Maître war nicht zu erreichen, in der Kanzlei nahm niemand mehr ab und seine private Telefonnummer über die Auskunft herausfinden wollte ich nicht. Also trank ich.

Beim Aufwachen sah ich, dass ich eine zweite Flasche Wein zur Hälfte geleert hatte, bevor ich eingeschlafen war. Mit leichten Kopfschmerzen ging ich kurz darauf in die Ortschaft, um mir in Mme Darrieuxs Laden ein Baguette zu kaufen. Es war herrliches Sommerwetter, die Welt wirkte nach dem gestrigen Regen wie blank geputzt. Zwei alte Männer, die vor dem Café saßen, fingen an mich zu beschimpfen, als ich an ihnen vorbeiging. Ein jüngerer Mann, der auf mich zukam, spuckte vor mir aus. Eine junge Mutter griff, als sie mich sah, ihre kleine Tochter an der Hand und zerrte sie auf die andere Straßenseite. Die Nachricht von meinem Fehlverhalten musste sich herumgesprochen haben. Ich war froh, als ich im Laden war. Dort war ich allein mit Mme Darrieux, die mich nur einen Augenblick lang tadelnd ansah und leicht ihren Kopf schüttelte, sich dann jedoch freundlich wie immer verhielt. Ich hatte gerade mein Baguette unter den Arm geklemmt, als sie trocken bemerkte, nun komme mich der Inspektor holen, und zum Fenster wies. Danach ging alles sehr schnell. Der Inspektor verhaftete mich, belehrte mich, während er mir noch im Laden Handschellen anlegte, über meine Rechte und stieß mich vor den Augen einiger geifernder Einwohner unsanft in den Wagen. Während der Fahrt informierte er mich darüber, dass die Spermaspuren am Opfer als von mir stammende identifiziert worden seien. Völlig perplex gelang es mir nicht, einen einzigen klaren Gedanken zu fassen. An einer bestimmten Stelle der Strecke konnte ich hinab auf das glitzernde Meer sehen.

Seit zwei Wochen sitze ich nun in Untersuchungshaft. Der Matre, den ich gebeten habe, meine Rechte zu vertreten, verhält sich bei seinen wenigen Besuchen sehr reserviert. Während ich dies schreibe, und ich schreibe nicht nur dies, sondern arbeite an einer neuen Erzählung, schaue ich aus meiner Zelle hinaus auf den nächtlichen Platz. Dort steht eine Akazie, älter als die in meinem Garten, die ich weiterhin Akazie nenne, obwohl es eine Robinie ist, wie mich der Wächter, ein Hobby-Botaniker, aufklärte. Eine Laterne beleuchtet einen Teil ihrer Äste, und das gefiederte Blattwerk umschwirren Fledermäuse.

Eiche

Ich hatte mich krank schreiben lassen, obwohl ich nur leicht erkältet war, konnte aber meine freie Zeit nicht genießen. Ruhelos ging ich durch die Wohnung, sah auf die triste Dorfstraße hinaus und zwang mich schließlich dazu, mich mit einer Tasse Tee und der Zeitung an den Küchentisch zu setzen. Am Tag zuvor hatte in der viele Kilometer entfernten Kreisstadt im Schaufenster eines Kaufhauses, das sich davon gesteigertes Kundeninteresse versprach, ein bekannter Aktionskünstler eine Wohnzimmereinrichtung mit der Axt zertrümmert. Auf dem Foto neben dem Artikel war der Künstler mit der über den Kopf erhobenen Axt vor einer Schrankwand zu sehen, in der schon ein paar Regalbretter zerhackt waren. Heute stand ein weiteres Wohnzimmer auf dem Programm.

    Durch die Zeitungslektüre zusätzlich misslaunig gestimmt, hielt ich es bald in den eigenen vier Wänden nicht mehr aus, stieg in meinen Wagen und fuhr ohne eigentliches Ziel los. Schnell hatte ich die kleine Ortschaft mit ihren Fachwerkhäuschen hinter mir gelassen und befand mich auf einer Schnellstraße, die die hügelige Waldlandschaft durchschnitt. Das Laub der Bäume war herbstlich bunt gefärbt, ich dachte kurz, wie hässlich eine solche Straße mit ihren lauten, stinkenden Autos doch sei und überlegte dann, wohin ich fahren solle. Am schönsten war ein sanft grün bewachsener, seit langem nicht mehr tätiger Vulkan, in dessen Krater große Pferdeweiden lagen. Von seinem Rand aus hatte man einen wunderbaren Blick auf das Flusstal und die gegenüber liegenden Berge. In einer Kaminstube über dem Reitstall hätte ich eine heiße Schokolade trinken können. Aber weil mir mit einem Mal klar wurde, dass ich möglichst niemandem begegnen wollte, entschied ich mich, in eine abgelegenere Gegend zu fahren. Als ich an der nächsten Abzweigung abbog, erinnerte ich mich an jenen Tag viele Jahre zuvor, an dem ich schon einmal in diese Gegend gekommen war.

Damals hatte Arnd mich und zwei andere Schulkameraden in seinem alten VW Käfer zu unserem Deutschlehrer mitgenommen, der zu sich eingeladen hatte. Weil Arnd mich zuerst abgeholt hatte, saß ich vorne neben ihm - schweigend, denn ich wusste nicht, worüber ich sprechen sollte. Einige Jahre lang war er mein bester, vielleicht mein einziger Freund gewesen, seitdem wir aber in der Abschlussklasse waren, hatte er sich immer mehr anderen zugewendet, anderen wie den zwei, die kurz darauf zustiegen und gleich über unseren Lehrer höhnten. Das arme Würstchen habe seinen Beruf verfehlt, der wisse ja überhaupt nicht, wo es lang gehe, ob Arnd gemerkt habe, wie seine Stimme zittere. Arnd konzentrierte sich auf das Fahren und sagte nichts, aber ich sah ihn lächeln. Die zwei im Fond meinten, der Lehrer habe Angst vor den Menschen und habe sich deshalb in so einem winzigen Kaff versteckt; jetzt aber sitze er bestimmt jede Nacht mit großen Augen in seinem Häuschen und mache sich aus Angst vor dem dunklen Wald um ihn herum in die Hosen. Sie hätten sich vorgenommen, ihn wegen ihrer schlechten Noten zu bearbeiten.

Während ich nun dieselbe Strecke fuhr, die Arnd - der mir fremde, der plötzlich erwachsen gewordene Arnd - damals gefahren war, erinnerte ich mich an den Lehrer, der damals gerade unseren Deutschkurs übernommen hatte, an sein etwas hamstriges Gesicht, über das ich so selten, in der kurzen Zeit, die er uns unterrichtete, ein Lächeln huschen sah, an seine unsichere Gestik und seine leise Stimme. Ich dachte auch daran, wie ich gewesen war, ein Träumer unter langem Lockenhaar und hinter einer Hornbrille, mit Babyspeck im Gesicht, das halbe Jahr eingemummt in einen Parka. Zuhause zerbrach die allein erziehende Mutter, ich war verwirrt und einsam, und wenn eine Mitschülerin mich ansprach, wurde ich rot. Der kleine Ort, in dem der Lehrer damals gewohnt hatte, hatte sich im Vergleich zu früher, soweit ich mich erinnern konnte, wenig verändert. Er bestand aus einer durch ein kleines Tal führenden Hauptstraße, von der kurze Gassen abzweigten und bis zum Fuß der Hänge führten, die sich steil erhoben. An der Dorfkirche bog ich ab und erkannte kurz darauf das unscheinbare Haus wieder, in dessen Erdgeschoss der Lehrer gewohnt und auf uns gewartet hatte, denn wir hatten uns verspätet. Heidrun und Monika waren schon da, sie waren mit dem Bus bis in den größeren Nachbarort gefahren, und der Lehrer hatte sie dort mit seinem kleinen Auto abgeholt. Wir teilten dem Lehrer mit, dass wir nun vollzählig seien, weil die anderen alle anderweitig verabredet gewesen seien und deshalb nicht zu diesem, von ihm viel zu kurzfristig angesetzten Treffen hätten kommen können. Enttäuscht stand er im Wohnzimmer seiner 2-Zimmer-Wohnung vor uns und wirkte kleiner als in der Schule, vielleicht weil er keine Schuhe, sondern nur dicke Wollsocken trug. Die Mädchen saßen auf dem Sofa und nippten Orangensaft. Ob wir auch so etwas bekommen könnten, fragte einer von Arnds neuen Freunden, woraufhin sich der Lehrer entschuldigte und in die Küche eilte. Während er draußen mit den Gläsern klimperte, fragte Arnd die beiden Mädchen, ob sie wüssten, was das Ganze hier solle. Heidrun zuckte mit den Schultern und legte ihre langen, hellbraunen Haare anders, Monika ließ sich ins Polster zurücksinken und lächelte. dass man sich außerhalb der Schule treffe, solle das Gemeinschaftsgefühl stärken, antwortete jetzt etwas hastig der Lehrer, der plötzlich wieder vor uns stand und uns verlegen die Gläser reichte. In der Stille, die nun eintrat, schauten wir uns ein bisschen im unordentlichen, mit Büchern und Schallplatten vollgestopften Wohnzimmer um und tranken schnell unseren Saft aus. Kurz darauf waren wir zu unserer Wanderung durch den Herbstwald aufgebrochen, durch den Ort getrottet und in die Hügel hinaufgestiegen.

Ich fuhr zu der Stelle, an der wir damals in den Wald hineingegangen waren, und stieg aus. Weil es ein ebenso sonniger Herbsttag war wie damals, beschloss ich, einen Spaziergang auf den alten Pfaden zu machen. Nach etwa einer Dreiviertelstunde, während der ich, wie schon oft, feststellte, dass es mir nicht glückte, Trost in der Natur zu finden, erreichte ich einen Höhenkamm, von dem aus die sanft bergige Waldlandschaft recht gut zu überblicken war. Hier waren wir auch vorbei gekommen, erinnerte ich mich, und ich war allein gegangen zwischen den beiden Gruppen, die sich gebildet hatten, der vorderen mit Arnd und seinen Freunden und der hinteren mit den beiden Mädchen und dem Lehrer. In der Luft lag auch heute ein Duft nach Rauch und dem trockenen Laub, das von den Bäumen fiel und den Boden bedeckte. Bei jedem meiner Schritte raschelte es, und manchmal schob ich mit meinen Füßen die Blätter so vor mir her, dass sie sich zu Laubhaufen türmten. Als Kind hatte ich in solchen Laubhaufen gespielt, erinnerte ich mich. Bei unserem Kursausflug hatte ich mich einige Male nach Monika umgedreht, und einmal hatte sie mir zugewinkt. Erst wenige Wochen zuvor war mir bewusst geworden, wie sehr sie mir gefiel mit ihren teefarben schimmernden Augen, den kastanienbraunen Locken und ihrem schönen, malvenfarbenen Mund. Seitdem fühlte ich mich so stark zu ihr hingezogen, dass ich ständig dagegen ankämpfen musste, einfach mein Gesicht in ihre duftenden Haare zu tauchen.

Schließlich waren wir zu der Burgruine gelangt, zu der uns der Lehrer hatte führen wollen. Sie stand auf einer Anhöhe, und wir kletterten ein bisschen in ihren Mauern herum. Arnds Freunde schrien von einem Turm herunter und lösten absichtlich Steinschlag aus. Der Lehrer ermahnte sie, konnte sich aber nicht so recht durchsetzen. Ich hatte bald genug von dem Gemäuer, beschloss, allein die Umgebung zu erkunden und ging durch den Wald davon. An einem Hang erstreckte sich ein Eichenwald bis hinunter in eine Talmulde. Es war still dort, und die Sonne ließ die orangenen, ockerfarbenen und roten Blätter der Bäume leuchten. Ich setzte mich ins Laub, schaute die knorrigen Äste an und folgte mit den Augen ihren Verzweigungen. Ich hatte gar keine Lust, wieder zu den anderen zurückzugehen. Nach einer Weile hörte ich jemanden meinen Namen rufen und erkannte kurz darauf Monika, die zwischen den Bäumen auf mich zukam. Ich war froh, sie zu sehen, und freute mich auch, dass sie ohne Heidrun unterwegs war. Etwas außer Atem sagte sie mir, dass sie alle nach mir suchten, dann legte sie ihre Arme um mich und gab mir einen Kuss. Noch heute träume ich manchmal davon und erinnere mich an den Geschmack ihres Mundes. Gleich darauf bewarf sie mich allerdings mit Laub, und wir ließen uns in die Senke hinunterkugeln. Bevor wir etwa eine halbe Stunde später wieder zu den anderen fanden, pflückte ich noch ein paar Blätter aus ihren wilden Haaren. Als wir gemeinsam zurückkamen, wurde natürlich gespottet, wir seien ein Liebespaar, und ich bekam vom Lehrer einen Vorwurf zu hören. Schließlich hatten wir uns auf den Rückweg gemacht.

Über den federnden Waldboden schreitend, suchte ich jenen Eichenhain von damals, konnte ihn aber nicht finden. Dabei dachte ich wieder einmal darüber nach, warum die Beziehung zu meiner großen Liebe vor einigen Jahren in die Brüche gegangen war. Seitdem lebte ich alleine und sah kaum eine Möglichkeit, dass sich das je wieder ändern würde. Seufzend gab ich die Suche auf, machte kehrt und rief mir den weiteren Verlauf jenes Kurstreffens vor Augen.

Nach der Wanderung hatte uns der Lehrer in seiner Wohnung mit Gulaschsuppe bewirtet und Schallplatten aufgelegt, irgendwelche Weltmusik. Dabei hatte er Rotwein getrunken und immer mehr geredet, erst begeistert von der Musik, aber plötzlich von seinen Problemen im Beruf: wie schwer es ihm falle, vor eine Klasse zu treten, dass er sich bei fast nichts sicher sei, und mit einem Mal hatte er über die Liebe und seine Ex-Freundin gesprochen. Es war sehr peinlich, und irgendwie war ich Arnds neuen Freunden geradezu dankbar, dass sie anfingen, ihn der Noten wegen in die Mangel zu nehmen, und als er nicht darauf einging, sich über ihn lustig zu machen. Auch sie hatten Rotwein getrunken und irgendwann stießen sie, ich glaube, sie taten es mit Absicht, eine Lampe um, die kaputt ging, aber der Lehrer, der immer stiller geworden war und nur noch traurig dasaß, sagte gar nichts dazu. Arnd drängte zum Aufbruch, die beiden Mädchen würden den nächsten Bus nehmen, und wir standen schon an der Tür, als ich sah, wie Monika, die dem Lehrer am nächsten saß, ihm ihr Glas mit Mineralwasser anbot, aus dem er auch trank. Das und der Umstand, dass sie kein Abschiedswort allein für mich übrig hatte, machte mich wütend, und ich wollte noch nicht gehen, aber Arnd schob uns hinaus. Im letzten Augenblick stahl ich dem Lehrer einen kleinen, runden Kieselstein, der auf der Kommode lag, und den ich mir, als ich wieder zuhause war, genauer ansah: Er war gelblich, und eine blasse Linie teilte ihn in zwei unterschiedlich große Hälften.

Als ich wieder im Dorf war, setzte ich mich ins Auto und schaute auf die Fenster der Wohnung, in der damals der Lehrer gewohnt hatte. Er war am nächsten Tag nicht in die Schule gekommen, und tags darauf hatten wir erfahren, dass er im Wald gefunden worden sei. Er habe sich mit Schlaftabletten vergiftet, werde aber überleben. An unsere Schule ist er nie zurückgekehrt, und was aus ihm geworden ist, habe ich nicht in Erfahrung gebracht.

    Ich startete den Motor und fuhr langsam durch die Wälder zurück. Zwischen Monika und mir war es bei dem einen Kuss geblieben. Aber immer noch sah ich sie manchmal vor mir in jenem Eichenhain und meinte, ihren Kuss zu schmecken, oder brachte ich diese Erinnerung mit der an meine Freundin durcheinander, die Monika so ähnlich gesehen hatte? Ich dachte daran, dass ich so bald wie möglich in eine Stadt ziehen würde, und ich dachte an den Stein mit der blassen Linie, der zu Hause bei mir auf dem Schreibtisch lag, und den ich oft ansah.

Die Zertrümmerung einer zweiten Wohnzimmereinrichtung, die von Aktionskünstler und Kaufhaus für diesen Abend vorgesehen war, fand übrigens wegen heftiger Bürgerproteste nicht statt.

Expat – Storys

Im Banne des Bo

In einem wunderbaren Land ...
                    Karel Gott, 'Biene Maja'
Wir fuhren im Tross des Botschafters Richtung Samarkand. Ich saß mit Sommergrippe im Transporter mit den Rollstühlen, die der Bo einer Schule schenken wollte. Laura, die Frau, der ich folgte, meine Freundin, die Gefährtin des Lebensabschnitts, der mir wie mein letzter vorkam, saß in einem Kleinbus mit dem Kulturreferenten Dr. jur. Stadler und seiner Familie. Sie winkten mir zu, und ich winkte mit meinem zerknüllten Taschentuch zurück.

Die Kolonne folgte dem weißen Mercedes, in dessen Fond der Botschafter und seine Frau saßen. Er (vielleicht besonders in den Augen seiner Frau) etwas unbeholfen wirkend, lispelnd, aber groß, silberhaarig und Doktor der Jurisprudenz, sie eine elegante Goldblondine, Romanistin. Staub, Baumwollfelder ohne Baumwolle, ein paar Apfelbäume. In einer Pinkelpause fand der Bo große Keramikisolatoren, die sich seiner unwidersprochenen Meinung nach gut im Garten machen würden. Eigenhändig verstaute er sie im Kofferraum des Mercedes.

Beim nächsten Halt verteilte seine Frau Kirschen. Der Bedienstete hätte die Kirschen entgegen ihrer Anweisung ohne Stiel gepflückt, bemängelte sie. Die niedlichen Stadler-Kinder spuckten Kirschkerne um die Wette. Ich machte mich nützlich, indem ich die von rotem Saft verschmierte Schüssel hielt, und aß nur wenige Kirschen, weil ich Angst hatte, sie nicht zu vertragen. Bevor ich wieder in den Quarantänebus stieg, machte mich Laura darauf aufmerksam, dass die benutzten Taschentücher meine Hosentasche ausbeulten. Außerdem sollte ich mir nicht mit dem Handrücken die Nase wischen.

Bald darauf gelangten wir in die Geburtsstadt des Nationalhelden, des grausamen Tamerlan. Auf dem Basar standen die Hühner zur Kühlung mit zusammengebundenen Füßen in mit Wasser gefüllten Schalen. Frau Stadler ließ mich ihr Baby im Buggy schieben, und alle hielten mich für den Vater. Einmal, als ich auf der Suche nach ihr, ihren Kindern und Laura durch die Menge irrte, zeigten mir Marktfrauen heiser lachend die Richtung. Hornissen mit hängenden Hinterbeinen flogen um eine Moschee. - Good morning, riefen die kleinen Jungs auf der Straße, obwohl es Nachmittag war, - what's your name, und einer fragte frech: - You know penis?

Während Laura über das hässliche und unsaubere Zimmer im Intourist Hotel schimpfte, ließ ich mich in einen Sessel fallen und streckte die schmerzenden Beine von mir. Am liebsten wäre ich bis zum Abend so sitzen geblieben, aber ein Essen in einer Weinfabrik stand auf dem Programm. Von den dort angebotenen Speisen nahm ich aus Angst vor Durchfall nur wenig zu mir. Bei Fleisch und Grünzeug passte ich besonders auf. Die wichtigsten Personen unter den Versammelten brachten die üblichen Toasts auf Land, Frauen und Gastfreundschaft aus. Frau Stadler, an deren Schläfen immer feine, blaue Äderchen zu sehen waren, stillte abseits auf einer Bank ihren Säugling. Etwas später versuchte sie es draußen zu beruhigen. Wir hörten das Geschrei durch die Fabrik hallen.

Anschließend wurden uns ein paar jener geräumigen Mausoleen gezeigt, von denen recht viele im Land herumstehen. Die Stadler-Kinder schenkten einheimischen Jungen, die aus einem Maulbeerbaum heruntergeklettert kamen und schwarz beschmierte Münder und Hände hatten, russische Bonbons.

In dieser Nacht, in der ich trotz Lauras wiederholtem Pfeifen meiner verstopften Nase wegen stark schnarchte, demonstrierte der Botschafter seiner Frau mit einer Zahnbürste, dass man die schmutzigen Kacheln des Hotelbadezimmers sehr wohl reinigen könne.

Weitere Angaben machte die Frau des Botschafters am nächsten Morgen nicht und verteilte mit leicht französisch wirkender Affektiertheit Haribo-Gummibärchen an jeden, der wollte. Ich bat um keins. Ich mag nur harte Gummibärchen.

Weiter im Süden des Landes trafen wir einen deutschen Archäologieprofessor, der sich selbst gern reden hörte. Wir besichtigten eine religiöse Stätte aus Gips und Alabaster, die silbergrauen Haare des Bo leuchteten immer voran. Dann waren wir vom Hokim, einer Art Distriktpräsidenten, zum Essen im Haus eines reichen Freundes eingeladen. Dr. Stadler trug eines seiner makellos mittelmeerblauen Hemden, die Frau des Bo etwas Jil-Sandriges in erdfarbenen Tönen. Der tonnenbäuchige Distriktherrscher musterte zuerst einmal wohlgefällig die teuren Import-Spirituosen, die vor ihm auf dem Tisch standen und sagte kaum ein Wort. Erst während des Essens, bei dem er sich den herunterlaufenden Schweiß mit einem Frotteetuch aus dem Gesicht moppte, machte er lächelnd ein paar Scherze. Es gab übrigens ein Schaf, und die üblichen Toasts wurden ausgebracht. Nach dem Plow begleitete man uns zur Ausgrabungsstätte, wo der Professor weiter referierte, und über die vor Hitze geborstene Erde große hochbeinige Ameisen rasten.

Am Abend musste im Hotelspeisesaal mit zwei Betonkopf-Apparatschiks noch einmal gegessen werden. Dr. Stadler ärgerte sich, als Fett, das beim Hineinbeißen aus einem Somsá, einer Teigtasche, spritzte, auf seinem blauen Hemd landete. Seine Kinder starrten derweil verträumt mit ihren großen blauen Augen, über die sich in trägem Takt die langen Wimpern senkten, zum Fernseher hin, wo alte Männer mit langen weißen Bärten gegeneinander rangen.

Nach einem kurzen abendlichen Verdauungsspaziergang um die Rosenbeete des Hotelvorgartens - ich hatte Lauras energischem Schritt nicht folgen können und schloss erst vor dem Hotel zu ihr auf - sahen wir den Bo mit nacktem Oberkörper im Zimmer stehen. Wie aus den Bewegungen eines Schattens an der Wand zu schließen war, legte seine Frau wohl gerade sein Unterhemd ordentlich zusammen.

Am nächsten Tag, während die VIPs im Rathaus empfangen wurden, führte ein Journalist uns Non-VIPs zu einer riesigen Voliere im Stadtpark. Es stellte sich heraus, dass eine arme Familie darin lebte. Der Unmut der beiden Diplomatenfrauen unseres Grüppchens wuchs mit der Wartezeit auf ihre Männer. Jetzt zeigte uns der Journalist eine Wasserrutsche in Form eines Dinosauriers. Das Gerät war gesperrt, aber im winzigen Innenraum lebte ebenfalls eine arme Familie. Frau Stadler, eine Meisterin des Huggings, wäre der sympathischen Frau, die gerade Tee kochte, gerne um den Hals gefallen, aber es ergab sich nicht. Kurz darauf sahen wir, wie ein Mädchen einen kläglich schreienden Vogel an einem leeren Springbrunnen entlangtrug, bis ihr ein Mann den Vogel wegnahm und ihm dabei gleich den Hals umdrehte.

Auf der Weiterfahrt, als sich der Unmut aufgrund des langen Wartens gelegt hatte, erblickte der Kulturreferent eine Baumaschine der heimatlichen Firma 'Vögele' und gab ein Wortspiel zum Besten. Nicht ohne zu lächeln, wies ihn seine Frau sanft zurecht. An der afghanischen Grenze, wo wir ein Gebäude besichtigten, ließen die Stadler-Kinder zwei Marienkäfer, denen sie Namen gegeben hatten, über ihre Arme laufen. Unweit vom gegenüberliegenden Flussufer wurde Mohn angebaut, um daraus Opium zu gewinnen. Die Kinder sahen den Käfern beim Blattläusefressen zu: Mit den winzigen 'Pfötchen' packte einer der Marienkäfer, 'Maria' genannt, eine handliche Blattlaus - wie ein Mensch einen kleinen Brotlaib - und biss von ihr ab.

Die Delegation begleitete unseren Tross bis zur Distriktsgrenze. Bei der Verabschiedung auf einer staubigen Wegeskreuzung fiel der sonst peinlich auf Contenance bedachte Dr. Stadler aus der Rolle, indem er unmäßig über eine eigene, den Anwesenden wenig verständliche Bemerkung lachte und dann die Becker-Faust-Geste machte. Gleich darauf hatte er sich jedoch wieder in der Gewalt.

Zum Abendessen kam ich ein wenig zu spät in den Speisesaal. Laura hatte nicht auf mich gewartet und saß dort schon in ihrem eleganten Kleid von Max Mara. In meinem nicht blütenweißen T-Shirt und der geliehenen Anzugjacke kam ich mir etwas schäbig vor, als ich mich am Tischende niederließ. Der Bo sagte den Apparatschiks in wohlgeformten Sätzen das, was sie hören wollten, und seine Frau bat mich im Verlauf des Essens immerhin um die Schüssel mit den Kartoffeln.

Vor dem Zurückflug, in der VIP Lounge des leeren Flughafengebäudes, wiederholte der Bo seine Sätze in Anwesenheit des Provinzministers. Durch die offenen Fenster sah man auf das öde Flugfeld. Laura und ich flogen nicht mit. Auf ihre Bitte hin durften wir uns, nachdem wir eine Erklärung für den Schadensfall unterschrieben hatten, im Mercedes des Botschafters zurückfahren lassen. Hinter dem schweigsamen Fahrer saßen wir auf den Plätzen des Botschafterehepaars.

Handgeschliffen

Wir hatten uns in einem Café gegenübergesessen. Laura war müde gewesen, und zum Glück hatte das Geschrei von Wellensittichen in einer Voliere unser Schweigen etwas aufgelockert. Nun fuhren wir in ihrem Geländewagen zu einem Essen, zu dem ich nicht eingeladen war. Vom Beifahrersitz aus betrachtete ich ihr Profil. Ihr Gesichtsausdruck ließ keine Interpretation zu: Sie fuhr, das war alles. Auch ich wandte meinen Blick wieder den breiten staubigen Straßen zu, an deren Rand Polizisten standen.

Ich war im Grunde froh darüber, nicht an dem Essen bei Dr. Stadler teilnehmen zu müssen. Völlig frei von irgendwelchen Verpflichtungen würde ich in einem Park spazieren gehen. Wenn ich jedoch darüber nachdachte, dass ich nicht teilnehmen durfte und dass Dr. Stadler mich zu diesem Essen, das zu Ehren eines bekannten deutschen Journalisten gegeben wurde, bewusst nicht eingeladen hatte, fühlte ich mich doch etwas gekränkt.

Die Villa lag in einer guten Gegend: Große, alte Bäume säumten die schmalen Straßen des Viertels, und über den gepflegten usbekischen Häuschen, die von der Villa um zwei Stockwerke überragt wurden, huschten Fledermäuse durch die Dämmerung. Laura verabschiedete sich von mir, und im Schutz des etwas abseits geparkten Wagens beobachtete ich, wie ein Bediensteter sie in die Villa hineingeleitete. Als ich an spielenden Kindern vorbei in Richtung Park ging, fuhr der Wagen von Lauras Kollegen, der sich zum Stadlerschen Essen chauffieren ließ, an mir vorüber. Weder er noch sein Chauffeur schienen mich zu erkennen.

Durch den Park schallte aus Lautsprechern, die an Masten befestigt waren, ein Radioprogramm. Gruppen junger Menschen flanierten, ruderten oder hockten auf Bänken. An einem der kleinen Stände mit Zigaretten und Süßigkeiten kaufte ich eine Packung Pine lights, setzte mich auf eine Bank und hoffte, mit dem Rauch die Mücken zu vertreiben. Ich stellte unerfreuliche Betrachtungen an, nahm meinen Notizblock zur Hand und versuchte, ein Gedicht zu schreiben. Es kreiste um meine Situation und schloss mit der Geste des Ins-Wasser-Schlagens. Dann verließ ich den Park und ging in der Menschenmenge und im Schaschlikrauch zwischen Kinderwagen, in denen die Fladenbrote warm gehalten wurden, und Kassettenbuden hindurch. In einem Laden kaufte ich mir eine Flasche russischen Biers und ein Feuerzeug, um es zu öffnen.

Wieder ging ich an dem Maulbeerbaum vorbei, unter dem der Asphalt von Beeren schwarz verschmiert war. Vom gelben Blütenstaub unter den großen Ailanthusbäumen stieg ein seltsamer Geruch auf. Ich setzte mich in den heißen Wagen und trank das warme Bier. Als ich dann rauchte, die Zigarette sorgsam aus dem Fenster haltend und den Rauch hinauspustend, wurde mir schwindlig, und der Schweiß brach mir aus.

In diesem Moment kam Laura aus der Villa, um mir mitzuteilen, dass mich Frau Stadler bitte, die verbleibende Zeit wenigstens in ihrem Garten zu verbringen. Widerstrebend folgte ich Laura durch den parkettierten Flur und die Küche auf die von hohen weißen Mauern umgebene Rasenfläche. Ich betrachtete die leeren Sektgläser, die auf dem Gartentisch standen, als schon Frau Stadler die Treppe hinuntereilte. Schnell schob ich einen gerösteten Aprikosenkern in den Mund, um meine Bier- und Zigarettenfahne zu überdecken, da schloss sie meinen schweißnassen Oberkörper bereits in die Arme. Ohne sich einen Ekel anmerken zu lassen, führte sie mich durch das geräumige Wohnzimmer zu den speisenden Gästen. Lauras Kollege begrüßte mich mit den Worten: „The spy who came in from the garden". Mit hochgekrempelter Hose, in T-Shirt und Turnschuhen stand ich an der zum Dessert gedeckten Tafel. Ich wurde vorgestellt und durfte mich setzen. Mein Nachbar, ein usbekischer Berater und Freund Lauras, wandte sich mit einer floskelhaften Frage an mich, die zeigte, dass er offensichtlich nicht wusste, dass ich Lauras Freund war. Ich schluckte meinen Ärger mit Erdbeersorbet hinunter und schaute zum Gastgeber hinüber, dessen untadeliges, blaues Hemd sich hervorragend vom Schwarz des Konzertflügels im Hintergrund abhob. Laura neben ihm machte ebenfalls eine gute Figur. Frau Stadler erfüllte mit Nonchalance Hausfrauenpflichten und verteilte Blueberry-Crumble. Das Essen wurde allseits gelobt, außerdem wurde von der Politik und den Eigenheiten des Landes geredet. Der alte Journalist berichtete in behaglicher Haltung und mit leisem Lächeln von einigen seiner Erlebnisse. Er verfügte unbestreitbar über Witz. Als er mich fragte, was ich denn im Lande mache, konnte ich ihm nur mit 'Nichts' antworten.

Zum Abschluss des Essens gab es eine Tasse schlechten Espresso und ein großer Teller mit Pralinen wurde herumgereicht. „Handgeschliffen", bemerkte Dr. Stadler und erzählte, dass er, wenn er in Paris sei, nie an der Confiserie 'Neuhaus' vorbeigehen könne, ohne etwas zu erstehen. Der anwesende Vertreter der Schweizer Botschaft betonte, dass die Familie Neuhaus ursprünglich eine schweizerische sei. Bevor Frau Stadler Laura und mich in den ersten Stock führte, um die schlafenden Kinder anzuschauen, forschte sie noch nach Personen des Auswärtigen Dienstes, die der Journalist und sie persönlich kannten. Sie förderte einige Namen zutage. Währenddessen stand der Pralinenteller leider für mich unerreichbar in der Mitte des langgestreckten Tisches.

Sundowner

*Mi dispiace, ma non posso,
Laura c'è ...*
          Nek, 'Laura non c'è'

Ein Ehepaar lud uns zu einem Sundowner bei sich ein. Dort sollten wir achtgeben, dass wir nicht auf den noch jungen Rasen traten, der aussah wie der grüngefärbte Mecki von jemandem mit Haarausfall. Wir hockten uns auf einen hölzernen Taptschan, den großen usbekischen Teetrinkdiwan. Jens-Helmuth, der Hausherr, mischte kurzatmig schnaufend die Gin-Tonics: für die Frauen einen kleinen, für die Männer einen großen im vorher tiefgekühlten Bierkrug. Er ärgerte sich über Martina, seine Frau, die zuwenig Tonic kaltgestellt hatte. Wir schauten an den weißgetünchten Wänden, die den Garten umgaben, hinauf in die Baumwipfel. Wie fast immer war der Himmel blau. So blau, dass es mir vorkam, als befände ich mich in einem Computerspiel.

Jens-Helmuth gab dem Chauffeur Anweisungen und verschwand dann für einige Zeit im Haus, - vielleicht um zu telefonieren. Laura ermahnte mich, ich solle den Alkohol nicht so herunterstürzen und zwischendurch Wasser trinken, wie sie und Martina es taten. Also holte ich mir noch ein Glas aus der Küche, wo die Hausangestellte das Essen vorbereitete. Der Hausherr, der sich kurz darauf wieder zu uns gesellte, bemerkte die Vielzahl der Gläser und kommentierte sie gereizt. Als nun seine Frau sich zweimal hintereinander von der Hausangestellten das Telefon in den Garten herausbringen ließ und nebenher noch von irgendwelchen Schnäppchen redete, die man in bestimmten Läden der Stadt machen könne, nannte er sie Kolonialtucke. Daraufhin warf sie ihm mit Wucht erst eine Zigarettenschachtel, dann ein Feuerzeug an den Kopf. - Bist du schon besoffen, oder was? war alles, was ihr Mann böse fragte.

Laura schien mehr dem Dauerzirpen der Zikaden zu lauschen als dem Redestrom Martinas. Vielleicht dachte sie an ihren Range Rover, der gerade wieder einmal in den Händen eines Mechanikers war, auf dessen Nachricht sie nun wartete. Sie lebte erst ein wenig auf, als Brian, ein sechzigjähriger Australier, als zusätzlicher Gast erschien. Brian musste viel Zeit getrennt von Frau und Tochter verbringen. Vor der Arbeit ging er oft ins Schwimmbad der Nationalbank Usbekistans und abends las er viktorianische Romane. Er erzählte von Sandflöhen an den Stränden bei Melbourne und von seinen Leberflecken, die immer zahlreicher wurden, ich davon, dass ich mit sechzehn nach Australien hatte auswandern wollen, weil ich mich in eine dunkelhaarige Schauspielerin aus dem Film 'Picknick am Hanging Rock' verliebt hatte. Zur Panflötenmusik Georghe Zamphirs verschwanden dort Internatsschülerinnen zwischen bizarren Felsformationen.

Jens-Helmuth, von Haus aus Deutsch- und Englischlehrer, stufte die Suppe, die seine Frau gekocht hatte, als schwach befriedigend ein. Er liebe Suppen, koche selbst, und eine Suppe brauche Fond und Fett. An den fleischgefüllten Teigtaschen, die dann auf den Tisch kamen, aß er sich gierig satt. Ich dachte darüber nach, was ich mit diesem Mann gemeinsam hätte. Neben dem Geburtsort Hamburg und der Vorliebe für alkoholische Getränke („Ich habe Sekt, Bier und Martini. In welcher Reihenfolge trinken wir das?") vielleicht eine gewisse Verletzlichkeit und die Sehnsucht nach Offenheit. Literatur- und Filmlisten aber legte ich schon lange nicht mehr an. Andererseits hatte ich es getan. Warum tat ich es eigentlich nicht mehr? Dagegen war doch nichts einzuwenden. Allerdings schien er auf den Morgenkater anders zu reagieren und sehr von seinen Meinungen überzeugt zu sein. Außerdem war er kein Pantoffelheld wie ich, kein Unterm-Absatz-Mann, wie die Russen es nennen.

Es kam mir vor, als beäuge mich Laura argwöhnisch, um den Grad meiner Betrunkenheit festzustellen. Deshalb bot ich an, Brian zu einer großen Straße in der Nähe zu begleiten, wo er ein Taxi finden konnte. Der Spaziergang würde meinem Kopf nicht schaden, dachte ich und ließ mich von den Gastgebern für meine Hilfsbereitschaft loben, die, dessen war ich mir bewusst, wie immer bei mir nur aus Eigennutz bestand. Ich kannte den Weg nicht und führte Brian einfach eine endlos lange Straße entlang. Einige Schaschlikbrater forderten uns zum Essen auf, aber unbeirrbar gingen wir weiter. Irgendwann hielten wir einfach ein Auto an. Dessen Fahrer schien Brians Adressenangaben zu verstehen.

Als ich zum Haus unserer Gastgeber zurückkam, stand Laura davor und verhandelte mit zwei Mechanikern. Ich grüßte nur kurz und setzte mich wieder in den Garten, denn ich dachte, wenigstens einer der Gäste solle den Gastgebern noch Gesellschaft leisten. Jens-Helmuth kritisierte vorsichtig einen

Verhaltenszug Lauras, - durch ihre Art verängstige sie die Sekretärin unnötig. Ein wenig hatte ich den Eindruck, als wolle er mich dazu verleiten, schlecht über Laura zu sprechen. Ich widersprach nicht, denn ich konnte mir vorstellen, dass er Recht hatte. Obwohl Laura inzwischen von der Gartentür winkte, ließ ich mir bei der Verabschiedung Zeit, weil ich einen hastigen Aufbruch für unhöflich hielt.

Ihren Range Rover fahrend, beklagte sich Laura heftig darüber, dass ich ihr in der gesamten Reparaturangelegenheit nicht geholfen hätte, dass ich es nicht für nötig gehalten hätte, ihr wenigstens im Gespräch mit den Mechanikern den Rücken zu stärken und dass sie immer alles allein machen müsse. Als ich ihr daraufhin etwas aggressiv meinen Standpunkt erklärte, fiel ihr nur ein, festzustellen, dass ich wieder einmal betrunken sei. Da dies stimmte, meiner Meinung nach aber nichts mit der Sache zu tun hatte, begann ich sie anzuschreien.

Schweigend kamen wir zuhause an.

Kommunizierende Röhren

> *I don't see it that way,*
> *no, I don't see it that way ...*
> The Strokes, 'Hard To Explain'

Unter der sengenden Sonne fuhr der Fahrer an verdorrtem Gras vorbei.

Nach vier Stunden kamen wir in Samarkand beim Hotel an. Doch das Hotel war kein Hotel. Es war das auf Hotel getrimmte Wohnhaus einer usbekischen Großfamilie, das quadratisch einen baumlosen Innenhof umgab. In den unterm Flachdach schmorenden dunklen Zimmern roch die Luft muffig und auf den hohl federnden Holzbodengängen nach Lack. Unser Zimmer erwies sich als hellhörig, die Dusche als Fehlkonstruktion. Das rostbraune Wasser konnte nicht ablaufen und stand in der quadratischen Wanne, ein Tummelplatz für Mückenlarven.

Vom Hof her, wo am nächsten Tag das Abschiedsfest von Georg und Lisl, einem bayrischen Ehepaar, gefeiert werden sollte, klang der heisere Husten Bobos, des Eigentümers, herauf. Seine Stimmbänder waren von Wodka und Zigarettenrauch zerfressen, er konnte kaum sprechen, räusperte sich andauernd raspelnd und spuckte dann peitschenknallend aus.

Georg bugsierte Laura, mich und ein junges Paar mit zwei Kindern in einen Kleinbus, der ins Zentrum fuhr. Der Fahrer stand unter Drogeneinfluss, rollte mit den Augen, hörte sehr laut Musik und fuhr wie ein Henker. Während er zu usbekischer Popmusik mit Karacho in gesperrte Straßen hineinraste und ein paar Beinahe-Unfälle provozierte, schrie er ein paarmal nach hinten, wir sollten nicht so laut und so viel sprechen.

Vor einem tschechischen Restaurant, einem Joint-Venture, saßen wir dann auf langen Bänken. Das Paar hatte die Kinder im Kopf, Georg Presskopf und ich Wodka. Was Laura im Kopf hatte, wusste ich nicht, weil ich Wodka im Kopf hatte. Schließlich hatten wir alle Presskopf im Bauch und fuhren nach Hause.

In der Nacht war es so stickig warm, dass ich mich nackt von den Mücken zerstechen ließ. Sollten sie doch am Wodka krepieren.

Das Spektakel, das die Kinder vom frühen Morgen an unter unserem Fenster veranstalteten, weckte mich. Sie hatten folgende Quälmethode ausgeklügelt: Immer wieder warfen sie eine leere Plastikflasche die Treppe hinunter.

Als ich unten in der Küche erklärte, dass ich verkatert sei, wollte Bobo mir sofort Wodka in eine Tasse schütten. Ich trank aber lieber Cola und wartete auf den Tee für Laura. Nach einer halben Stunde stellte sich zu ihrem Ärger heraus, dass es kein kochendes Wasser gab. Laura begnügte sich mit Sauermilch und beschloss, mit mir zu einem Basar in einer Stadt am Rande der Berge zu fahren.

Im stickigen Schatten unter den Zeltbahnen drängten sich Tausende von Menschen an den Ständen vorbei. Als klar wurde, dass wir Wandteppiche kaufen wollten, bildeten sich um uns Trauben von rufenden Frauen. Ich sagte immer nur, meine Frau sei der Chef und entscheide. Trotzdem hielten mir die Frauen eine Decke nach der anderen vor die Nase und nannten Preise. Ich begriff, dass dieser Basar das Fegefeuer für mich war, neben den Kopfschmerzen die Hauptstrafe für den gestrigen Wodka. Wir kauften etwas und fuhren in einem heißen Taxi zurück, Laura neben eine dicke Frau gequetscht, doch munter mit ihr quatschend. Vorne sackte einer müden alten Frau der Kopf weg, während der junge Fahrer mit einem Kabel hantierte, um mit einer Art Polizeisignal Auf-Eseln-Reitende an den Straßenrand zu scheuchen.

Der Essraum der Schaschlikbraterei war in der ersten Etage. Warme Windböen bliesen hindurch, denn er hatte nur eine Wand. Da es wie bei einem unfertigen Gebäude auch keine Balustrade gab, hätte man bei einem ungeschickten Schritt einfach aus dem ersten Stock fallen können. Die Windstöße hoben die Papiertischdecke, die wiederum die kleinen Schälchen für den grünen Tee umwarf. Wir aßen mit Lauras Freundin - der schönwimprigen Dina - und deren Freund Jurij, einem jungen Russen, der gelegentlich nach Dinas Hand fasste und ihr Tee nachschenkte. Ein paar Männer am Nachbartisch wollten uns zum Wodka einladen, aber Jurij machte ihnen klar, dass wir kein Interesse daran hatten.

Danach fuhren wir an der Totenstadt vorbei. Sie bestand aus einer Reihe von gekachelten Mausoleen, die zu einem Friedhof führte. Dort gab es Grabsteine, auf denen die Gesichter der Gestorbenen fotografisch genau eingemeißelt waren, bei einem mitsamt seiner Moto Cross Maschine.

Unter der Dusche ließ ich kaltes Wasser auf Kopf und Körper trommeln. Weil es keinen Duschvorhang gab, spritzten Tropfen ins Zimmer.

Das Fest begann. Laura hatte ein blaues Kenzo Kleid angezogen. Lisl hielt eine hübsche Rede. Der Sternenhimmel über dem Carré, von dem Georg vorher geschwärmt hatte, wurde leider keiner wegen der Bewölkung. Ich fühlte mich wie einer der in Folie verpackten Blumensträuße, die im Brunnen wässerten. Auf der anderen Seite durchsichtigen Plastiks spielte rotgelockt und schielend ein halbes Wunderkind Geige, tanzten Georg und Lisl, zischte die junge Mutter ihren Partner an, weil er sie die Kinder allein ins Bett hatte bringen lassen. Ein besoffener Professor machte lallend eine Unimitarbeiterin an, Bobo, der inzwischen in Thailand mit Mädchen handelt, befahl dem Klavierspieler aufzuhören, der mir dann betrunken erklärte, Bobo sei ein Hirsch, alle Usbeken seien Hirsche, denen ihre Frauen Hörner aufsetzten, und ich fühlte mich geschmeichelt, weil eine junge Russin mit kräftigen, glänzenden Haaren mit mir flirtete.

Am nächsten Tag fuhren Laura und ich mit guten Bekannten, ebenfalls Festteilnehmer und kommunikationsgeschulte Lehrende, und einer Armenierin, die wir schon auf dem Hinweg mitgenommen hatten, in einem Kleinbus, dessen Stoßdämpfer verschlissen waren, nach Taschkent zurück. Weil ihre Wohnung nicht genau auf der Strecke lag, ließen wir die Armenierin die letzten 300 Meter zu Fuß gehen.

Arabeske

Atabek Bekmuradov setzt sich, fährt sich mit den knotigen Händen durch das faltige Gesicht. Sein runder Kopf beugt sich über den Tisch. Er wartet. Draußen, vor dem stoffverhangenen einzigen Fenster, ist es noch dunkel. Seine Frau bringt ihm ein Fladenbrot und die Schale mit Sauermilch. Er zerreißt das Brot, tunkt Stück für Stück in die dicke Milch und isst. Beim Verlassen seines Häuschens setzt er die quadratische usbekische Kappe auf und wirft einen Blick auf seine Kuh, die im Vorgarten steht. An der Haltestelle wartet er auf den Bus, drängt sich dann hinein und bekommt eine Halteschlaufe zu fassen. Die Fahrt dauert eine halbe Stunde, im Bus wird es immer enger. Schließlich windet er sich aus dem Bus und überquert eine breite Straße. Er geht zu einem dreistöckigen Gebäude, in dem noch kaum ein Licht brennt. Aus einem Kabuff holt er den kurzen Strohbesen und einen Eimer. Dann beginnt er zu fegen. Er fegt bis mittags - Gänge und Zimmer sind stickig geworden -, dann geht er mit einigen anderen zur Kantine. Dort bekommt er eine Schüssel Plow und trinkt zwei Schälchen grünen Tee. Nun arbeitet er mit einem nassen Lappen. Als er zum Schluß die Toilette wischt, sieht er, wie ich den Wasserhahn mit einem Taschentuch abdrehe. Ein Ausländer, denkt er, der sich wahrscheinlich nicht die Hände schmutzig machen will. Um fünf überquert er wieder die breite, vielbefahrene Straße. Der Bus ist jetzt noch voller und außerdem heiß. Zuhause schöpft er Wasser aus einer Schüssel und wäscht sich das Gesicht. Seine Frau bringt Brot und Milch. Nach dem Essen geht er aufs Feld und rafft Heu mit seinen Kindern. Er schaut nach der Kuh, die von seiner jüngsten Tochter gehütet wird. Bald wird es dämmern. Er zieht den Stepp-Mantel an und geht die Straße entlang, bis er zu einem etwas größeren Haus kommt. Im Innenhof steht ein Teetrinkbett, auf dem schon zwei Männer sitzen. Er begrüßt sie und setzt sich zu ihnen.

Rolf setzt sich, drückt die Brust heraus und räuspert sich, dann ermahnt er seine Kinder mit tiefer Stimme, nicht so auf den Stühlen herumzuklettern. Er bestreicht ein paar Scheiben Brot mit deutscher Leberwurst und bietet sie seinen Kindern an, aber die wollen nicht mehr essen und rennen schreiend durch den Garten. Mit Knopfaugen blickt er mich an, „Nu? Iß schon!". Das schüttere blonde Haar, das noch zwischen seinen Geheimratsecken geblieben ist, ist ein wenig schweißverklebt. Jetzt hält er sich einen kleinen Weltempfänger ans Ohr, bläst den Rauch seiner West zur Seite weg und verscheucht mit kleinen Tritten die aufdringlich jammernden Katzen. Ich beobachte die Fledermäuse, die über dem Swimmingpool Mücken jagen. Seine Frau kommt kurz auf die Terrasse heraus und trinkt ein Glas Bier mit. Sie scheint nervös und vom Gespräch gelangweilt. Nach kurzer Zeit geht sie wieder hinein, um E-Mails zu schreiben. Rolf unterbricht mich: „Nein, der verdient doch zwölftausend im Monat, dieser Oberbeamte, zwölftausend, stell dir das doch mal vor, und was tut er dafür? Na? - Gar nichts." Fast bewundernd frage ich, ob dieser Beamte wirklich so viel verdiene und bekomme als Antwort nur ein verächtliches Schnauben. Der Hausherr verschwindet, er sitzt gern lang mit einer Zeitung auf der Toilette. Diesmal kommt er aber mit zwei weiteren Flaschen Bier wieder.

Kachramon Babadzhanov setzt sich. Sein dreißig Jahre alter, himmelblauer Lada springt sofort an. Er fährt vorsichtig, damit ihn keiner der vielen Polizisten, die an den Straßen aufpassen, hinauswinkt. Ein Wolga mit Regierungskennzeichen überquert die Kreuzung bei Rot. Er schaut zu den Fenstern eines Plattenbaus hinauf -, an der fensterlosen Querseite des Gebäudes ist ein riesiges Plakat angebracht: Aus einer Flasche Coca Cola sprudelt es hervor, hayot lazzati, der Geschmack des Lebens. Schwarzlackierte Eisenzäune begrenzen die Straße. Halten verboten, diese Straße benutzt der Präsident. Ein schneller Nexia schneidet ihn bei der Einfahrt in den Kreisverkehr am Amir-Timur-Platz: Er hupt ihm hinterher. Sein Glücksamulett, ein silberbesticktes Dreieck, an dem drei kurze Perlenschnüre hängen, baumelt vor der Scheibe. Im Tank ist fast kein Benzin mehr, die Anzeige ist schon seit gestern auf Null, er muss Benzin sparen, aber auch Kunden finden. An einer Seite des größten Bazars Taschkents sind die Chancen für Taxifahrer nicht schlecht. Er parkt seinen Wagen hinter denen der anderen Männer, die als Taxist arbeiten, im Schatten, steigt aus und raucht eine Zigarette der Marke Xon. Dabei betrachtet er die Menschenmenge, die sich zwischen den Autos hindurch, an Verkaufsständen vorbei, auf die Hallen zubewegt. Schwere karierte Plastiktaschen, Karren, Tabletts. Geschleppt, geschoben, balanciert. Es ist schon sehr heiß, und als er sich wieder in sein Auto setzt, lässt er die Tür offen. Er lehnt den Kopf zurück und schließt die Augen. Als er aufwacht, steht die Sonne höher am Himmel. Plastiktüten tragend gehe ich vorbei, schaue in seinen Wagen und frage unsicher: „Haus des Kinos?". Er öffnet mir die Tür und fährt los. Der Fahrtwind kühlt seinen verschwitzten Kopf. Er fragt mich, woher ich komme. Aus Deutschland, antworte ich. Also sagt er „Guten Tag" und „Guten Abend", das hat er noch in der Schule gelernt, und fragt, ob ich Kinder habe. Als ich verneine, schlägt er vor, eine Frau für mich zu finden. Ich lache verlegen und bezahle 600 Sum für die Fahrt, weil ich nicht weiß, dass 300 üblich gewesen wären. Er hört das laute Zuschlagen der Tür und einen Polizisten trillern, aber das gilt jemand anderem. In der Nähe eines Metroeingangs verkaufen ein paar Frauen Fladenbrot aus alten zugedeckten Kinderwagen. An einem Schaschlikstand bestellt er zwei Spieße und wartet, sieht zu, wie der Mann das Lammfleisch brät und der Rauch aufsteigt. Nun legt der Mann die Spießchen auf einen Teller, gießt Essig über geschnittene Zwiebeln auf einem anderen, stellt beides vor ihn hin und legt ein Fladenbrot dazu. Er isst. Immer abwechselnd ein Stück Fett und ein Stück Fleisch, Brot und Zwiebeln dazu, trinkt eine kleine Flasche Mineralwasser. Ein paar Fleischfasern sind zwischen einigen seiner Goldzähne hängengeblieben, er entfernt sie mit einem

Zahnstocher. Danach raucht er eine Zigarette, bezahlt mit ein paar schmuddeligen Geldscheinen und fährt weiter.

Jens-Helmuth setzt sich, rollt schnaufend mit dem Bürostuhl an den Tisch, bis sein Bierbauch die Kante fast berührt, und schaltet den Computer an. Im Radio, das er noch im Stehen eingeschaltet hatte, dudelt usbekische Popmusik. Sein erster Versuch, ins Internet zu gelangen, scheitert, und er wird unruhig. Auf den Bildschirm starrend, räuspert er sich und schiebt seine Brille zurecht. Sein fast kahler Rundkopf rötet sich. Als es auch beim dritten Mal nicht klappt, flucht er. „Scheiße!" Dann ruft er nach der Sekretärin, aber die weiß wieder mal gar nichts und steht nur betreten lächelnd dabei. Plötzlich aber ist der Kontakt hergestellt, und während er sofort in seinen E-Mail Account geht, ruft er der Hinausgehenden noch nach, sie solle an den Kaffee denken. Die Kollegin, die kurz darauf hereinkommt und sich an ihren Computer setzt, grüßt er nur mit einem kurzen „Moin", so beschäftigt ihn eine Mitteilung seiner Versicherung. Jetzt klatscht er in die Hände. „Sie haben alles bewilligt." Die Kollegin versteht nicht, worum es geht, und er erklärt ihr, dass die Versicherung, der man nur Feuer unterm Hintern machen musste, für den gesamten Umzugsschaden aufkommt, und dass er dabei noch ein ganz nettes Plus machen wird. Er schreibt etliche Mails und entwirft einen Tagungsplan. Am späten Vormittag besuche ich Laura im Büro. Sie sagt mir, mein Rumtigern mache sie nervös, ich solle mich setzen. Jetzt erzählt mir Jens-Helmuth von den schwierigen Verhandlungen mit seiner Versicherung und erntet von mir, bevor ich gehe, Lob für seine Beharrlichkeit. Anschließend heftet er das Schriftstück im entsprechenden Aktenordner ab. Als seine Frau anruft, um etwas mit ihm zu besprechen, weist er sie scharf darauf hin, dass sie das doch schon entschieden hätten. Um zwölf öffnet er seine Lunchbox und isst mit Roastbeef belegte Brote, die seine Frau zubereitet hat. Er kaut schnaufend und feilt weiter an seinem Tagungsplan. Danach geht er vor die Bürotür und raucht eine Zigarette. Ab vier legt er am Computer

Patiencen. Zwischen zwei Spielen ruft er seinen Fahrer an und teilt ihm mit, wann er ihn abzuholen habe. Als der Fahrer erscheint, lässt er ihn ein wenig warten, checkt noch einmal das Internet und beantwortet schnell eine Anfrage. Danach verabschiedet er sich von der Kollegin, sie könne ja bald mal wieder bei ihnen zu Gast kommen. Unten, im klimatisierten Wagen, zieht er gut gelaunt an seiner ersten Feierabend-Zigarette. Kurze Zeit später sitzt er mit einem Vertreter der deutschen Wirtschaft und einem Kollegen, der eine Gehaltsstufe unter ihm rangiert, in einem Restaurant vor einem großen europäischen Bier.

Rafshan Abdukaimov setzt sich, nicht ohne vorher seine Anzughose zurechtzuziehen, sitzt breitbeinig auf dem weißen Plastikstuhl des Straßencafés und nimmt sein piependes Mobiltelefon aus der Innentasche seines Anzugjacketts. Er hält es ans Ohr seines Rundkopfes, beugt den kräftigen Nacken vor und telefoniert unfreundlich und kurzangebunden. Eine junge russische Kellnerin - Stöckelschuhe, sexy Minirock und weiße Bluse - geht wie auf dem Laufsteg zu seinem Tisch und fragt lächelnd nach seinen Wünschen. Mit tiefer Stimme und steinerner Miene bestellt er einen Kaffee. Vor sich auf den Tisch hat er seinen Autoschlüssel und eine Packung Marlboro gelegt. Während die Kellnerin eine Tasse Nescafé vor ihn hinstellt und die Servietten, zu schmalen Trichtern gerollte Toilettenpapierblättchen, zurechtrückt, zündet er sich eine Zigarette an. Als zwei Männer, ebenfalls in dunkle Anzüge gekleidet, an seinen Tisch herantreten, steht er auf und begrüßt sie mit Händedruck und den üblichen Anredeformeln. Herrisch winkt einer der Männer nach der Kellnerin und bestellt zwei weitere Kaffee. Sie besprechen Geschäftliches, eine mögliche Zusammenarbeit ihrer Firmen, und stellen fest, dass dann in den Kontakt zu den Ministerien ein wenig mehr Geld als bisher fließen müsse. Sie schauen in ihre Terminplaner, beschließen ein offizielles Treffen und schütteln einander die Hände. Als die beiden fort sind, bezahlt er und geht durch die Fußgängerzone, „Broadway" genannt, Richtung Auto. Laute usbekische und russische Popmusik schallt aus den Lautsprechern zeltartiger Stände mit CDs, Kassetten und Videos. Rauch steigt von den Kohlen der Schaschlikbrater und unter den großen Kesseln mit Plow auf. Djewuschki, russische Girls, flanieren mit gekonntem Hüftschwung an Karaokeständen vorüber. Am Ende der Straße sieht er, wie ich mit verschwitzter Hose, krummrückig ein großes Gebäude fotografiere und sofort von zwei Milizionären festgehalten werde. Der Tourist wusste offenbar nicht, dass dieser Bau mit den vergitterten Fenstern im Souterrain Sitz des Geheimdienstes ist. Stolz betätigt er den Fernbedienungsknopf seines Schlüssels, und sein neuer Mercedes antwortet mit einem Aufblinken der Lichter und einem Pfeiflaut. Wohlig lässt er sich auf das Polster sinken und umfasst das massive Lenkrad. Bis zum Treffen im Restaurant ist noch Zeit. Kurz streifen seine Gedanken mayonnaisehaltige Salate, fleischgefüllte Teigtaschen, frittierten Wels und Wodka, er denkt an die Toasts, die er sprechen wird, - „Auf die Frauen! Und dass ..." -, dann denkt er an Tamara, seine Geliebte, der er vielleicht noch schnell ein Geschenk kaufen könnte. Einen Strauß Rosen vielleicht und gleich noch etwas für seine Frau, die Mutter Bachroms, seines Sohns.

Herr Ruster setzt sich an seinen Schreibtisch, nimmt eine Mappe vom Stapel linkerhand und vertieft sich in den Vorgang. Schließlich versieht er das Dokument mit seiner Paraphe und legt es auf den Stapel der vom Wirtschaftsreferenten zu unterzeichnenden Papiere. Anschließend verfährt er mit dem nächsten Schriftsatz ebenso. Nachdem er eine dreiviertel Stunde auf diese Weise gearbeitet hat, stellt ihm seine Mitarbeiterin einen Anruf des hiesigen Vertreters eines deutschen Unternehmens durch. Herr Schneider möchte nur noch einmal an die Einladung zum Deutschen Abend heute erinnern. Er versichert Herrn Schneider des Erscheinens seines Vorgesetzten und bedauert die Unabkömmlichkeit des Botschafters an anderer Stelle. Nach einer Tasse Kaffee begibt er sich zu den Toiletten und überprüft vor dem Verlassen den Sitz seiner Kleidung: Jackett, Hemd und Krawatte bieten keinerlei Grund zur Beanstandung. Auf dem etwas muffigen und trüb beleuchteten Gang begegnet er dem Wirtschaftsreferenten, der ihm einen Schnellhefter mit Schriftstücken übergibt, die vorrangige Bearbeitung verlangen. Er setzt sich daran und es gelingt ihm, bis zur Mittagspause einen Großteil der Akten, meist Gesuche oder dringliche Anfragen, zu bewältigen. Als er vom Essen in der Kantine, bei dem er in ein dienstliches Gespräch mit dem Sachbearbeiter des Kulturreferenten geraten war, zurückkommt, ist der Aktenstapel auf seinem Tisch gewachsen. Erst um halb sieben verlässt er das Gebäude, steigt in seinen Geländewagen und fährt durch das Tor, dessen stählerner Sperrzaun zur Seite rollt. Er beschließt, die festliche Veranstaltung unverzüglich anzusteuern, um sich dafür dann desto früher verabschieden zu können.

Im Foyer des Intercontinental Hotels sieht er die vertrauten Gesichter der hiesigen Deutschen, die exquisite Abendgarderobe der mitreisenden Ehefrauen, lässt sich ein Glas Sekt geben und sagt die Sätze, die er bei solchen Gelegenheiten immer zu sagen pflegt. Irgendwie gerät er an einen ihm unbekannten Mann, mich, der ein T-Shirt unter dem Anzugjackett trägt und dessen Schuhe schlecht geputzt sind. Ich stelle mich als mitreisender Ehemann vor und spreche, weil mir nichts anderes einfällt, über Eigenheiten des Gastlandes, die mir aufgefallen sind. Worüber, denkt Herr Ruster, spricht der Mann gerade in seiner ungelenken Art? Offensichtlich über Bäume. Wie abwegig! denkt er und sieht sich nach einer Möglichkeit um, diesen Anfänger im Bereich des Small Talks stehenzulassen. Mit halbem Ohr verfolgt er gleichzeitig das Gespräch einer nahen Dreiergruppe, das ihn weitaus mehr interessiert. Dort werden nämlich in gedämpftem Ton Geschichten über den ehemaligen Botschafter erzählt. So die, dass er vor seiner Abreise noch alle völlig überflüssigen Dinge seines Hausrats an das einheimische Personal verkauft habe, was allerdings durchaus noch den Gepflogenheiten im Auswärtigen Dienst entspreche. Der Geiz des scheidenden Botschafters sei aber so weit gegangen, selbst für angebrochene Müslipackungen Geld zu fordern. Dem Neuling ist inzwischen nichts Langweiligeres eingefallen, als von den hiesigen Gebräuchen beim Teetrinken zu sprechen. „Sie entschuldigen ..." Mit einem Lächeln tritt Herr Ruster beiseite und zeigt ihm damit, wie man sich angemessen auf diplomatischem Parkett zu bewegen hat.

Ornamental

Ich sehe in den Regen hinaus, der schon den ganzen Tag auf das für $600 im Monat gemietete Haus fällt, auf den Garten mit Kirsch-, Aprikosen- und mit Kakibaum, der vom Nachbargrundstück über die Mauer hängt. Der Regen fällt auf die Stadt, in den Bergen wird es schneien, und vielleicht regnet es im ganzen Land, das in weiten Teilen ausgedörrt ist und den Regen braucht, aber gerade dort regnet es wahrscheinlich nicht. Ich denke an den vergangenen Sonntagnachmittag, als Laura, die jetzt wie jeden Wochentag bei der Arbeit ist, und ich ein junges Ehepaar besuchten.

Wir waren zu ihnen gegangen, ohne unseren Besuch vorher anzukündigen, wie Laura es bevorzugte. Der Mann, ein Usbeke, war guter Laune, obwohl er einen Kater hatte, setzte den Teekessel auf und machte es sich auf Kissen bequem, während seine Frau, eine Französin, sich ums Baby kümmerte.

Hätte ich die Kraft, ein Kind aufzuziehen? frage ich mich, denke an das Schreien, die unruhigen Nächte, das frühe Aufstehen, das Geldverdienen und bezweifle es. Der Charakter müsste sich verändern, es bliebe keine Zeit mehr für Unsicherheiten und sorgsame Egopflege.

Weil nichts im Kühlschrank war - Bachtiyor war nicht dazu gekommen einzukaufen -, entschied er sich dafür, loszugehen und in einem Restaurant Essen zum Mitnehmen zu kaufen. Er nahm mich kurzerhand mit und schnappte sich draußen ein Taxi. In dem kleinen Familienbetrieb bestellte er gesottenes Lammfleisch mit Zwiebeln und einige Salate. Bei einem usbekischen Lied, das im Radio lief, sang er kurz mit und tanzte ein paar Takte.

Familiengründung, geht es mir durch den Kopf, bedeutet Festlegung auf die Rolle des Familienvaters, Rollenwechsel kommen nicht mehr in Betracht, aber wann hatte ich überhaupt je die Rolle gewechselt? Diese Festlegung beinhaltet einerseits viele neuen Erfahrungen, andererseits ist jede Festlegung eine Einengung. Außerdem muss das Neue, das die Elternschaft mit sich bringt, als stark standardisiert eingeschätzt werden, denn alle jungen Eltern begegnen in etwa den gleichen Freuden und Schwierigkeiten. Doch reagieren sie unterschiedlich darauf, die Abweichungen summieren sich, das Individuelle ist gerettet, und jede Familie ist auf ihre eigene Art unglücklich. - Und glücklich.

Mit dem Essen in der mitgebrachten Schüssel, - die Salate befanden sich in Margarinepackungen -, gingen wir zurück und sprachen über dies und jenes. Bachtiyor erläuterte, warum in der Metro so viele hübsche junge Mädchen seien, dann entwickelte er einen Plan, wie mir, der ich noch nie etwas veröffentlicht hatte, zu helfen sei. Er könne ein Buch in Usbekistan publizieren, auf deutsch, natürlich werde es kaum jemand kaufen, geschweige denn lesen, aber darauf komme es ja nicht an. Vielleicht, fügte Bachtiyor hinzu und musste über seine eigene Idee lachen, könne man sich einen wichtigen Mann gewogen machen, der das deutsche Buch einfach ins Curriculum für usbekische Universitäten aufnehme, so das es dann jeder Student lesen müsste. Eine Reise durch entlegenere Regionen Usbekistans wäre doch ein gutes Thema, wir würden im Frühjahr einfach gemeinsam aufbrechen und in verschiedenen Dörfern leben.

Aber, denke ich weiter, ist jede Familie wirklich auf ihre eigene Art unglücklich oder glücklich? Auf das Individuum scheinen die mit der Familiengründung einhergehenden Zwänge eher uniform zu wirken: Der Eindruck, gesellschaftlich eingebunden zu sein, und der Wille, mit beiden Beinen auf dem Boden zu stehen, werden gestärkt. Zielstrebigkeit und Einsatzbereitschaft wachsen. Dagegen geht die Beschäftigung mit ureigensten Interessen zurück, und das Gefühl sexueller Erfüllung wird seltener. Was aber wenn ein ureigenstes Interesse das Aufziehen von Kindern ist? Und was die erotische Anziehung zwischen zwei Menschen betrifft, - nimmt diese nicht nach einigen Jahren ohnehin ab? Das eigene Leben leben, darauf kommt es vor allem an. Das heißt, die eigene Lebensweise bewusst zu wählen, nicht in ein Leben hineinzurutschen. Die Dringlichkeit dieser Entscheidungsaufgabe kann jedoch durch die Angst, einen Fehler zu machen, zur Lähmung des Lebensgestaltungswillens führen. Nur keine falsche Bewegung, sagt man sich und tut nichts mehr aus eigenem Antrieb, sondern lässt sich treiben.

„Noch die Hände waschen" murmelnd hielt Bachtiyor seine Hände kurz unter fließendes Wasser, packte dann die Speisen aus, stellte sie auf den niedrigen Tisch und rief zum Essen. Das Baby, dem Annabelle vorher Brust und Flasche gegeben hatte, lag neben dem Tisch und schaute zu. Als seine Tochter unruhig wurde, nahm Bachtiyor sie in die Arme und unterhielt sich mit ihr wie mit einer Erwachsenen. Er tat so, als wundere sie sich über die Gäste, stimmte ihr zu und musste selbst darüber lachen.

Gibt es kein richtiges Leben im falschen? müsste man sich dann nicht eine Kugel durch den Kopf schießen? 'Ich wette, dass ich noch nicht tot bin', sollte man sich jeden Tag sagen. Es gilt, die Balance zu halten zwischen der Ausformung von Strukturen und der Freiheit. Die Suche nach Sinn aber ist eine Suche nach zugrundeliegenden Strukturen, die das Leben durchziehen, die für das Leben das sind, was das Skelett für den Körper ist. Von der Struktur wird Stütze, wird Halt erhofft, indem sie ein Wirkungsmodell des Lebens ermöglicht, das Abläufe und Folgen von Handlungen vorhersagbar macht, das Wiederholungen regelt. Es besteht eine Sehnsucht nach Systematisierung, nach Vereinfachung, um der Vielfältigkeit des Lebens beizukommen, sich nicht zu verzetteln. Das betrifft zu allererst die Erkenntnis des eigenen Ich, das sich selbst durchsichtig sein will, das sich zur Gänze in strukturelle Komponenten wie Antriebsmoment, Entscheidungsabläufe, Charakterentwicklungsprozesse zerlegen will. So hofft das Ich, sich anhand der aufgefundenen Strukturen, die es sich etwa wie Computerprogramme vorstellt, selbst zu verstehen. Was aber ist wiederum die Suche nach Strukturen in erster Linie? Eine Suche nach Gemeinsamkeiten biologischer oder soziologischer Art, was einerseits die begrüßenswerte Folge hat, uns immer wieder zu zeigen, dass wir Teil der menschlichen Gemeinschaft sind. Andererseits führt die Auflistung von Gemeinsamkeiten, - biochemische Daten und Verhaltensmuster -, zur Einordnung in Klassen und leistet damit letzlich einem Denken Vorschub, das - äußerst unoriginell - lediglich Schubladen verwaltet. Dies wiederum hat, - wie in Kleingruppen, z.B. hier in der deutschen Community in Taschkent, gut zu beobachten -, oft ein ausgeprägtes Klassendenken zur Folge.

Bachtiyor rührte sich eingekochte Erdbeeren in den Tee und schlürfte sie genussvoll. Dann legte er sich bequem hin und stellte das Baby auf seinen Bauch, in den die Füßchen etwas einsanken. „Sie kann schon stehen!", rief er, ließ kurz die Ärmchen seiner Tochter los und fing dann die Fallende auf, die vor Freude lachte.

Die Suche nach Gemeinsamkeiten, nehme ich den Faden wieder auf, - auch in einer Partnerschaft kein unbedingt zu empfehlendes Unterfangen - ist zwar nicht per se als Holzweg zu bewerten, doch erscheint die Suche nach Besonderheiten sinnvoller. Zum einen ergeben sich die Gemeinsamkeiten dabei ex negativo, zum anderen stimmt diese Beschäftigung überein mit dem glücksverheißenden Bedürfnis, zu einer Einschätzung seiner selbst als Individuum, als etwas Einmaligem, zu gelangen. Die Erkenntnis, einmalig, d.h. ein einziges Mal (und nur recht kurz) auf dieser Erde zu sein, muss als Grundlage der so wichtigen Selbstachtung angesehen werden. Einschätzungen der eigenen Person, die auf anderen Parametern (Erfolg, Leistung, Aussehen, Ansehen, Familie, Geld, Arbeit etc.) beruhen, sind als äußerlich einzustufen und betonen im Resultat selten die Einmaligkeit einer Person. Außerdem beruhen sie meist darauf, sich mit anderen zu vergleichen - eine Methode, die letztlich immer aufzeigt, dass es Menschen gibt, die erfolgreicher, leistungsstärker, einfach nur schöner oder die sogar in allen obenerwähnten Bereichen besser als wir selbst sind. Quintessenz einer Selbstdefinition, die verlässlich in Hinblick auf die Selbstachtung ist, kann deshalb nur der Satz 'Ich bin ich' sein. Ich bin kein anderer, ich bin einmalig, mich gibt es nur ein einziges Mal auf der Welt. Nur wer sich selbst liebt, kann andere lieben. Aber wie kann man sich achten, von 'lieben' gar nicht zu reden, wenn man erkennt, dass man sich falsch verhält, dass man Schlechtes tut? Es gilt, wohlwollend an sich zu arbeiten. Gehört es zu dieser Arbeit, immer wieder die gleichen Gedanken zu denken, um sich im richtigen Sinne zu festigen?

„Wie oft habe ich schon über die richtige Lebensführung nachgedacht und bin immer wieder zu denselben Ergebnissen gelangt?", hatte ich gefragt und selbstmitleidig hinzugefügt: „Warum denkt man immer wieder dasselbe?" Bachtiyor schien dieser Gedanke nicht neu zu sein, er sah mich an, nahm einen Schluck Tee mit der hineingerührten Erdbeervarenje und sagte nur: „So ist das eben."

Gorkij hin und gor'ko her

Der Komplex stand an der Metrostation 'Gorkij', die nun 'Buyuk Ipak Yuli' (Große Seidenstraße) hieß. Die meisten Eingänge der Plattenhochbauten waren unbeleuchtet. Nach kurzer Suche, - Betrunkene tapsten uns auf den Trampelpfaden zwischen schmächtigen Pappeln entgegen -, fand Laura, der ich mit dem bitteren Geschmack von Bier im Mund und nutzlos folgte, das richtige Haus. Dessen Tür aber war nur zu öffnen, wenn man die Wohnungsnummer über eine grobschlächtige Druckknopfvorrichtung - etwa wie bei einem Zahlenschloss - einstellte. Aus der dunklen Gorki-Szenerie traten plötzlich zwei junge, ihr bekannte Usbeken, die vor der Tür geraucht hatten und Gäste ebenjener Abschiedsparty waren, zu der auch wir, das deutsche Paar, eingeladen waren. Der eine war in eher schweigsamer, gedrückter Stimmung, weil sein Vater gegen seinen Willen seine Heirat mit einem ihm unbekannten Mädchen für das nächste Wochenende festgesetzt hatte, der andere, auf großväterliche Art elegant gekleidet (Nadelstreifenweste, Krawatte), war höflich gesprächig.

In der stickigen Luft des Wohnzimmers erschnupperte Laura den Geruch vom Tanzen erhitzter Körper und verschwitzter Strümpfe. Sie sagte, das erinnere sie an Parties ihrer Teenagerzeit, auf denen man in schummrigem Licht engen „Blues" getanzt hatte. Ellen, die Gastgeberin, eine deutsche Ethnologin, die *gender studies* in Usbekistan betrieben und darüber ihre Diplomarbeit geschrieben hatte, begrüßte sie herzlich. Auf dem Tisch stand ein großer, wunderbar bunter Blumenstrauß in einer bizarren Vase. Wie wir erst später herausfanden, war nicht nur die Vase, sondern auch der gesamte Strauß aus Kürbis geschnitzt. In mühevoller Kleinarbeit gebastelt hatte ihn Ellens Verehrer: Uluqbek mit den goldenen Zähnen. Obwohl Uluqbek Ellen kaum kannte, hatte er es sich in den Kopf gesetzt, sie zu heiraten. Sie hatte seinen Antrag abgelehnt, - bitter für ihn -, aber dennoch träumte er weiterhin von seiner Hochzeit, auf der die Gäste nach russischer Tradition so lange „gor'ko, gor'ko, gor'ko" (bitter, bitter, bitter) riefen, bis das Brautpaar sich küsste, so dass die Münder wieder süß wurden.

Ich unterhielt mich mit einem Bankangestellten, der in etwa so war wie ich vor ungefähr 15 Jahren. Ich sprach also gewissermaßen mit mir selbst und war deshalb auch von allem, was ich hörte, nicht im mindesten überrascht. Der Bankangestellte wollte erst heiraten, wenn er ein Haus erworben hatte. Der großväterlich Gekleidete, der ganz im Gegensatz zu Maxim Gorkij, zu mir und auch zu den Journalisten, die an der Grenze zu Afghanistan auf den Fall Kabuls warteten, niemals Alkohol trank, äußerte seine Freude darüber, dass gerade seine Schwester geheiratet hatte. Sein verheiratet werdender Freund, der etwas, - jedoch weit weniger als Maxim Gorkij - picklig im Gesicht war, sagte nicht viel. Laura, die aus der Küche gekommen war, aß Haribo Gummibärchen als Nachspeise und sprach mit einigen ehemaligen Stipendiatinnen. Während sich die ausländischen Journalisten, von deren Berichten kein Echo in den zensierten usbekischen Zeitungen ankam, für 1000 Dollar an die Front fahren ließen, um den Schusswechseln zu lauschen, hörte man hier die Stimme Viktor Zojs, der mit dem Auto tödlich verunglückt war, über seine Freundin singen, sie sähe so unzeitgemäß neben ihm aus. Seine Freundin sei zu selbstständig, hatte Ellen einen ihrer usbekischen Bekannten zitiert, deswegen werde er sie wahrscheinlich nicht heiraten. Die russische Musik gefiel den meisten der Anwesenden nicht; Yulduz Uzmanova wurde aufgelegt und eine Tanzformation gebildet. Auf liebenswerte Art wurde angedockt, untertunnelt und abgeschwenkt. Niemand ließ etwas fallen.

Für die 15 Personen auf der Party hatten an alkoholischen Getränken scheinbar zwei Plastikflaschen heimischen Olmoliq-Biers ausgereicht. Das wunderte mich. In der Küche, in der die zwei leeren Bierflaschen standen, zeigte mir der Großväterliche, wie man Walnüsse knackte, indem man zwei gegeneinanderdrückte. Dabei ging immer nur eine Nußschale kaputt. Das erschien mir wie ein Gleichnis für die Liebe, in der einer immer mehr leidet als der andere. Ein Mädchen spülte Geschirr, weil sie, wie sie sagte, Alkohol getrunken hatte und so ihr Gewissen beruhigen wollte.

Wir verließen die Party als erste. Draußen war es ruhig. Kein Corgi bellte am Gorkij.

Unter Haselnußsträuchern

XUSH KELIBSIZ SHU AZIZ VATAN BAXT MUSTAQILLIK ONALAR VA BOLALAR YILI - Buchstaben, Wörter, Sätze auf Hochhausdächern, auf langgestreckten Schrifttafeln an Brücken und Wänden, auf großen Reklameplakaten.

Zwischen den Ladas, Wolgas, Nexias und Ticos, - gelegentlich war ein schwerer Mercedes zu sehen, sehr selten ein Eselskarren -, fuhr der beechwoodgraue Range Rover durch Taschkent und verbrannte mehr als 20 Liter 93er Benzin auf 100 Kilometern. Der anfällige Wagen, der vor Jahren dem deutschen Botschafter hier gehört hatte und seitdem durch viele Hände gegangen war, war Laura von einem ehemaligen Afghanistankämpfer verkauft worden. Während sie Schlaglöchern auswich, betrachtete ich die Menschen in den überfüllten Bussen, von denen einige wiederum mich anstarrten. Bei einem Trolleybus waren die zwei langen 'Fühler' aus der Oberleitung gesprungen. Ein Helfer des Busfahrers zog sie an einem Seil herunter, bis sie - kurz funkenstiebend - wieder von unten gegen das Stromkabel drückten. Unter dem Leitungsgeflecht, das über der Kreuzung hing, fuhren nun auch wir entlang. An den belebten Metroeingängen sahen wir ältere Frauen in knöchellangen, braunblumig gemusterten Velourskleidern vor Eimern voller Kirschen und Aprikosen sitzen. 'Businessmeni' zückten ihre Mobiltelefone. Die Plastiktüten tragenden Passanten schoben sich an den vielen Mini-Läden vorbei. In einem Internet-Café, dessen Tür offenstand, saßen Jugendliche vor den Computern. Überall standen Coca-Cola-Kühltruhen.

Wir fuhren am Puschkin-Denkmal vorbei, - eine schwarze Figur stand in eleganter Pose im Niemandsland zwischen zwei vierspurigen Straßen -, bogen ab und gelangten in eine Gegend mit holprigen engen Straßen und halbverfallenen Häuschen unter wild wuchernden Sträuchern und Bäumen.

Der Gastgeber, Alexander Zilenskij, ein russischer Mathematiker, öffnete ein verrostetes Gartentor und lotste den Wagen hinein. Ein verschlossener Mann Mitte fünfzig, über dessen ernstes Gesicht nur selten ein Lächeln lief, bei dem er dann noch bemüht war, seine Zähne nicht zu zeigen. Er führte uns durch den dicht bewachsenen Garten an leeren Bienenstöcken vorbei und unter Heckenrosen und Fliederbüschen entlang zum Häuschen seiner Schwiegermutter. Dort stand seine Frau, ebenfalls Mathematikerin, die langen grauen Haare teilweise aufgesteckt, am rostigen Herd und hantierte mit großen Pfannen. Die Luft in der Küche war heiß, der Boden uneben festgetretener Lehm. Wir wurden in das stickige, mit abgenutzten Möbeln vollgestopfte Wohnzimmer weitergeleitet, wo wir der blinden Tatarin, die in einem Sessel saß, die Hand gaben und uns auf ein Sofa setzten. Es roch nach Urin. Die alte Frau fragte, wie das Leben in Deutschland sei, und erzählte von vergangenen Zeiten. An den schiefen Wänden hingen ein paar Ölbilder. Das Portrait ihres Vaters, eines stolzen Offiziers in Uniform, und eine Szene von der Entenjagd.

Im Schatten dichten Haselnussgebüsches war die Tafel aufgebaut. Nun gesellten sich Olga, die Tochter der Gastgeber, und Alischer, ihr usbekischer Mann, der als Informatiker arbeitete, hinzu. Ihr kleines Kind schlief im Kinderwagen. Olga hatte Sommersprossen, grüne Augen, wirkte wie ein bescheidenes Fotomodell und war ebenfalls Mathematikerin. Man setzte sich auf alte Gartenstühle oder kipplige Holzbänkchen. Hinter dem Zaun ging es hinab zu einem Bach. Es gab gesottenen Fisch, Dill, Fleisch mit Kartoffeln, selbstgemachten Wein. Die Gespräche drehten sich um die Situation im Land und um das Studium. Laura redete über ihre Arbeit, die Berührungspunkte mit der des Mathematikers hatte. Letzterer sprach, - wenn er sprach -, konzentriert, seine Frau und seine Tochter waren mit dem Auf- und Abtragen beschäftigt, der Schwiegersohn schwieg. Ich sagte, dass ich bewunderte, wie jemand Jahre um Jahre daran gearbeitet habe, um Fermats Vermutung zu beweisen. Wie vieles an diesem Abend wurde auch das unkommentiert zur Kenntnis genommen. Was in so einem Kopf vorginge? fragte ich und gab die Binsenweisheit von mir, dass die Mathematik eine eigene Welt darstelle, die allerdings auf irgendeine Weise mit der unsrigen zusammenhinge. Der Mathematiker biss daraufhin lediglich in einen Apfel. Seine Frau brachte ihrer Mutter etwas vom Essen. Als sie zurückkam, erzählte sie von dem letzten Seminar, das sie einige Jahre zuvor gehalten hatte. Schwalben, die ihre Nester über den Fenstern gebaut hatten, waren im Vorlesungssaal ein- und ausgeflogen.

Ein großer Ailanthus Baum streute seine seltsam duftenden, kleinen gelben Blüten auf den Garten. Langsam wurde es dunkel. Ein paar Mücken schwirrten herum. Das Kind wachte auf und schrie ein wenig. Olga beruhigte es. Ihr Mann rauchte eine Zigarette - etwas abseits, um die Gäste nicht zu stören. Mit einer Kerze in der Hand ging ich zum Plumpsklo.

Als ich wieder mit den anderen unter den Haselnußsträuchern saß, hörten wir die Tropfen leichten Regens über unseren Köpfen rauschen. Die Tropfen begannen in die Teetassen zu fallen, und die Damen des Hauses räumten schnell das Geschirr zusammen. Die übrigen blieben einfach sitzen. Nach kurzer Zeit hörte der Regen wieder auf. Obwohl die flackernden Kerzen gelegentlich unsere Gesichter und glänzenden Augen aus dem Dunkel hervorholten, versanken wir immer tiefer in der uns umgebenden Dunkelheit. Die Blätter wurden zum Dach eines Pavillons, in dem sich eine kleine Gesellschaft des 19. Jahrhunderts zum Nachttee eingefunden hatte: Der Gutsbesitzer, Alexander Sergejewitsch Z., ein resignierter Reformer, fühlte sich zur tatkräftigen Frau seines Nachbarn hingezogen. Diese neigte jedoch zur Melancholie und überdies im Moment zu Misslaune, weil sie mitansehen musste, wie ihr Gatte Olga Alexandrowna, die junge Tochter des Gutsbesitzers, anschaute, als sei er ein zwanzigjähriger Jüngling. Dabei war er ein auf die fünfzig zugehender Müßiggänger, der seine Antriebsarmut verschleierte, indem er vorgab, Künstler zu sein. Jetzt füllte er noch eine Tasse starken Tees am Samowar und schlürfte sie schnell und in großen Schlucken. Wenn er nicht schlafen konnte, würde er vielleicht versuchen, ein Gedicht zu schreiben ...

A-A-arriviert und de-haha-destabilisiert

Zwei Freunde, Pat - „Ich bin nicht schwul" - und Patachon, sind bei Laura zu Besuch. Pat ist promoviert: Ästhetizismus, Oscar Wilde, Durian - die Stinkfrucht - Gray. Er hat einen schönen Leichtathleten-Körper, aber Rückenschmerzen. Unter anderem deswegen und unter dem extraengen, bodybetonenden T-Shirt wölbt er oft seinen Brustkorb durch tiefes Einatmen.

Mit Kamm, Kajal und Fußspray 'Latschenkiefer' kämpft er gegen seine kleinen Augen, Käsequanten und die Krausheit seiner kurzen rötlichen Haare. Während Pat in sein Schnupftuch trompetet, lauscht sein Freund Siegfried Hektor im Opernhaus den Sängern. Er hat eine drittklassige Aufführung der Einladung zum Essen vorgezogen, zu dem wir nun mit Pat fahren. Man wird sich nicht in der Waldschlucht, aber später treffen. Pat, der eigentlich Hans Anders oder ganz anders heißt, erzählt, wie er Siegfried Hektor zum ersten Mal begegnete: In Erwartung einer heldenhaften Statur drehte er sich um und sah niemanden. Dann erst wurde er in Brusthöhe eines lieben Gesichtchens mit Koteletten gewahr.

Zum Essen gibts lehrende Gesellschaft und Meinungen wie: Den Russen wird das deutsche Geld in den Arsch geblasen, das hat hier bei den Usbeken doch erst recht keinen Zweck. Zu essen gibts Chillihack, Gemüseauflauf und Gummibärchen.

Ebenfalls ein Gummibärchen: Siegfried. Ist es die Figur, die Pfötchenhaltung, das Knuffige? Als wäre eins der niedlichen Tierchen aufgeblasen worden oder im Wasser liegend zu Menschengröße aufgeschwemmt. Er sei noch ein wenig spazierengegangen und deshalb nicht zu erreichen gewesen. In einem Schaschliklokal habe man ihm Hammeleier zu essen geben wollen.

Eine Vase aus durchsichtigem Plastik, beliebig formbar, wenn sie in heißes Wasser getaucht wird, erfreut ihn. Dagegen missbilligt er meine These, es sei gut, wenn Ausländer hier im Land mit den Preisen übers Ohr gehauen würden. Nein, das sieht er nicht ein, dass er zum Beispiel für eine Taxifahrt mehr bezahlen soll als ein Einheimischer. Er handele alle herunter. Erschöpft lässt er sich anschließend ins von uns gemachte Bett sinken.

Am nächsten Tag fliegen die beiden Freunde in den Westen des Landes.

Vier Tage später kehren sie zurück. Sie finden die Straße erst nach langer Suche wieder, weil Laura ihnen den Weg nicht genau genug beschrieben hat, wie ich ihr später vorwerfe, und fallen wie ausgehungerte sibirische Heuschrecken über den Kühlschrank her. Sie hätten viel gespart, ist erst einmal alles, was sie von ihren Reiseabenteuern verraten. Sie warten auf Laura, weil sie nicht alles zweimal erzählen wollen. Siegfried bittet um etwas Warmes, während er den kleinen Finger in ein Nutella-Glas steckt. Pat findet den Kakibaum, Usbekistan und Joghurt Gums funky. dass er einige der letzteren isst, wird später Laura aufregen, als sie es bemerkt. Pat oder Pet, der die Pet Shop Boys mag, wird dann nur hilflos sagen: „Frauen". Einstweilen kocht 'Kristel', wie Pet mich nennt, obwohl er Spitznamen hasst, erstmal Nudeln.

Siegfried erzählt von einem jungen Mann in Sabbisabbs, der ihm auf der Toilette seinen Schniedelwutz zeigte und dann seinen sehen wollte. Er habe das abgelehnt, so Siegfried, der sich jetzt bäuchlings aufs Sofa legt, so dass sich die modische Trainingsjacke hochschiebt und etwas Rücken freigibt. In Zabzerabs übernachteten sie bei einem Opa, dessen Frau und vier junge Töchter von ihnen abgeschottet in einem Zimmer lagen. Die ganze Nacht lief das Radio, und Pet traute sich nicht aufs Klo, das zwar nur ein kleines Hündchen bewachte, aber mit Zähnen so lang wie es selbst.

Teddybärchenlike lässt Siegfried die Arme über die Sofalehne hängen und berichtet von einem Handy-Händler, dessen Handy dauerpiepte, und von Pet, der mit dem Hintern auf einem Turmdach steckte, um nicht abzustürzen. Der zeigt stolz viel zu kleine Hausschuhe, die er gekauft hat und einen Teppich oder Fußabtreter. Verstaut alles in seinem wasserdichten Seesack.

Wir hören Deutsche Welle. Die Gäste kauen Kakifrüchte.
Pet spricht von Bills Komödien, und Kristel spricht von Bill, nicht Billy Crystal. Dann von was anderem. „Das interessiert mich nicht", sagt Pet. „Denkst wohl, du bist der schlaue Det", kriegt er was auf die Mütze, während Siegfried, A-A-abgebrüht, ein Vollbad nimmt.

Ballett

Eine Million Ziegelsteine. Das Opernhaus wurde von japanischen und deutschen Kriegsgefangenen gebaut. Die Kassiererin reicht das Billet durch einen engen, langen Schacht: eintausend Sum. Vor dem Eingang wartet eine Hackfresse. Zerschnittene, grausame Züge, Ledermantel. Auf hohen Absätzen schreiten Quasi-Mannequins über die roten Läufer. An der Garderobe borgt sich das Ehepaar eins der abgenutzten Operngläser. Der hohe Saal ist überheizt, als säße man auf einer Ofenbank. Das Publikum, in der Mehrzahl ältere Russinnen, die sich extra fein gemacht haben, mit Tochter - wohlfrisiert, Feinripppullover -, wartet gespannt. Das Licht erlischt, der Orchesterleiter dirigiert, und Musik erklingt. Aus dem schwach beleuchteten Orchestergraben ragt nur das Fagott, und gelegentlich ist der Bogen eines Streichers zu sehen. Der Vorhang teilt sich, und das Ballett beginnt.
Bemalt und ausgeschnitten aus der Schwärze ist der Raum, aus dem es kühl herüberweht. Dort wiegen, bunt gekleidet, Gruppen sich im Takt. Sie springen, beugen und drehen sich umeinander. In entspannter Haltung erstarrte Hände schreiben elegante Schnörkel in die Luft: selbstverliebte Vorstellung, schmeichelhafte Floskel und stilvolle Aufforderung. Tänzer und Tänzerinnen entfernen und nähern sich vorgegebenen

Mustern entsprechend. Die Männer heben, stemmen und halten ihre Partnerinnen. Zwischendurch werden Kreissegmente abgelaufen. Auf Spitze reiht dann Esmeralda Trippeltriolen aneinander und entzieht sich so anmutig-demütig dem werbenden Prinzen. Der Priester schlägt das Kreuz nur falsch herum und geht die Bühne ab. Von links nach rechts bringt schlecht's. Von rechts nach links, Pech bringt's. Der Unglücksglöckner wälzt sich derweil, bäumt sich synkopisch auf.

Entreacte - , dann folgt man Leuten Gänge entlang, am Flügel vorbei, dessen Lack das warme Gelb der Lampen spiegelt, zum Buffet. Dort sitzen wenige auf den mit rotem Samt überzogenen, abgewetzten Stühlen. Die rauchende Dunkelhaarige im langen Mantel könnte eine Prostituierte sein. Man isst ein Stück Kuchen. Das ewige Werben um Liebe geht weiter.

Alles ist an seinem Platz. Die Suspensorien wölben die engen Hosen vorn, die Gesäßmuskeln wölben sie hinten. Ein Bein mit durchgedrückter Kniekehle hebt einen Rock: Das weiße Höschen sitzt, und Puder stäubt. Der Busen und die Nasenflügel beben. Atem, Schweiß, Handgriffe. Hier ist man nicht wie in altbackner Liebe der ewig gleichen Griffe müde, denkt sich ein Ehemann. Ein Frauenlustschrei schrillt aus einer Loge, doch niemand ist zu sehen. Hat hinter einer Balkonade ein Wüstling seine Dame flachgelegt?

Bald ist dann Schluss, und „Bravo!" ruft der Ehemann den langen Beinen zu, denen ein kurzbeiniger Knabe im Anzug Blumen übergibt.

Kette

Ein Ausflug in die nahen Berge. Der Fahrer steuert schweigend den Daewoo, während seine Chefin eine Geschichte nach der anderen erzählt. Ich höre Martina gerne zu, denn sie rattert interessante Stories schön kurz gerafft herunter und kann Leute lebendig beschreiben. Die Klimaanlage kühlt das Wageninnere, in dem sich der Rauch ihrer Zigaretten verteilt. Die Luft über der Straße flimmert. Vollbesetzte Marschrutki - Kleinbustaxis - kommen uns entgegen. In Tbilissi, sagt Martina, sei ein Marschrutka-Taxist aufgeflogen, der mit einer Frau gemeinsame Sache gemacht habe. Die Frau sei wie zufällig immer dann eingestiegen, wenn die Marschrutka schon voll war, und habe sich dem Passagier neben dem Fahrer auf den Schoß gesetzt. Die Männer bezahlten dem Fahrer Geld für diesen Platz. Wie weit sie gegangen seien, so Martina, wüsste sie aber nicht.

Wir passieren den ehemaligen Kurort Tschirtschik: eine zehn Kilometer lange Straße, von heruntergekommenen Wohnblocks gesäumt, die in einigen Metern Höhe die dicken, hässlich umwickelten Röhren der Wasserleitungen umgeben. Kurze Zeit später zeigt Martina auf einen mit Stacheldraht gesicherten Komplex. Das sei ein Gefängnis, insgesamt säßen in Usbekistan ja allein etwa 7000 Politische ein. Im Frauengefängnis in Taschkent habe sie nur eine Mörderin gesehen, und das sei die einzige alte Frau dort gewesen. Sie habe ihren Mann, der sie jahrzehntelang vergewaltigt und geprügelt habe, schließlich erschlagen. Einen Orden hätte man ihr verleihen sollen, meint Martina.

Am Straßenrand verkaufen Frauen Maulbeeren. Das kurze Gras auf den Berghängen ist bräunlich verdorrt. Martina lässt sich vom Fahrer Feuer geben. Dahinten das seien schon die Berge in Kirgistan. Dort hätten Wachabiten eine englische Trekking Gruppe gekidnappt. Nur weil sie Müsli-Riegel dabei hatten, seien sie nicht verhungert. Schließlich konnten die Engländer einen der Bewacher in einen Abgrund stürzen und fliehen. Die Herumirrenden hätten Glück gehabt, dass sie von regierungstreuen Einheimischen gefunden wurden.

Wir erreichen unser Ziel, einen großen Stausee, und fahren über den breiten, ausgetrockneten Uferstreifen. Weil es nirgendwo Schatten gibt, mieten wir ein zeltüberdachtes Ruhelager auf metallenen Beinen. Obwohl der Fahrer versichert, dass das Wasser sauber sei, will ich nicht schwimmen. Ich erzähle vom Buchara Wurm, der unter der Haut das Bein des Befallenen hinaufwächst, und den man sehr langsam und vorsichtig herausziehen müsse, indem man ihn auf ein Stäbchen aufrolle, das dann am Knöchel hinge. Jeden Tag könne man das Stäbchen nur ein kleines Stück weiterdrehen, sonst reiße der lange Wurm, und das habe eine Blutvergiftung zur Folge. Diese Würmer gebe es nur in stehenden Gewässern, meint der Fahrer, und der Tscherwak sei kein solches. In bezug auf Krankheiten kommt Martina der Fall einer Armerikanerin in den Sinn, die in Afrika akut an Malaria tropica erkrankte und den Fehler machte, zur Behandlung in die USA zu fliegen. Sie starb noch an Bord.

Der Fahrer holt ein paar Bierflaschen aus der Kühlbox. Das kalte Bier tut besonders mir gut, der ich besorgt der anstehenden Tretboot-Fahrt entgegensehe, bei der es fast unmöglich sein wird, hochspritzendem Wasser auszuweichen. Martina erzählt von einem hier arbeitenden Bundesprogrammlehrer, den das Pech verfolgt. Erst sei er auf dem Bazar von Milizionären beim illegalen Bezahlen mit Dollars geschnappt worden, habe den Fehler gemacht, sie in sein Haus zu lassen, habe Strafe gezahlt, doch seien sie wiedergekommen und hätten ihn erpresst. Schließlich seien sie bei ihm eingebrochen und hätten die Haushälterin schwer mit einem Ziegelstein verletzt. Kurz darauf habe ein schwerer Mafia-Mercedes sein Auto demoliert, mitten in der Nacht sei im Keller des Nachbarhauses eine Schnapsbrennerei explodiert, und eine Russin habe zum allerletzten Mal seinen Heiratsantrag abgelehnt.

„Was für den Deutschen Tod, ist für den Russen Marmelade", sagt der Fahrer. Dann erzählt er einen Alkoholiker-Witz über drei Penner, die eine Flasche mit irgendeiner Flüssigkeit darin finden. Der erste probiert und stirbt. Der zweite probiert trotzdem und stirbt auch. Der dritte schaut sich um, dort ist zwar niemand, aber er ruft „Hilfe!", trinkt auch und stirbt.

Ein junger Mann zieht das Tretboot auf das Ufer, wir setzen uns auf die Sitze, und der junge Mann schiebt uns durch das schlammige Wasser patschend vorwärts. Rumpelnd mal in die eine mal in die andere Richtung schippernd, betrachten wir die schneebedeckten Gipfel, die um den See herum aufragen. Auf so einen Schneeberg, vielleicht ein bisschen kleiner, erzähle ich, seien in Kasachstan junge betrunkene Russen mit dem Auto hinaufgefahren. Dort hätten sie die Kühlerhaube ihres Wagens abmontiert und seien auf ihr wie auf einem Schlitten den Hang hinuntergerast. Nach einem Aufprall unten hätten sie dann alle schwerverletzt im Schnee gelegen.

Auf dem Rückweg, während wir an kleinen Jungen vorbeifahren, die auf den Berghängen selbstgepflückte Blumen verkaufen wollen, lässt sich Martina von mir einen Mückenstich auf dem Rücken eincremen, den sie mit der Hand nicht erreichen kann. Als wir an einem kleinen Bazar vorüberfahren, berichtet sie von einem Vorfall auf dem zentralen Bazar Taschkents. Bekannte von ihr waren bestohlen worden, aber es gelang ihnen, den Dieb an beiden Armen festzuhalten. Dieser hatte jedoch plötzlich eine Rasierklinge zwischen den Zähnen, schlitzte damit dem der ihn festhielt die Unterarme auf und entkam. Die Schnittwunden seien über dreißig Zentimeter lang gewesen. In den 80er Jahren, sagt daraufhin der Fahrer, hätte es in Taschkent viele Diebe mit Rasierklinge gegeben, besonders in der Straßenbahn. Immer wieder sehe man in der Stadt Leute mit den langen Schnittnarben im Gesicht.

Martina, die sich vorgenommen hat, ein Treffen des Vereins ausländischer Frauen, dem auch sie angehört, zu besuchen, setzt mich auf dem Weg zum Sheraton ab.

James Dean

*„Wer weiß, was man sich hier so alles holen kann", /
- Fettschwanzschafsfett- und Pferdewurstgerüche - /
dagegen kämpft Frau Homann tapfer an /
und kommt so manchem Keim mit 'pinkie-water' auf die Schliche ...*
Unbekannter Verfasser, 'O Usbekistan'

Herr Homann, Deutschlehrer kurz vor der Pensionierung, trägt eine knappsitzende Lederjacke. Vermutlich soll sie betonen, wie jung er geblieben ist, wie straff sein regelmäßiges Tennisspiel seinen Körper gehalten hat. Er ist ein kleiner Mann mit markantem Profil, der sich um das deutsche Auslandsschulwesen verdient gemacht hat, indem er einen deutschen Zweig an einer Schule gründete. Der Zweig, wetka, das Zweiglein.

Die Party rauscht nicht, und die Ostdeutschen sitzen abseits. Plötzlich spricht Herr Homann mich an und möchte wissen, ob Laura und ich verheiratet sind, Laura habe darüber widersprüchliche Aussagen gemacht. Usbeken gegenüber, fällt mir ein, geben wir uns der Einfachheit halber als Ehepaar aus, wie aber antworte ich einem Deutschen? Während ich mich winde, drängt Herr Homann auf Antwort und besteht schließlich wie in einem Verhör auf einem klaren Ja oder Nein. Erst als ich verneine, lässt er mit einem „So hätte er sich das schon gedacht" von mir ab und bespricht mit einem Botschaftsangehörigen wieder Gelddinge.

Auf dem Grill knuddelt sich irgendwelches Fleisch, und eine ostdeutsche Kommandeuse knurrt mich böse an, weil ich auf dem CD-Gerät, das übrigens ihr gehöre, ihre Programmierung für 'Winds of Change' von den Scorpions gelöscht habe.

Es ist kühl geworden, die Mehrzahl der übrig gebliebenen Gäste geht hinein. Herr Homann bleibt im Garten, ich höre ihn von seinem preiswerten Zweitwagen sprechen und stelle fest, dass meine Finger nach Fett riechen.

Drinnen in der Wärme, Laura hat sich zusätzlich mit einer Decke umwickelt, sind bald alle zu müde, um eine Unterhaltung in Gang zu halten. Ich sehe den langen Wimpern von Lauras Freundin Dina zu, die nur noch träge flappen wie die Flügel eines erschöpften Schmetterlings. Jetzt jedoch betritt ihr Chef, Herr Homann, durchfroren den Raum. Sich die kalten Hände reibend, beugt er sich über sie und drückt beide Handrücken auf ihre Wangen: „Fühlen Sie mal, Frau Bernoulli, fühlen Sie mal."

Vom Balkon

Er hasst es, ein leeres weißes Blatt Papier vor sich zu haben, vielleicht schreibt er deshalb, ein Gekrickel muss drauf, wie das krakelige 'I am he as you are he as you are me and we are all together', das er gerade in einer Zeitschrift gesehen hat, aber er legt sich erst gar kein Blatt zurecht, schließt stattdessen das Laptop an und sieht dem Schreibprogramm zu, wie es sich präsentiert. 'Datei bearbeiten', - nein, zum dritten Mal an diesem Tag versucht er etwa 20 Minuten lang, telefonisch seine Heimat zu erreichen, wartet, nachdem er die für Auslandsgespräche notwendige 8 gewählt hat auf das Freizeichen, ein lautes Dauertuten, drückt dann die 13stellige Nummer, lauscht den knacksenden Schaltgeräuschen in der Leitung solange, bis er das schnelle Tuten vernimmt, dass nun schon seit Tagen die einzige Antwort auf seine Versuche ist. Wieder und wieder tippt er vergeblich die Zahlen ein. Er schaut zum aufgeklappten

Laptop hinüber, stöpselt dann aber mit zügiger Entschlossenheit den Stecker eines CD-Players in die Steckdose, legt eine CD ein und muss feststellen, dass kein Strom aus der Steckdose fließt. Auch gut, denkt er, nichts kann ihn nun vom Schreiben abhalten, und wendet sich wieder dem Laptop zu. Dort geistert eine Uhr über den Bildschirm, von dessen Rändern immer wieder abprallend, auftitschend, seitlich schwebend. Um die Tätigkeit des Schoners zu beenden, muss er eine Taste drücken. Er überlegt kurz, ob er eine Spezialtaste benutzen sollte, kommt dann jedoch zu dem Ergebnis, eine gewöhnliche Buchstabentaste erfülle den Zweck ebenso. Eher zufällig tippt er ein kleines 'j' ein, das zu seinem Ärger dann auf dem Bildschirm erscheint. Der Buchstabe, der wohl aus Flüssigkeitskristallen aufgebaut ist, ist schwer zu erkennen. Während er ihn hastig löscht und sich dabei etwas vorbeugt, merkt er wieder, wie steif sein Nacken ist, er muss gestern Zug bekommen haben, wahrscheinlich als er, nachdem er in das trübe Wasser eines privaten Swimmingpools, ängstlich bedacht, nichts von der vielleicht keimbeladenen Flüssigkeit in die Nase zu bekommen oder zu schlucken, gesprungen und wieder hinausgeklettert ist, in des Swimmingpool-Besitzers Wagen mit nassen Haaren neben dem geöffneten, nur vom Fahrer zu bedienenden Fenster gesessen hat. Jetzt hebt er den Blick von der trüben Leere des Schirmes und sieht sich um: nichts, worüber sich zu schreiben lohnte. Eine Hornisse fliegt mit tiefem Brummen um den Balkon herum, die ungewohnt langen Hinterbeine hängen unter dem schwarzen, mit einem einzelnen gelben Band versehenen Hinterteil herab. In den Bäumen um die alte Gouverneursvilla zanken die Mainas, freche starenartige Vögel, die einen großen weißen Fleck auf den Flügeln haben. Unten in der Sonne sieht er den großen Nashornkäfer liegen, der am Morgen entkräftet auf dem Rücken gelegen hatte, den er dann in einen Blumentopf mit einer Oleanderblüte, von der er dachte, der Käfer würde sie vielleicht fressen, was dieser aber nicht tat, gesetzt und später wieder auf dem Rücken in der Nähe des Blumentopfes gefunden hatte: diesmal tot. Nun machen sich wahrscheinlich die Ameisen an ihm zu schaffen. Er notiert sich in Gedanken, später nach dem Unglückskäfer zu sehen. Das Licht blendet ihn etwas, strengt ihn an, liegt gleißend auf den Blättern des kleinen Pfirsichbaums, von dem Nachbarskinder im letzten Jahr einfach die wenigen Früchte abgepflückt hatten. Das Grün der den Balkon umschließenden Kastanie bedrängt ihn nun, und das Grün der kümmerlichen Bananenstaude im Vorgarten wirkt aus irgendeinem Grund negativ auf ihn. Gerade will er sich wieder dem Computer zuwenden, als er wahrnimmt, wie sich die Hausangestellte dem von einem eisernen Zaun, der eine Art Rankenmuster aufweist, umgebenen Grundstück nähert. Das Quietschen des Törchens, das Klappern der Schlüssel, das Umdrehen des Schlüssels im Schloss, das Öffnen der Tür, das Eintreten der Hausangestellten unten, das die Frage aufwirft, ob nun eine Reaktion seinerseits nötig werde, all das ruft eine gewisse Irritation in ihm hervor, die ihn von dem ablenkt, was zwar als sein Vorhaben nicht eigentlich zu bezeichnen ist, weil es völlig gestaltlos nur aus dem Willen besteht, der Gestaltlosigkeit gegenüberzutreten, aber dennoch, vielleicht, hätte etwas werden können. In diesem Moment entschließt er sich zu einem kurzen Rufen, um der Hausangestellten so Mitteilung seiner Anwesenheit zu machen, und gibt zu diesem Zweck einen eher unbestimmt gehaltenen Laut von sich, der zur Folge hat, dass sich die Hausangestellte erschrickt, wie er ihren etwas atemlosen Ausrufen entnehmen zu können glaubt. Sie beschäftigt sich fürs erste im Erdgeschoss und dort wohl in den entlegeneren Zimmern, denn auch bei genauestem und angestrengtestem Lauschen, erschwert durch das unausgesetzte Gezeter der Mainas und das scharrende Fegen mit einem kurzen Reisigbesen einer vornübergebeugten Frau in der Nähe des Hauses, ist von der Hausangestellten unten nichts zu hören. Weil er annimmt, sie könne annehmen, er verstecke sich oben vor ihr, entscheidet er sich, eine Art Lebenszeichen von sich zu geben, indem er wieder mit dem schnurlosen Telefon, von dem er weiß, dass es bei jedem Abheben unten zu hören ist, zu telefonieren versucht. Erneut gelingt es ihm nicht zur Heimat durchzudringen und er stellt die Versuche nach etwa einer Viertelstunde ein. Der von der Fegerin unablässig emporgewirbelte Staub verursacht Hustenreiz. Während er hustet, registriert er, dass die Sonne inzwischen ihren Stand so verändert hat, dass ihre brennenden Strahlen seine Füße und Unterschenkel zu erfassen drohen, was ein vorsorgliches Verschieben von Tisch und Stuhl angeraten sein lässt. Er tut dies, dabei sehr darauf bedacht, das Laptop nicht vom Tisch zu reißen, was infolge eines zu kurz geratenen Kabels, das noch dazu um die Balkontür herumgezogen werden muss, leicht möglich scheint. Seine schnell gefasste Absicht, das Kabel unter der Tür hindurchzuführen, ist jedoch zu seiner Überraschung zügig in die Tat umgesetzt. Während er wieder einmal darüber nachdenkt, warum die Mainas immer zetern, fällt ihm ein dickbäuchiger, am Grundstück entlangschlurfender Mann auf, den er bei sich der Einfachheit halber 'Schlurfi' nennt und der Stellvertretender Direktor der Wohnanlage ist. 'Schlurfi' grüßt hinauf und macht in der dem Angesprochenen unverständlichen Sprache eine Bemerkung, die allem Anschein nach wohl ein Fußballspiel der hiesigen Nationalmannschaft betrifft. Er, der Angesprochene, entgegnet mit einer Folge von Lauten, die keine Sprache ergeben, deren Sinn aber darin liegt, Nichtwissen zu signalisieren. Nach einer Art Wiederholungsversuch dieser Laute, die vielleicht eine Nachfrage ergeben soll, worauf der Angesprochene vielsagend schweigt, scheint sich 'Schlurfi' zufrieden zu geben und setzt seinen schlurfenden Gang ohne Zeichen von Verdrossenheit fort. Das sich beschleunigende Vorwärtswandern der Sonnenstahlen erzwingt ein erneutes Verrücken von Tisch wie auch Stuhl. Die Mainas haben sich etwas beruhigt, jetzt aber befleißigen sich Tauben ihres hohlklingenden Gegurres, und bald würden die Kröten im vermoderten Wasserrest innerhalb des alten Schwimmbeckens hinter dem unschönen schlechterhaltenen Hotel ihre Backen blähen und zirpende Töne von sich geben. Sich in den schmerzenden Nacken greifend und fruchtlos dort herumknetend, spürt er plötzlich, dass er sich zu allem Überfluß und trotz der Vorsichtsmaßnahmen einen leichten

Sonnenbrand zugezogen haben muss. Hat es aber Sinn, sich nun noch einzucremen, wo die Sonne allmählich hinter den hohen Platanen versinkt, die den Flachbau des Hotels nebenan überragen. Dann fällt ihm ein, dass er nach dem Nashornkäfer hatte sehen wollen und gleichzeitig macht er sich wieder einmal bewusst, wo er hier eigentlich ist, dass er in einer ehemaligen Schriftsteller-Ferienhaussiedlung sitzt, in der noch zwei alte Schriftsteller leben, deren einer den Text der hiesigen Nationalhymne verfasst hat und angeblich als Alkoholiker dahindämmert, ohne je sein Haus zu verlassen, wohingegen der andere, uralt und am Stock gehend, gelegentlich zu sehen ist, und dann in großer Geste vom ersten Direktor, einem Mann, der nicht müde wird, ihm als Dauerreklame für die Siedlung die Worte „Saubere Luft" zuzurufen, umarmt wird. „Saubere Luft" - Rauch zieht herüber, in der Nähe verbrennen sie wieder etwas, mindestens einmal pro Tag werden Blätter verbrannt, diesmal ist noch ein wenig Plastik dabei. Das Schriftsteller-Gelände, dessen ist er sich ständig bewusst, stellt es sich aber nun genau vor Augen, ist von Mauern umgeben und nur durch ein großes, letzte Woche frisch in leblosem Blau gestrichenes Schiebetor zu betreten oder zu befahren, das von einem Wächter in einem Wächterhäuschen bewacht und bei Bedarf aufgeschoben wird. Außen am Tor sind aus gehämmertem Blech eine 2 Meter lange Schreibfeder, ein Tintenfaß und ein kleines Blatt Papier poetisch gebogen festgeschweißt.

Im wieder auflebenden Geschimpf der Mainas beschließt er, den Computer abzuschalten, bewegt mit dem Finger die Kugel und klickt die entsprechenden Felder an. Dabei fällt ihm auf, dass der Papierbogen im Winword-Emblem im Verhältnis ebenfalls sehr klein ist so wie der Blechbogen am Tor. Vielleicht sollte man besser Haikus schreiben. Langsam beginnt er die Wendeltreppe zu den leeren Räumen hinabzusteigen.

Die Dame mit dem Hündchen

Während in Deutschland auf den Weihnachtsmärkten die ersten Glühweine ausgeschenkt werden, gehe ich durch die hundearmen Straßen Taschkents und denke an einen Hunde-He hinunterschlingenden koreanischen Professor. Die Koreaner waren durch Stalins Zwangsumsiedlungen ins Land gekommen. Hinter dem Restaurant wurden die Hunde in Käfigen gehalten. Sie waren etwa so groß wie Schäferhunde. Der Familienbetrieb lag auf dem Land, in einer vor allem von Koreanern bevölkerten Kolchose. Hund könne man schlecht zu Hause zubereiten, sagte der Professor zwischen schmatzenden Bissen.

Jetzt beobachte ich eine Frau, die eine kleine französische Bulldogge an der Leine weiterziehen will. Aber der Hund bewegt sich keinen Zentimeter. Auf kurzen krummen Beinen steht er da und starrt vor sich hin. Fledermausohren, Knautschgesicht. Vielleicht hat die Bulldogge Angst davor, in einem Topf zu landen. Als ich noch einmal, weit weg schon, zum lehmigen Hof zurückschaue, stehen beide immer noch bewegungslos da.

Langsam weitergehend denke ich an Weihnachten im vergangenen Jahr zurück. An das Tuten in der Leitung, wenn ich versuchte, die Verwandten in Deutschland zu erreichen. Ich stand an einem altmodischen schwarzen Telefon im Flur des Häuschens in Samarkand. Der Feigenbaum im Garten, der im Sommer voller gelber Feigen gehangen hatte, war kahl. Wir wohnten bei einem älteren bayrischen Ehepaar, das im Duett sehr schön 'Es wird scho glei dumpa' sang. Zu viert spielten wir Gesellschaftsspiele, während der Kater schnurrte. Die Gastgeberin kochte gut, ihr Mann trug Gedichte vor, ich spülte ab, und Laura erholte sich. Am ersten Weihnachtstag aßen wir Spanferkel in einer Bar. Nachdem ich ein Stück Schwein mit einem Schluck Wodka hinuntergespült hatte, sagte ich, ich hätte gelesen, dass Menschenfleisch so ähnlich schmecken solle.

Dann schilderte ich eine Geburtstagsfeier, bei der ein Gast bei Kaffee und Kuchen erzählt hatte, er hätte im Iran-Irak-Krieg Menschenfleisch gegessen, ohne es zu wissen. Als dies herauskam, sei der Koch, der das Fleisch organisiert und zubereitet hatte, sofort erschossen worden. Die Geschichte hielt auch diesmal niemanden vom Essen ab. Zum Nachtisch gabs Torte. Aus der Bar, in der ein bedrogter Klavierspieler Jazzstücke klimperte, traten wir hinaus in die sternklare Nacht. Ich schaute hoch zum kalt leuchtenden Orion. Vergebliche Projektion. In einer durchsichtigen Plastiktüte trug ich den Kopf des Ferkels. Die Tüte drehte sich, mal hin, mal her, und für einen Moment dachte ich, ich nähme die Welt aus der Sicht dieses Ferkelkopfes wahr. Durch dessen schwarze Olivenaugen blickte ich in die verschwommene Nacht, fühlte die Kälte durch die Folie und schwebte körperlos über der Straße dahin - einer kleinen Gruppe von Menschen folgend.

Während ich weitergehe, überlege ich, umzukehren, um nachzuschauen, ob die Bulldogge immer noch bewegungslos an derselben Stelle steht.

Zwei Geschichten

Die Schauspieler

Noch hüllte mich der warme Dampf ein, den die Rolltreppen aus dem Untergrund schaufelten. Tief unten hörte ich den Zug abfahren, der mich verspätet hierher gebracht hatte. Ich hastete durch den dicht treibenden Schnee. Weit entfernt sah ich das Schlossgebäude der Universität. Die hohen Fenster des Festsaals leuchteten auf das verschneite Kopfsteinpflaster herab. Der herausragendste Student des medizinischen Grundstudiums, Richard Zehrer, wurde heute ausgezeichnet. Ich durfte nicht zu spät kommen, denn wir, einige seiner Kommilitonen, hatten alles bis ins Einzelne abgesprochen: Richard sollte fallen. Ich zurrte den Mantelkragen enger um den Hals und hüpfte so schnell ich konnte unter den kahlen Baumreihen entlang. Immer dichter und schwerer sanken die Schneeflocken vom grauen Himmel herab und legten sich mir auf die Augen. Ich verlangsamte meine Schritte und dachte daran, wie ich vor zwei Semestern Richard zum ersten Mal getroffen hatte.

Anderen war er, wie sie sagten, auch gleich aufgefallen. Sein goldblondes Haar schimmerte und er war groß. Aber es war wohl sein offenes Lächeln, sein aufmerksames und zugleich glückliches Wesen, das ihn von den anderen unterschied. 'Er ist jemand, zu dem man sofort Vertrauen hat, dem man sein Herz ausschüttet', dachte ich, während der Schnee unter meinen Sohlen knirschte. 'Wenn man eines hat.' Gegen den Himmel zeichneten sich schon deutlich die Statuen auf dem Dach der Universität ab, in ihren unverständlichen Stellungen.

Richard war sofort der Mittelpunkt einer Gruppe geworden, der auch ich angehörte. Nie wies er jemanden zurück und, wie niemand sonst, konnte er Ratschläge und Aufmunterung geben. Es war, als habe er alle denkbaren Situationen schon einmal durchlebt. Sanft und anteilnehmend, dann wieder lustig und anregend, war uns allen seine Gegenwart unverzichtbar.

Im Verlauf der Zeit und insgeheim aber hatte sich wohl in jedem von uns ein Gefühl der Missgunst gebildet. Ohne dass wir so recht wussten warum, wünschten wir, Richards Gleichgewicht einmal erschüttert zu sehen. Vielleicht erschien uns sein Wesen zu vollkommen oder vielleicht war es lediglich Widerspruchsgeist, der uns antrieb? Was es auch war, wir hatten beschlossen, ihn zu verunsichern, ihn selbst hilfebedürftig zu machen, wie es sonst nur wir waren. Dazu war uns der heutige Abend seiner ehrenvollen Auszeichnung als günstige Gelegenheit erschienen ...

Endlich hatte ich das Tor erreicht. Unzählige Füße hatten in den Eingang Schnee hereingeschleppt, der zu grauem Brei zerschmolz. Als ich die breite Treppe zum Festsaal hinauflief, schlug mein Herz wild vor Aufregung. Durch die großen gläsernen Flügeltüren sah ich in den Saal hinein.

Richard war gerade nach vorn getreten und die wenigen Stufen auf den erhöhten Teil des hölzernen Saalbodens gestiegen. Gewohnt selbstsicher schritt er auf den Dekan und die Professoren zu, während ich unauffällig durch die Reihen festlich gekleideter Menschen zu meinen Kommilitonen gelangte. In dieser Ecke des Saals - neben dem lackglänzenden Flügel und den zugigen Fenstern - saßen vor allem Studenten. Sacht schob ich einen Stapel von Mänteln beiseite, der auf zwei freien Plätzen verteilt war. Auch Richards Schaffelljacke war darunter. Ich fühlte, dass mich vorwurfsvolle Blicke trafen und sah auf die kleinen dunklen Kratzer der Parkettbohlen. Stefan zischte mir zu, ich solle aufpassen, gleich sei es soweit. Kaum hatte der Dekan den ersten lobenden Satz gesagt, begannen wir zu pfeifen. Köpfe drehten sich nach uns um. Wie eine Fledermaus vollführte der Dekan eine kurze Flatterbewegung mit seinem Talar und musterte vorwurfsvoll das Publikum. Als er mit seiner Lobrede fortfahren wollte, stießen wir Buhrufe aus und johlten höhnisch. Ich konnte beobachten, wie Richards Lächeln erstarb und sein Gesichtsausdruck Unsicherheit und Bestürzung zeigte, als er uns erkannte. „Betrüger!", wir steigerten unsere Lautstärke, riefen Wörter und Sätze, die wir vorher vereinbart hatten. „Nichts verdient er!" Während wir schrien, schaute Richard fassungslos zu uns herüber. Der Dekan schüttelte unwillig den Kopf, und die Gäste raunten. Für einen kurzen Moment schien es mir, als wolle Richard etwas sagen, dann aber lief er hinaus. Sofort stellten wir unseren Sprechchor ein und verließen ebenfalls den Festsaal.

Den Erfolg unserer Tat im Anschluss zu genießen, gelang uns nicht. Wir beratschlagten in einem Café, wie wir uns mit Richard versöhnen könnten. Als jedoch die Mehrzahl meinte, wir sollten unser Experiment fortführen, ihn meiden und auf diese Weise noch mehr verunsichern, kam es zum Streit. Wir trennten uns schnell.

In der Anatomievorlesung am nächsten Tag fehlte Richard, ebenso im Präparierkursus. Ich hatte schlecht geschlafen und vom Formalingeruch, der aus den Wannen und von den Leichenteilen aufstieg, schwindelte mir. Ich zog die Schürze aus, streifte die Gummihandschuhe ab und verließ den Saal.

Ich hatte Richard nie in seiner Wohnung besucht. Zwar hatte er mir gleich zu Beginn unserer Bekanntschaft seine Adresse gegeben, aber nur auf meine Bitte hin und ohne mich zu einem Besuch aufzufordern. In dieser Gegend führten die Straßen steil hinab zum Fluss. Das Haus war an die Uferböschung geduckt. Um mich hallte das unruhige Geräusch des schnellen Flusses wider. Eine ältere Frau öffnete auf mein Klopfen die Tür. Der junge Mann sei über Nacht abgereist, sagte sie, und habe ihr einen Brief vor die Tür gelegt. Darin habe gestanden, sie sei ihm ein Vorbild gewesen. „Unsinn", sagte sie, „die Miete ist er mir schuldig." Sie fragte mich, was sie mit den Büchern machen sollte, die er dagelassen hatte und führte mich in ein kleines Zimmer mit einem Waschbecken in der Ecke, einer hochkant gestellten Matratze, einem mit Papier überhäuften Tisch. Auf der Erde lag ein Dutzend Bücher. „Ein seltsamer Mensch ist das gewesen, na, Sie kennen ihn ja. Besuch hat er nie gehabt, und an den Wochenenden ist er oft auf seinem Zimmer geblieben und nur auf und abgegangen." Sie schüttelte den Kopf, so dass ihre beflaumten Hängebäckchen wackelten und überließ mir die Bücher.

Für viele Jahre war dies das letzte, was ich von Richard hörte. Ich las in seinen Büchern, verstand aber nicht, aus welchem Grund er bestimmte Stellen darin angestrichen hatte und konnte seine Anmerkungen nicht entziffern. Ich versuchte es auch niemals lang, denn meine Gedanken schweiften ab und ich beschäftigte mich schlechten Gewissens und zu keinem Ergebnis kommend mit Richards Schicksal.

Nach meinem Examen gelang es mir nicht, eine feste Anstellung als Arzt zu finden, und eine eigene Praxis kam aufgrund meiner finanziellen Lage überhaupt nicht in Betracht. Also zog ich als Vertretungsarzt durchs Land. Hatte ich mich gerade an einem Ort eingearbeitet, war die befristete Zeit auch schon um, und ich musste fort.

Dieser für mich recht unbefriedigende Zustand dauerte bereits einige Jahre an, als mich der Krankheitsfall eines Kollegen in das Dorf Saim führte. Der Arzt hatte mich nicht zu Hause, sondern in seiner mit veraltetem Gerät vollgestellten Praxis empfangen. Er öffnete ein paar Schränke, in denen Emailleschüsseln standen und erklärte mir, er müsse sich - zumindest für drei Monate - einer Kur unterziehen. Der Geruch aus seinem Mund, vergröberte Gesichtszüge, die aufgerissenen Augen und anderes mehr ließen mich vermuten, dass es sich um einen Alkoholentzug handelte. Aus dem Fenster sah ich hinaus auf die lehmige, schlecht beleuchtete Hauptstraße, an der kleine Häuschen schnurgerade aufgereiht standen. Er sagte, ich könne auf einer Bahre hier in der Praxis übernachten, suchte noch einige Sachen zusammen und ging.

Der fremde Raum, eine beißende Ausdünstung, deren Herkunft ich nicht ausmachen konnte, der Jauchegestank, der zum Fenster hereinkam, das Bellen der Hunde, all das bereitete mir eine schlaflose Nacht.

Diese erste Nacht war ein Vorgeschmack auf das, was tagsüber kommen sollte: Wunden, die nicht heilen wollten, nachlässig behandelte Krankheiten, infolge Fehldiagnose fortgeschrittene, hoffnungslose Fälle. Und währenddessen das endlose Bellen der Hunde.

Die folgenden Nächte, auch wenn ich mich an die Bahre gewöhnte, waren nicht besser. Sie spiegelten weiterhin die Tage, die ich mit aussichtslosen Behandlungen, dem schweren Essen in der dumpfen Gastwirtschaft und mit trübsinnigen Spaziergängen in von gelbem Kot bespritzten Schuhen hinbrachte.

Die Dorfbewohner mochten mich nicht; immer weniger kamen in meine Sprechstunde. Also streifte ich durch die wenigen schlechtbefestigten Straßen, die Felder und Nadelwälder der Gegend. Wenn ich an einem Haus vorbeikam, wo jemand krank im Zimmer hockte oder das Kind im Fieber lag, rief man mich vielleicht hinein. So dachte ich, während ich wochenlang an ihren Gehöften, ihren Hütten vorbei und über ihre Rüben- und Kohläcker stapfte.

Auf einem dieser Spaziergänge, der ereignislos geblieben war, außer dass ein Graupelregen eingesetzt hatte, gelangte ich in ein anderes Dorf. Neben der weißgekalkten Kirche stand ein flaches Gebäude aus Ziegelsteinen im Schlamm. Ich hörte hohe Kinderstimmen und blickte in den düsteren Raum hinein. Eine Volksschulklasse saß dort. Einige der Kinder bemerkten mich sofort, zeigten auf mich und kasperten herum. Ich wollte mich gerade abwenden, als der Lehrer mich mit meinem Vornamen rief. Still und unscheinbar hatte er bislang im Dunkeln an seinem Pult gesessen, nun trat er ins trübe Licht. Er wirkte ungepflegt, sein Bart war dunkler als die schütteren Haare, der Anzug war abgetragen. Herzlich reichte er mir die Hand und fragte, ob ich ihn denn nicht erkenne. Erst da erkannte ich Richard wieder. Zu sehr hatte er sich verändert. Er war bleich, seine Bewegungen wirkten langsamer, durch die hängenden Schultern erschien er kleiner. Ich stammelte, dass mir „die Sache damals" leid tue.

Jubelnd, weil er ihnen früher als gewöhnlich freigab, und ihre ledernen Ranzen schwingend rannten die Kinder, von denen manche schon groß waren und Bartwuchs hatten, hinaus und waren wie ein Spuk verschwunden.

„Morgen werden sie wieder früher gehen wollen, und ich werde schreien und einen großen Lärm machen müssen", sagte Richard müde. Er schloss Fenster und Türen und lud mich ein, bei ihm zu Abend zu essen. Wir gingen nur ein paar Schritte zur Kirche hinüber, stiegen eine hölzerne Wendeltreppe hinauf und betraten einen kleinen Raum, der wie ein Schwalbennest an den Kirchturm geklebt war. Ein Fenster ging auf das Seitenschiff hinaus. Richard zündete eine Petroleumlampe an, und ich sah, dass er es sich recht gemütlich eingerichtet hatte. Ich ließ mich auf einem kleinen Sofa nieder. Richard rückte ein Tischchen in die Mitte, legte ein Stück Schinken, Butter und einen Laib Brot darauf. Sorgfältig schnitt er Scheiben vom Brot und röstete sie über einem Kocher. Ich ruhte meine müden Füße aus und sah ihm zu. Wir aßen schweigend. Dann setzte er einen Topf Wasser auf und stellte zwei große Tassen auf den Tisch. Auf der einen fiel dichter Schnee, durch den ein Schlitten von Pferden gezogen wurde. Ich drehte die Tasse ein wenig und sah ein Mädchen, das Schlittschuh lief. Wir schlürften den Tee und ich betrachtete die andere Tasse, die einen herbstlichen Park zeigte, in dem Männer und Frauen in altmodischer Kleidung flanierten, ein Schloss im Hintergrund. Richard kramte Kekse hervor, die wir zum Tee knabberten. Ich entschuldigte mich noch einmal dafür, ihm damals so übel mitgespielt zu haben, denn ich vertrug es nicht gut, wenn lange geschwiegen wurde.

„Das war eigentlich das Beste, was mir geschehen konnte", antwortete er.

Peinlich berührt schaute ich auf meine Tasse und blies in den Tee. Der Gedanke, dass Richard verrückt geworden war, geisterte in meinem Kopf herum, seit ich ihn wiedergetroffen hatte. Ein Mensch, der zu den Begabtesten gezählt hatte, war hier in einem hinterwäldlerischen Dorf als Volksschullehrer gelandet. Ich fragte ihn, ob er zufrieden sei, und es dauerte lang, bis er Antwort gab. „Nein. Ich war es zu Anfang, als ich die Stelle des alten Soldaten übernahm und sah, wie die Kinder auflebten. Jetzt nicht mehr. Es kostet mich zuviel Kraft, die Unterschiede zwischen den Kindern zu mildern. Vielleicht kommt es auch gar nicht darauf an ..." Er beugte sich zum Fenster hinüber. „Da geht der Totengräber - im abgegrenzten Teil, wo die Selbstmörder liegen. Mit mir macht er nicht viele Worte, aber er spricht mit denen unter der Erde, erzählt ihnen Geschichten ..." Ein Lachen klang herauf. „Manchmal erzählen sie ihm auch etwas."

Richard schien so froh zu sein, mit jemandem zu sprechen - er bemerkte gar nicht, dass nur er redete. Aber plötzlich sah er mich lächelnd an: "Und du bist tatsächlich Arzt geworden?" Ich nickte kurz. „Sei mir nicht böse. Ich weiß noch, wie schwer dir die Medizin fiel. Es freut mich." Ich winkte ab und sagte, dass es der falsche Beruf für mich sei. „Tag für Tag arbeite ich mit größerem Widerwillen. Die Patienten sind mir einerlei, nein, sie stoßen mich sogar ab." Richard war erschrocken über meine Heftigkeit und meinte, das erscheine mir sicher nur im Augenblick so. „Nein, nein", beharrte ich, „ich bin kein Arzt, Pferdedoktor trifft es eher. Was für ein Arzt aber ist an dir verlorengegangen? - Und wir sind schuld daran." Er runzelte die Stirn und schüttelte den Kopf. „Es verhält sich ganz anders, als du denkst. Ich war damals nicht der, den ihr saht. Jedesmal wenn ich unter Leute gegangen bin, musste ich all meinen Mut zusammennehmen, denn ich hatte furchtbare Angst, nicht gemocht zu werden. Nur deshalb war ich so um euch bemüht, zu allen freundlich, nur deshalb heuchelte ich Interesse und gute

Laune. Und nichts von all dem stimmte. Meine Verzweiflungsabstürze, wenn ich allein war, wurden immer tiefer. Ich wagte mich kaum noch aus dem Haus, so fürchtete ich, mich als Schauspieler zu verraten. Ich brauchte immer mehr Zeit, um jemandem gegenüberzutreten. Alle Menschen langweilten mich, denn sie zwangen mich, jemand zu sein, der ich nicht war. Hattet ihr mich schon durchschaut? wusstet ihr, dass ich euch belog, dass schon mein Gesicht eine Lüge war? Ich glaubte zu erkennen, dass ihr euch von mir zurückziehen wolltet, und versuchte, euch stärker an mich zu binden, indem ich mich noch tiefer in euer Vertrauen schlich. Aber nichts, was ihr mir anvertraut habt, hat mich wirklich berührt, ich gab nur vor, Anteil zu nehmen."

Wir sahen uns an, und ich musste den Blick abwenden.

„So konnte es nicht weitergehen. Der Abend im Festsaal hat dann der ganzen Schauspielerei ein Ende gemacht. Ich zog mich hierher zurück und habe die Angst langsam verloren."

„Aber du bist doch nicht glücklich hier."

„Wer sagt, dass ich es an einem anderen Ort wäre?"

Bitterer Rauch zog zum Fenster herein. „Da verbrennt einer etwas", bemerkte ich etwas einfältig. Dann schwiegen wir beide, bis Richard sagte, dass er ein Stück Käse vom Bauern holen wolle. Wir zogen uns die Mäntel und Fäustlinge an.

Mühsam stapften wir durch das Unterholz und scheuchten Krähen auf. Jeder hing den eigenen Gedanken nach. Als Richards Gummistiefel im Moorgrund einzusinken begannen, verabschiedete ich mich und ging in Richtung meines Dorfes zurück. Nach anstrengendem Marsch erkannte ich es im Dunkeln am Gebell der Hunde.

Von diesem Tag an besuchte ich Richard oft. Das Zusammensein tat uns beiden gut, - abgeschnitten von der Welt, wie wir waren ... Manchmal allerdings steigerte sich auch die trübsinnige Stimmung, in der wir unsere Tage verbrachten. Außerdem missfiel uns unsere Arbeit zunehmend. So konnten wir uns gelegentlich vor tiefster Niedergeschlagenheit nur dadurch retten, dass wir über die Dorfbewohner in einer Art von Hysterie spotteten. Immer neue Namen dachten wir uns für sie aus. 'Speckolme' nannten wir sie fast liebevoll, 'Jauchgurgler' gehässig. Der Winter schien kein Ende zu nehmen. Die 'Speckolme' klagten darüber, beschworen zugleich jedoch ein noch lästigeres Bild vom Frühling herauf: Reißende Regengüsse, Ungeziefer und Krankheiten.

Schleichend aber veränderte sich der Charakter unserer Zusammenkünfte. Fielen wir in unsere alten Verhaltensmuster zurück? Richard wurde zunehmend unverbindlich, und es kam zu seltsamen Widersprüchlichkeiten. So sagte er eines Tages, dass er wahre Neugier für andere Menschen empfinden wolle, dass er die für sein Wesen fatale Höflichkeit verlernen, alles Floskelhafte ablegen wolle, aber bot mir sofort darauf eine Tasse Tee an und machte - auf mein Ablehnen hin - eine Bemerkung über das Wetter. Dann schwieg er betroffen und unter sichtlicher Anstrengung.

Unsere Treffen wurden angespannter, nur ich besuchte ihn, er tat es nie. Die schlechte Stimmung versuchte er auszugleichen. Wenn er das wiederum bemerkte, führte es dazu, dass er mitten in einem Satz abbrach, falls dieser ihm zu unverbindlich erschien. Hatten wir uns zu Beginn noch ermutigt, entmutigten wir uns nun. Wenn wir dann auseinandergingen, froh, denn das Zimmer war für uns beide zu klein geworden, blieb ein schaler Geschmack zurück. Wir wussten beide, dass alle Klärungen, die wir versucht hatten, ihm gleich an seinem Tisch und mir schon vor der nächsten Scheunenwand zu nichts zusammenfallen würden.

Da ich mich schon einige Zeit darüber ärgerte, dass ich mich wieder derart an Richard geheftet hatte, stellte ich meine Besuche bei ihm weitgehend ein. Die Patienten blieben aus, und die Schneeschmelze begann. Weil ich das Essen im Gasthaus nicht vertrug, stellte ich gegen einen geringen Lohn eine Hausgehilfin ein.

Zu jener Zeit machte eine Schauspieltruppe im Dorf Halt. Einige Tage lang liefen die Schauspieler von Tür zu Tür und kündigten ihre Vorstellung an. Die Mehrzahl von ihnen war sehr abgemagert, und ihre Augen hatten einen fiebrigen Glanz. Sie sprachen jeden an, dem sie begegneten. Wenn man mit ihnen redete, schienen sie aber kaum zuzuhören. Sie tänzelten unruhig herum, unterbrachen und erzählten zusammenhangloses Zeug. ich führte dieses Verhalten auf den Hunger zurück, den sie litten. Doch bettelten sie nicht. Einer von ihnen ließ sich von mir gegen eine Geschlechtskrankheit behandeln. Der ausgemergelte Mann redete hastig, schilderte die Zustände, in denen sie gehaust hatten und verfluchte die Frau, die ihm die Krankheit angehängt hatte. Ich gab Lise, der Hausgehilfin, Anweisung, ihm ein paar Lebensmittel mitzugeben, musste dann aber selbst Brot, Käse und Schinken einpacken, weil Lise aus Sparsamkeit nichts weggeben wollte.

Die Vorstellung fand in einer Scheune statt. Gegen die Kälte hatte man Kohlenbecken aufgestellt, in denen es rot glühte. Voller Angst, dass seine Scheune Feuer fangen könnte, lief der Besitzer unruhig herum. Seit vielen Wochen sah ich Richard einmal wieder. Wir nickten uns kurz zu.

Eine wilde Farce begann: Die Schauspielerinnen geizten nicht mit ihren Reizen, wackelten mit den Busen und verteilten Ohrfeigen. Ein Mann sprach nur rülpsend, ein anderer wurde plötzlich an die Scheunendecke gehievt. Ich versuchte, mich zusammenzunehmen, aber es gelang nicht: Ich musste lachen, bis ich kaum noch Luft bekam und mir die Tränen aus den Augen liefen. Einige Besucher gingen unter Protest, aber wir anderen amüsierten uns, obwohl ein kalter Wind durch viele Ritzen zog. Die Frauen wanden sich Schals um die Köpfe, und die Männer zogen Mützen und Hüte über die Ohren. Wie unterschiedlich die Leute lachten: Eine Frau gluckste, die andere gackerte, der eine wieherte, der andere krähte. Ich sah, dass auch Richard lachte. Die Scheune roch nach den Pferden, die hinausgeführt worden waren und von außen mal mit den Nüstern oder mit einem Huf gegen die Holzwand stießen.

Das Stück, den 'Menschenfeind', erkannte ich kaum wieder. Ein Duell und ein witziger Diener, der immer das letzte Wort hatte, waren hinzugefügt. Alceste, die Hauptfigur, erschien als verzweifelter Draufgänger, der alles versuchte, um den anderen Personen nahezukommen. Um zu erkennen, ob sie verwandte Seelen waren, reizte er sie, stellte ihnen Fallen, belästigte sie und verführte die Frauen. Wie ein in grünen Brokat gehülltes Teufelchen sprang der kleine Mann über die Bretter. Celimene aber fesselte mich am stärksten. Eine große Rothaarige mit vollen Lippen und kecker Nase stellte sie dar. Wie sie sich räkelte und auf ein Sofa sinken ließ! Der volle Klang ihrer Stimme! Während sie im Finale mit den Männern, die sie alle nur langweilten, abrechnete, ahmte sie die Eigentümlichkeiten des jeweiligen mit kindlicher Freude nach.

Der Glanz der Petroleumlampen, die raschelnden Kleider, die geschminkten Gesichter und freien Gesten hatten mich so in ihren Bann gezogen, dass ich nach dem Ende der Vorstellung einfach sitzenblieb. Ich schloss die Augen und Bilder aus meiner Kindheit zogen vorüber: der geschmückte Weihnachtsbaum, Verkleidungen und Puppenspiele mit den Geschwistern. Alles in mir sträubte sich dagegen, nun wieder in die Arztpraxis zurückzugehen, doch schon führte der Bauer die Pferde herein. Ich sah, dass Richard, der auch dageblieben war, eines an der Mähne festhielt und streichelte. Brummend zog der Bauer es schließlich mit sich fort in eine Ecke. Das Getrappel von Füßen war zu hören und einige der Schauspieler erschienen. Sie gesellten sich zu uns, waren in der ausgelassensten Stimmung und neckten sich untereinander. In ihrem Überschwang luden sie uns ein, zusammen in der Dorfschenke zu feiern.

Wir mussten den Wirt erst hinausklopfen. Er machte Feuer, und der beißende Rauch trieb uns Tränen in die Augen. Wenn man sich gegen die Wände lehnte, weil es zu wenige Stühle gab, drang einem die feuchte Kälte bis in die Knochen. Ein paar der Schauspielerinnen setzten sich ihren Kollegen auf den

Schoß und waren dann damit beschäftigt, ihnen auf die Finger zu schlagen. Es kam zu kleinen, spaßhaften Raufereien. Schnell war der hungrigen Gesellschaft der Schnaps zu Kopf gestiegen, selbst Richard, den ich sonst nie etwas hatte trinken sehen, trank und sang schon. Alle stürzten sich auf Brot und Schinken, schlangen es schnell hinunter. Jeder redete auf den anderen ein, sagte, was ihm gerade in den Sinn kam, auch wenn es völliger Unsinn war. Nicht ohne Neid und Missgunst sah ich, dass sich Richard der Celimene an den Hals geworfen hatte. Beide kicherten nur noch wie Schulkinder, dann küssten sie sich. Einige der Schauspieler begannen in ihren schäbigen Allerweltskleidern zu tanzen, eine lispelnde Kleine schleifte mich über den Holzboden. Im Nu war die Wirtsstube so heiß, dass ein wilder Bursche, dem schon ein paar Zähne fehlten, die Tür aufriss und aufs Dach kletterte. Dort scharrte er Schneereste zusammen, sprang herunter und steckte einen Eisklumpen einer kreischenden Frau unter das Hemd. An einem anderen lutschte er genüßlich. Ich warnte ihn, dass das Eis nicht sauber sei. Er lachte und bot mir das tropfende Eisstück an. Plötzlich herrschte Aufbruchstimmung, und bald torkelten wir los: Die Schauspieler stapften zu ihren hölzernen Wagen, ich zur Praxis. Richard und Celimene gingen engumschlungen.

Ich stand erst gegen Mittag und in übelster Laune auf. Die Praxis war, wie immer, leer. Lise hatte mich nicht geweckt, sie war nach getaner Arbeit schon wieder gegangen. Ich schaute hinaus in den Regen und sah die Schauspieler am Ende der schlammigen Straße umhergehen. Sie spannten bereits die Pferde an. Da kein Patient kam, schloss ich die Praxis. Ich suchte einen Regenschirm, fand aber keinen. Also nahm ich eine alte Akte, hielt sie mir über den Kopf und trat auf die Straße. Ich ärgerte mich über mich selbst, wie ich so im Regen stand und auf die Schauspieler starrte. An einem der klobigen Wagen war ein Gummireifen platt. Zwei Männer standen bis zu den Knöcheln im Schlamm und versuchten, den Schlauch unter dem Mantel hervorzuziehen. In einem anderen Wagen klappte ein kleines Fenster mit grünen Gardinen auf und Richard, ja Richard, rief mir zu, ich solle doch hereinkommen. Drinnen war es schummrig und warm, ein kleiner Ofen bullerte. Die Frau, die mit mir getanzt hatte, lag dicht neben einer anderen, wachte kurz auf, sagte, ich müsse die Schuhe ausziehen und sank wieder zurück. Mir schien es, als seien beinahe alle Schauspieler im Wagen versammelt. Die meisten saßen schläfrig und stumpf auf kleinen Schemeln oder lagen auf zwei Sofas. Einer hatte sich einen Waschlappen über die Augen gelegt. Richard stellte mich der Rothaarigen vor. Sofort küssten sie sich wieder. Peinlich berührt schob ich die Gardine zurück und sah auf das Dorf. Weit entfernt erkannte ich Lise in ihrem blauen Sonntagskleid. Sie sah herüber und ging in ein Haus, auf dem der Schornstein rauchte. Unter dem Wagenfenster fluchten die beiden Monteure ununterbrochen. Dann fiel einer der Länge nach in eine Pfütze und tauchte prustend wieder auf. Der andere lachte und konnte gar nicht mehr damit aufhören, bis auch der andere mitlachte. Vor Lachkrämpfen bekamen sie kaum noch Luft und japsten. Richard alberte herum, frisierte sich einen Mittelscheitel und posierte, dann sagte er mit plötzlichem Ernst, dass er fort von hier müsse. Er liebe Anna und werde auch zu schauspielern versuchen, ein anderes Leben führen, ich solle doch mit ihnen kommen. Ich stellte mir vor, wie gemütlich es wäre, mit diesem Pferdewagen loszuzuckeln. Das Ruckeln und Schaukeln würde unangenehme Gedanken schnell verscheuchen. Das Dorf würde hinter uns zurückbleiben, in den Wäldern versinken. Zusammen leben und zusammen arbeiten.

Richard briet ein paar Äpfel auf dem Ofen, und ihr süßer, würziger Duft füllte den Wagen. Wir drei pulten das weiche Fruchtfleisch aus den verschrumpelten Schalen, - die anderen schliefen. Wieder sah ich aus der Luke hinaus. Nun flogen Schneeflocken am Fenster entlang. Einige schwebten langsam heran, stießen sacht gegen die Scheibe, so als wollten sie hereinschauen, und wehten rückwärts fort.

Leise verabschiedete ich mich von den beiden. Einer der Schlafenden murmelte etwas. Als ich ausstieg, kletterten mir zwei völlig verschlammte Gestalten entgegen. „Ich bin erster in der Wanne."

„Es ist nicht genug heißes Wasser da", hörte ich drinnen Annas Stimme, „ihr müsst zusammen rein."

Draußen wandte ich mich noch einmal um. Aus dem kleinen Kutschfenster zurrte es an den Zügeln, ein Schnalzen, und ohne dass die Dorfleute ihnen Beachtung schenkten, rollten die Wagen davon.

Jahreszeiten

I

Ich hoffte, an der Landstraße von einem Fernfahrer über den Brenner mitgenommen zu werden. Nebel zog auf. Alles war still. Ich fror und sah zu, wie die Dampfwolken, die ich durch die Nasenlöcher blies, in der kalten Luft verschwanden.

Schließlich nahm mich ein Fahrer mit. In der Kanzel des Lastwagens war es kalt und roch nach abgestandenem Zigarettenrauch. Eine nackte Frau baumelte vor der Scheibe hin und her. Der Fahrer klaubte ein Stück Knoblauchwurst aus einem Papier heraus, aß und trank dazu Slivowitz. Ich kauerte mich fröstelnd in der Ecke zusammen und schlief ein.

Als ich aufwachte, bemerkte ich, dass ringsum alles verschneit war. Wenn der Lastwagen in den engen Serpentinen ins Rutschen kam, wartete der betrunkene Fahrer in seiner stumpfen Betäubung einfach ab, bis er an eine Mauer stieß. Als der Wagen wieder einmal so zu einem Halt gekommen war, stieg ich schnell aus und ging im Schneetreiben ins Tal hinab. Schon von weitem sah ich die Kabel der Lifte. In dichten Reihen zogen sie sich wie Wundnähte über die Hänge. Der Ort wirkte verlassen. Selbst vor den Hotels war kaum jemand auf der Straße. Ich betrat das Haus der Stadtverwaltung und fragte nach Arbeit.

In der Pension, die jemanden suchte, betastete ein verhutzelter Alter meine Arme und schien zufrieden. Ich begann mit dem Schneeschaufeln. Während ich schippte, hörte der Schnee jedoch nicht auf, so schnell und dicht zu fallen, dass ich gleich wieder von vorn beginnen konnte. Dann musste ich einem Vater und seiner Tochter die Koffer auf ihre Zimmer schaffen. Das Mädchen hatte die Kapuze zurückgeschlagen und schüttelte die dunkelroten Haare aus. Sie gab mir Anweisungen und machte mich darauf aufmerksam, dass der Schnee auf meinem

Mantel schmolz und auf den Teppich tropfte. Das sehe ich selbst, dachte ich. Ich bekam kein Trinkgeld.

Als ich schließlich mit dem Schneeschippen fertig war, heizte ich den Ofen in der Hütte, die man mir im verschneiten Obstgarten zugewiesen hatte und legte mich hin, um mich auszuruhen, bevor ich am Abend wieder arbeiten musste. Ich träumte, mir gegenüber sitze jemand und beobachte mich. Bis ich merkte, dass es wirklich so war. Das rothaarige Mädchen saß vor mir und wärmte sich die Füße. - Manche Leute sehen furchtbar dumm aus, wenn sie schlafen, sagte sie. Sie heiße Friederike und solle sich hier von einer Krankheit erholen, erfuhr ich. Verwundert sah ich auf ihre roten Backen, die blauen Augen, den lächelnden Mund. - Schau nicht so finster drein, tadelte sie mich.

So begannen unsere täglichen Treffen. Meistens brieten wir ein paar Äpfel und verbrannten uns die Zungen. Sie plauderte über die Gäste. Sie langweilte sich sehr ...

Eines Tages überredete Friederike mich zum Skifahren, obwohl es ihr verboten worden war. Der Lift zog uns in die Höhe. Oben zerrte der Wind an unseren Mützen, Schneepulver trieb über die vereiste Piste. Friederike fuhr voraus. Wir glitten schräg am Hang entlang. Der Schnee leuchtete in der Dämmerung. Ich starrte auf Friederikes dunklen Anorak. Sie raste auf ein Tannenwäldchen zu und konnte nicht mehr ausweichen. Ich folgte ihr so schnell ich konnte und fand sie hustend in einer Schneemulde. Ich verlor den Halt und fiel sanft in die Mulde, so dass Schnee emporstob und auf unseren Gesichtern kitzelte. Ich wollte mich an einer Tanne hinausziehen, doch eine Ladung Schnee löste sich und bedeckte uns. Wir strampelten uns frei, und ich dachte darüber nach, sie zu küssen.

Auf dem Rückweg ließen wir uns das letzte Stück einfach hinunterrutschen. Friederike war sehr erschöpft. Ich klopfte den Schnee von ihr ab und zog ihr die Fäustlinge aus. In der Hütte stiegen wir mühsam aus unseren durchnässten Kleidern.

Wir hüllten uns in Decken und setzten uns vor den Ofen, der langsam warm wurde. Hin und wieder nuschelten wir müde ein paar Worte. Als ich aufwachte, erschrak ich, denn Friederikes Gesicht war meinem ganz nahe. Ihre Augen glänzten, und ich merkte, dass ihr Atem ein wenig bitter metallen roch. Ich dachte, das komme vom Blut, das sie manchmal huste. Sie sagte, dass es Zeit für mich sei, zur Arbeit zu gehen.

Am nächsten Tag hielt ich beim morgendlichen Schippen vergeblich nach Friederike Ausschau. Ich sah nur ihren Vater an der Rezeption. Am Nachmittag erfuhr ich dann, dass sie abgereist waren.

Ich arbeitete noch ein Jahr in D.

II

Ein Sommergewitter zog herauf. Ich saß in der Universitätscafeteria am Fenster und sah den Menschen auf der Straße zu, wie sie ängstlich zum Himmel blickten und weiterhasteten. Jetzt setzte der Regen ein und prasselte auf die blechbeschlagenen Simse. Eine Dreiergruppe von Studenten betrat den Raum. Ich erkannte Friederike sofort, obwohl sie sich verändert hatte. Sie war sonnengebräunt, trug ein grünes Sommerkleid, und ihre nassen Haare waren kurzgeschnitten. Ich ging sofort zu ihr hin. Ein peinlicher Moment trat ein, weil sie mich nicht gleich erkannte. Dann aber stellte sie mich ihren Freunden vor. So standen wir und erzählten vom Winter vor zwei Jahren, während draußen der Donner leiser grollte. Ich sah auf ihrem Arm, dass sie eine Gänsehaut bekam, ihre Lippen waren ganz dunkel geworden. Vielleicht wollten ihre Freunde unserer Wiedersehensfreude nicht im Weg stehen, jedenfalls zogen sie sich bald zurück, nicht ohne ihr Grüße an Stefan aufzutragen. Ich fragte, wer Stefan sei. - Mein Mann, antwortete sie und fragte mich, ob ich sie nach Hause begleiten wolle.

Die Straßen dampften. Das Sonnenlicht glänzte lustig auf Friederikes Scheitel.

Während sie in ihrer großen Küche Wasser aufsetzte, schaute ich aus dem Fenster auf ein paar Birken. Ich bemerkte, dass meine Hände ganz kalt waren. Als ich mich umwandte, sah ich, wie sie sich die nassen Hände an ihrem Kleid trockenrieb. Ich trat vor sie hin und küsste sie sacht auf den Mund. Sie sah mich erstaunt an und schien zu zögern. Da küsste ich sie erneut und zog sie an mich.

Als wir vom Linoleumboden aufstanden, füllte Wasserdampf die Küche. Sie schaltete den Herd aus und sagte, dass sie mit ihrem Mann esse, der gleich zurück sei. Sie notierte meine Telefonnummer.

Erst eine Woche später rief sie mich an. Wir trafen uns in einem Hotel. Danach schlug ich vor, spazierenzugehen, aber Friederike sagte, sie habe eine Verabredung und müsse nun gehen. Meine Begleitung lehnte sie ab.

So verliefen alle unsere Zusammenkünfte. Ich verstand, dass sie vorsichtig sein musste, denn ihr Mann hatte überall Bekannte. Gemeinsame Kinobesuche oder Ausflüge ins Grüne waren zu gefährlich. So verging der Sommer.

III

Im Herbst wurde ich krank und musste mehrere Wochen im Bett liegen. Wenn ich nicht schlief, dachte ich an Friederike. Ich durfte sie nicht anrufen. Sie werde sich melden, wenn es mir besser gehe. Woher sie wissen wollte, wann es mir besser gehe, hatte sie nicht gesagt. Und insgeheim hielt ich ihr jeden Tag vor, der ohne ein Zeichen von ihr verging.

In dieser Zeit besuchte mich oft Bea, eine etwas aufdringliche Kommilitonin. Bea, die immer im selben nach Regenmuff riechenden Anorak in mein Zimmer trat, die, weil ich ihr den Schlüssel gegeben hatte, plötzlich im Zimmer war und an meinem Bett saß. Anfangs staunte ich darüber, dass sie keine Angst zu haben schien, sich anzustecken. Bis ich den Verdacht fasste, dass sie es gerade darauf anlegte. Um zu sehen, ob ich immer noch Fieber hatte, küsste sie mich auf die Stirn, und dieser Kuss, - bald freute ich mich auf ihn.
Ich war in der dritten Woche auf dem Weg der Besserung und hatte aufgehört, einen Anruf von Friederike zu erwarten, als sie sich doch noch meldete und ein Treffen für den nächsten Tag verabreden wollte. Ich sagte, ich sei noch zu schwach. Also kündigte sie ihren Besuch für den nächsten Tag an.

- Du hast es geschafft, begrüßte sie mich. Deinetwegen setze ich meine Ehe aufs Spiel. Ich hoffe, du weißt das zu schätzen. - So lebst du also. Sie spielte mit ihren Haaren herum und warf mir einen geringschätzigen Blick zu. - So schlecht scheint es dir ja nicht zu gehen. Ich war erschöpft und schwieg. Und je länger ich schwieg, desto unsicherer wurde sie. Sie verlor den bestimmenden Ton. Plötzlich setzte sie sich zu mir und nahm meine Hand. Ich war sehr überrascht, wie ungeschickt sie sich anstellte. Sie spielte damit herum, sah mich an, dann wieder blickte sie auf die Unordnung im Zimmer und krauste die Stirn. Sie wusste offenbar nicht, wie sie sich verhalten sollte. Sie begann, Unzusammenhängendes zu reden. dass ich aufräumen solle, ob sie sich doch Sorgen um mich machen müsse, dass ich das Fenster aufmachen müsse, wann ich denn nun wieder gesund sei …

Ein Schlüssel drehte sich im Schloss, und Bea betrat das Zimmer. Friederike sprang auf und sah mich entrüstet an. Ich stellte beide einander vor und sagte, dass Bea mich während meiner Krankheit versorgt hatte. - So ist das also. Friederike ging nervös im Zimmer auf und ab. - Ich sehe, ich sehe. Bea stand etwas ratlos lächelnd mitten im Zimmer. Dann schüttelte sie ihre Jacke aus, dass die Tropfen nur so flogen.

- Gut, dass ich meinen Mantel gleich anbehalten habe, murmelte Friederike leise zu sich selbst und ging, ohne mich noch einmal anzusehen.

Es vergingen einige Wochen, bevor ich wieder von ihr hörte. Ich erwartete gerade einen Kommilitonen. - Komm zu mir - gleich, sagte sie am Telefon.

- Ich erwarte einen Gast.
- Wieder dieses Mauerblümchen?

Ich schwieg. Sie änderte ihren Ton. - Ich bitte dich. Ich meinte, jetzt ein Zittern in ihrer Stimme zu hören. - Wie ist es mit morgen? Um drei? Vor dem Naturkunde-Museum?

Ich sagte zu, und sie legte wortlos auf.

Friederike trug ein viel zu dünnes Kleid, hatte aber einen Schal um die Schultern gelegt. Ich ging auf sie zu, und sie forderte einen Kuss. Ich erschrak ein wenig über ihr Aussehen. Ihr Gesicht war verändert, etwas war schief darin. Das Museum war geschlossen, und wir gingen in einen nahen Park. Sie fröstelte jetzt, schlang die Arme eng um sich. Ich fragte, ob ihr kalt sei, aber sie schüttelte nur den Kopf und suchte meinen Blick. Ich sah auf die Eibenkegel und Thujakugeln um uns herum. Kurz darauf fasste sie mich am Arm. - Was ist nur los mit dir? Sie zog mich auf eine Bank vor einer zerzausten Hecke. - Ist es eine andere? Bea? Ich schüttelte den Kopf. Ihre blau verfärbten Lippen näherten sich mir. - Liebst du mich noch? Ich wich ihrem Blick aus und starrte auf den Kies.

Als ich wieder aufschaute, hatte sie sich von mir abgewandt. Sie wirkte jetzt klein, der Schal war verrutscht, ich sah den hellen Haarflaum im Nacken, ein paar letzte Sommersprossen, ihre Schultern zitterten. Nur einmal noch sah ich ihr verzerrtes Gesicht, dann stürzte sie unbeholfen auf ihren Sommerschuhen über den Kiesweg davon.

Italia

GRAT

Südsüdost, zwischen die Berge. Eine Festung sitzt über dem grauen Glitzern des Flusses im klaustrophobischen Kufstein. Ein Aufzug führt durch den Stein in die Höhe auf den Horst, wo der Adler Kot unhörbar ätzt. Die Leute bescheißen beim Umrechnen von Schilling in Mark. Durch die Straßen gehen junge Mädchen Arm in Arm, in ihren schönen dunklen Augen aber steht, wenn man hineinschaut, das Bild düsterer Gehöfte im ewigen Talschatten, und aus den Schatten im Haus, in den Häusern, durch die der Geruch nach Mist zieht, löst sich der kräftige Vater, schreit betrunken und möchte die Tochter schlagen, aber die Tochter läuft weg in die Stadt, hakt sich bei den Freundinnen ein, lacht und wirft wissende Blicke aus ihren dunklen Augen.

In die hohe Felswand sind Weinstuben gehöhlt oder wie Schwalbennester mit Speichel an den Fels geklebt, dort ist es eng und duftet nach erbrochenem Vergorenem. Gedrungene Homolkas mit buschigen Augenbrauen sitzen über Rauchfleisch und planen Verwüstung, während programmierte Orgeln spielen. Beschriftungen führen den Fremden in die Irre, aber am Ende landet er immer in der Kotze, Ektoplasma eklektischer Konsistenz, das bei gewisser Temperatur gerinnt. Solange du auch dem Gesang der Grubenwürmer lauschst - Im Walde da lauern die Zecken, im Tunnel da lauern wir ... Niemals wirst du Kufstein verstehen!

BÜCHSENFLEISCH

Sechs Pritschen, drei auf jeder Seite, vier schon belegt. Die Bettwäsche sieht aus wie von Wanzen zerfressen. Oder als habe man sie mit Rasierklingen aufgeschlitzt und dann in Säure geworfen. Die Luft ist schlecht, in den Tunneln dröhnt es laut, und der Luftdruck presst bei jeder der vielen Einfahrten mit einem dumpfen Schlag auf das rüttelnde Fenster. Knacken im Ohr.

Eine Gestalt im Dunkeln, die nach Rauch und Tresterschnaps riecht, weckt ihn, indem sie sich ungeniert räuspert und herumkramt. Der Mann mit langen graublonden Haaren hat im Abteil nebenan mit den Schaffnern Karten gespielt und getrunken. Ohne Geld kehrt er in seine Heimatstadt zurück, denn vergeblich hat er in München versucht, eine frühere Geliebte zu einem Geldgeschäft zu überreden. Unter seinen langen, diebstahlsversuchten Fingernägeln bröckelt es.

Morgen aber wird er, wie noch jedesmal, zuversichtlich aus seiner muffigen, aber nicht uneleganten Wäsche gucken.

DAS DELTA

In der Toilette zwischen den porzellanenen Zähnen benetzt schwefliges Wasser seine alternden Wangen. Gelb schießt es aus dem Zäpfchen, der Zitze. Seine Gedanken sind verworren. So früh morgens auf von Tauben und Fledermäusen vollgekackten Bänken, verschlungen wie die schmiedeeisernen Arabesken über ihm an der Bahnhofsdecke und die Muster auf den bunten Kleidern der vielen Afrikanerinnen. Sie werden mit dem Frühzug ans Meer fahren, in die Hochhaussiedlungen, um dort in Putzkolonnen zu arbeiten. Sie knien neben Muscheln und abgeschnippten Eidechsenschwänzen dort im Podelta, wo mit der Morgendämmerung das Sirren der Mücken in der chemisch geschwängerten Luft aufhört. Hier, hinter der Scheibe des Wartesaals, schläft alles noch. Spielzeugtiere, Bücher, Koffergriffe sind den Händen entglitten, während vor dem Bahnhof neben verstaubten Palmen schon der Dieselmotor eines Busses anspringt. Ein kleiner Schwarzhaariger, in dessen Nasenlöchern Haare zu erkennen sind und der aus dem Mund bitter nach Kaffee riecht, setzt seine afrikanische Freundin ab, bevor er zu seiner Mutter fährt. Eifersüchtig sieht er ihr nach, sieht, wie sie, vom Bett noch warm, mit vom Kokosöl glänzendem Haar federnd hinter den Spiegeltüren verschwindet, sieht, wie sie sich zu einer trägen Gruppe gesellt, ... gibt Gas und rast davon.

DIE SPEICHER

Er fährt durch die Ebene und erinnert sich an Familienfahrten, die durch solche Felder jedes Jahr wieder zum selben Ort an der Adria geführt hatten. Wenn das Auto des Vaters über eine bestimmte Bodenwelle hüpfte, so dass einem flau im Magen wurde, hatten sie gewusst, dass sie bald ankamen. An einem der Stände, die hin und wieder am Rand der Maisfelder aufgebaut waren, hatten sie eine riesige Wassermelone gekauft. Maiskolben hatten sie auch gepflückt.
  Er sieht auf die Wassersprenger, die in weiten Bögen Fontänen über die Felder schießen, und versucht, die Gefühle von damals wiederzuempfinden. Jetzt ist er allein. Das weißliche Licht schlägt nach wie vor auf den vertrockneten Schlamm und löst ihn zu Staub auf.

In den vereinzelt stehenden Häusern kocht Polenta. Der Hausherr geht auf Entenjagd, sein Jagdgewehr schlägt gegen die Schaftstiefel, während seine Frau noch einmal den mit ihrem Liebhaber geschmiedeten Plan durchgeht, wie sie ihn in der Nacht umbringen wird.

MOKITO

Unter den hohen Arkaden folgte der Fremde der Kleinfamilie. Ein junger Mann schob schwerfällig vom Sonntagsessen den Kinderwagen, seine Frau unterhielt sich mit ihrer Mutter. Die regelmäßigen Bögen zogen langsam über ihnen vorbei, sie markierten die Sekunden, die im trägen Takt eines Metronoms verstrichen, quälend tickten wie die Standuhr in der Wohnung der Kleinfamilie. Dort würde bald das Schreien des Kindes leere Mokkatassen erklirren lassen. Auf deren Grund waren häßliche braune Schlieren zurückgeblieben, bei deren Anblick dem jungen Mann die nervöse Übelkeit bewusst wurde, die ihn vom Magen aus ergriffen hatte. Hilflos würde er zum Gebäude gegenüber sehen und sich darüber ärgern, dass es noch immer im Sonnenschein lag, dass die Schatten noch nicht gewandert waren.

- Aber vielleicht ist es gar nicht so, dachte der Fremde plötzlich, vielleicht treffen die beiden Freunde in einem hellen Park, küssen sich, hören Musik, scherzen, und das Kind schreit nicht, liegt satt und träumend in seinem Wagen, schaut zu den glitzernden Blättern und in den blauen Himmel hinauf. Der Fremde bemerkte, dass er sich in einem Schaufenster spiegelte. Wie ein Schrei hallte in seinem Kopf das Bild eines nach vorn gebeugten Affen wider.

THAT'S THE STORY OF MY LIFE

Eines Tages fasste Onkel Latimer den Vorsatz, über unsere Scheune zu fliegen.'
    Die Lächerlichkeit solchen Erzählens angesichts der alten Männer im Park, die sich in ihrem einzigen verstaubten Sonntagsanzug unterhalten und ohne Bezug neben einer Gruppe be-

trunkener jüngerer Leute stehen, für die mit jeder neuen Zigarette und jeder neuen Flasche wieder ein Tag anbricht, der aber wie alle anderen Tage ist. Ein kurzer Schlaf, fauliger Geschmack im Mund, Juckreiz, Kopfschmerzen, Geld. Nachschub, sich vergessen, wieder kurz schlafen, aufwachen, ausspucken und alles wieder von vorn.

'Während Onkel Latimer enge Bekanntschaft mit dem Heuhaufen vor der Scheune machte, beschloss Tante Mary, nicht mehr zu atmen. Ganz Creative Falls pilgerte zu ihrem Bett und wunderte sich. Eine Woche später war sie tot.'

HAUT

Der .. jährige bekannte Übersetzer und Schriftsteller P. hat einige ertragreiche Jahre hinter sich. Selbstmordgedanken sind ihm jedoch nicht fremd. Im März 1950 tritt eine Wende in seinem Leben ein. Er verliebt sich in die Amerikanerin C. Mein Herz klopft so laut, schon seit Tagen kann ich nicht schlafen, und wie immer steht der Mond über den Hügeln, in denen Liebespärchen liegen. Ich bin nicht mehr der, der sich in einem Boot den modrigen Po entlangtreiben lässt, am Tag ertrage ich nicht mehr den klaren Anblick der hohen Berge, die die Stadt in der Ferne umgeben. Was bin ich ihr, die neben mir liegt, die ich bedrücke und langweile, die neben mir lag, die sagte 'I'll never forget you'? Das sagt man zum Abschied.

MAGENTA

Der Wirt ist ein stämmiger, noch junger Mann mit kurzen, fettigen Haaren. Immer sieht er so aus, als sei er gerade aufgestanden. Seine kleinen listigen Augen mustern den schüchternen Gast, dann macht er Späße mit ihm. Seine kleinen Nichten sitzen dabei gemütlich auf einem Sofa nahe der Rezeption und kichern darüber, wie ihr Onkel sich über den Gast lustig macht: Er schaut ihn wortlos an, dann verzieht er sein Gesicht weinerlich, der Gast weiß nicht, was los ist, der Wirt streckt plötzlich eine Hand aus und beginnt zu wimmern, der Gast ist entsetzt, das Gewimmer wird zum Lied, zum Liebeslied, die Kleinen lachen, der Gast windet sich, der Wirt singt weiter, una donna bolente, es geht um eine Frau, die wie ein Vulkan liebt. Der sorgenvolle Gast möchte telefonieren, der Wirt weist in Richtung der Kabine, schaut auf den Boden der dunklen Kabine, reißt dann wie in einem Horrorfilm in wachsendem Grauen Augen und Mund immer weiter auf, so als sähe er dort etwas Schreckliches, das angreife, dem Gast entweicht ein gequältes Lachen. „Nach Rom?" Der Wirt zupft ihn am Ärmel, nimmt ihn beiseite und gibt dem fast nichts Verstehenden wichtige Informationen über Rom: Er soll vor allem niemals unter Balkonen entlanggehen, das sei ganz wichtig, weil dort ... Der Gast versteht nichts mehr von der abstrusen Erklärung, der Wirt muss selbst über seine Erfindung lachen.

VALENTINO

Auf Hängen, zwischen Serpentinen, wo Liebespaare liegen, sind aufgerissene Päckchen destilliertes Wasser und Spritzen verstreut. Ein Bierbrauer, Moretti, sitzt mit Hut vor dem Alkoholisierten und sieht ihn an. Kleine Springbrunnen vor Imbissbuden benetzen aufgefächerte Kokosnussschnitze. Kirschblütenblasse Haut, flutende ebenholzdunkle Haare sind in Tretmobilen behütet. Er folgt den verschlungenen heißen Wegen, den Paaren. Vorbei an einer ausgebrannten Vespa und an einem Gebüsch, in dem ein Mann Fußball hört. Zirpen künstlicher Grillen

MUTTERSÖHNCHEN

„Was nimmst du, Mamma? Ich glaube, ich entscheide mich für Farfalle." Der schmächtige, ältere Mann murmelt jetzt: „Schmetterlinge, es ist Frühling, oder nein, Orecchiette, kleine Öhrchen," wird wieder lauter, „ja, ich glaube, das ist das Richtige, was meinst du, Mamma?" Die alte Mutter mit schlohweißem Haar, kohlschwarzen Augen und schwarzen zusammengewachsenen Brauen studiert schweigend die Karte. Ihr Sohn ruft mit seiner hohen, pedantischen Stimme nach dem Kellner und verwickelt ihn in ein Gespräch, denn zwischen ihm und seiner Mutter ist schon lange alles gesagt. Er hat ein scharfes Profil, trägt einen eleganten grauen Anzug und lacht oft gekünstelt. „Welche Antipasti können Sie denn empfehlen? Sind die Melanzane frisch?" Unruhig gestikuliert er, möchte, dass der Kellner dableibt. „Und zu trinken! Mamma, was möchtest du trinken?" Die Mutter sagt nichts, sie starrt auf die Karte. „Rot- oder Weißwein? Dolcetto?" Die Mutter sagt immer noch nichts, macht nur merkwürdige Bewegungen mit dem faltigen Mund. Zum Kellner: „Mezzo litro." Plötzlich sagt die Mutter mit tiefer Stimme: „Acqua."

Sie essen, und immer wieder muss sich der Mann, der wie ein nervöser Bürokrat aussieht, zurückhalten, auf seine Armbanduhr zu sehen. Die Mutter isst langsam und schmatzt. Es schmeckt ihr. Auf seine höflichen Fragen antwortet sie nur mit einem grummelnden 'Si'. Immer wieder holt er den Kellner an den Tisch, um ihn in ein Gespräch zu verwickeln. Der hört sich alles, was der Gast über die Stadt und die Politik sagt, mit versteinerter Miene an. Er möchte ihn nicht verärgern.

Dann will die Mutter eine Nachspeise, kann sich aber nicht zwischen zuppa inglese und panna cotta entscheiden, so dass der Dessertwagen geholt werden muss. Plötzlich möchte sie etwas Flambiertes. Vielleicht weil auch sie froh ist, wenn sie mit ihrem Sohn nicht allein am Tisch ist, wenn dort ein Kellner routiniert mit Metallschalen, Flaschen und einem brennenden Holzspan hantiert.

Endlich kann der Sohn die Rechnung bezahlen, der Mutter in den Mantel helfen, sie zur Tür hinausführen und die schwer Stapfende die wenigen Straßen bis zu ihrer Wohnung begleiten. Er hört ihr Keuchen vor sich auf der Treppe, sieht ihre dunklen Strumpfhosen, die geschwollenen Knöchel in den etwas klobigen, altmodischen Schuhen.

Er hilft ihr im Flur aus dem Mantel, sieht im gelben harten Licht ihr knittriges Gesicht, führt sie zum Fernseher, sagt, dass er noch arbeiten muss, wartet nicht auf eine Antwort, berührt flüchtig mit dem Mundwinkel ihre beflaumte runzlige Wange, zieht die Wohnungstür leise zu und läuft die Treppe hinunter auf die Straße. Zielstrebig geht er in Richtung des belebten Corso, an dem Lokal vorbei, in dem er eben noch mit seiner Mutter saß, lässt sich mit der Menschenmenge die Allee hinab zum Fluss treiben, taucht im Strom der Menge unter, genießt die vielen schönen Frauengesichter und gelangt endlich an die Mündung einer dunklen Straße. Er tritt aus der Menschenkette heraus, die unablässig durch die schwarzen Finger der Straßen fließt, stellt sich halb mit dem Rücken vor ein Juwelierschaufenster in der Sandsteinwand eines mächtigen Gebäudes und starrt in die dunkle Abzweigung. Dort sieht er helle Schenkel über dunkel glänzenden Schaftstiefeln. Langsam schlendert er um die Ecke. Hierhin wollte er. Er genießt es, an den dunklen Hauseingängen vorüberzugehen, von dort das 'Tsss' der Nutten zu hören, die sich so anbieten. Aber er ist auf der Suche nach Bea, Bea mit ihrem jungen Gesicht, den langen Beinen, dem schönen Haar, den geschmackvollen Kleidern. Da sieht er sie, feurig schimmernd streichelt ihr langes Haar ihre helle Wange, aber sie beugt sich herab zu einem glänzenden schweren Wagen, verhandelt mit dem jungen Fahrer, steigt ein, und der Wagen braust davon. Enttäuscht wendet er sich um und sieht Francesca, eine andere Prostituierte, in der Menge auf sich zukommen. Er geht lächelnd auf sie zu und greift nach ihrem Po. Sie dreht sich ihm zu, gezwungen lächelnd, und er versucht zu scherzen. Während sie schon in entgegengesetzten Richtungen weitergehen, tauschen sie noch Floskeln aus, dann dreht er seinen Kopf abrupt weg und lässt die Maske fallen.

TAU

Der Zug steht auf der Strecke. Sie sitzen dem Beobachter gegenüber, und er friert sie ein: Da sind das früh verglatzte, herrschsüchtige Muttersöhnchen mit Sonnenbrille, das langwimprige Madonnenmädchen mit Schmuck, wie Kinder ihn aus Kaugummiautomaten ziehen, der eitle Herr mit an den Schläfen graugefärbten Haaren, der junge Literaturstudent mit Kinnbart und langen schwarzen Wuschellocken, das strenge Mädchen vom Land mit dunklem Bartflaum über der Oberlippe und blickdichter schwarzer Strumpfhose, der verlebte Manager und viele andere. Aber das Gefrorene schmilzt: Im Schlaf sinkt der dunkelblonde Lockenkopf des Madonnenmädchens gegen die Schulter ihrer Nachbarin, der Manager läuft herum und schreit in sein Handy, das strenge Mädchen schiebt ihre schwere Sporttasche gekonnt mit der Hacke unter ihren Sitz, der Student kritzelt etwas in seine Kladde. Vielleicht über ihn, der sich vor all diesen Lebendigen hinter seinem Buch versteckt? Als die Nachricht kommt, dass es weitergeht, beobachtet er das Lachen und erleichterte Händeringen.

'Wem hast du es erzählt?' fragte die Mutter, - liest er.

'Dem Pater Christophorus in der Beichte, Mamma', antwortete Lucia beschwichtigend.

'Daran hast du wohl getan.'

LE MOGLIE

Rote Wände, Ausfluchten ins Graue. Wind weht durch die engen baumlosen Straßen, rote Leinwände flappen vor Fensterhöhlungen, Wolken kleiner Wassertropfen stieben über einen Brunnen und nässen die Pos, Busen und Brustwarzen der Figuren, im Hintergrund ragt eine gigantische klobige Scheunenkathedrale in den bleiernen Himmel. In den dunklen Bogengängen zwischen Marmorpfeilern nuckeln ausgehungerte Studentinnen Saft, während neben ihnen Frauen in den besten Jahren einen Espresso hinunterstürzen, um die Müdigkeit loszuwerden, die sie nach dem Sex am Nachmittag hinter flappenden Vorhängen überfallen hat. Sie nesteln an ihren etwas zerrauften Cinecittà-Frisuren, eine sichelförmige Haarsträhne streicht über das ein wenig verschmierte Make-up unter den Wangenknochen, und Puderzucker bleibt auf ihren Lippen zurück, wenn sie in ein süßes Hörnchen beißen, um den Spermageschmack in ihrem Mund endgültig zu vertreiben.

Morricone-Musikfetzen, Salami wird in Därme gepreßt, in einem schäbigen Park weht der Wind Platanenrinde vor sich her.

TASCHENBUCH

Fahrt im Regen, eine Palme im Regen, sie hat einen Bart, aus dem es auf einen kleinen Platz im Regen tropft, leere Bänke und eine Voliere im Regen, als läse man in einem Taschenbuch, dessen Seiten oft schon vom Regen, der von Bahnhofsdächern tropft, durchnässt waren, „The rain dripped from the palm trees. Water stood in pools on the gravel paths ..."

ABTEIL

Schwarze Zypresse / Herzensdieb / Einsame Pinie / Ich hab sie geliebt

Die Augen fallen immer wieder zu. Großkarierte Strumpfhose, Samtjackettchen, elegante schmale Blondine liest Modemagazin. Freier Platz, ihre Handtasche. Andere Blondine, schmächtig, große Nase, Trainingshose, Synthetikpulli, schmuddelige Leinen-Turnschuhe, Liebesroman. Auf ihrer Daumenwurzel: Tel. In ihrer winzigen Hochhauswohnung wird sie gleich die Telefongesellschaft anrufen, die Schwester hat ihr beim Abschied Geld gegeben, ein Monat ist wieder überstanden, sie macht die Tür zum kleinen Balkon auf, um Luft in das stickige Zimmer zu lassen, gut, dass Ricardo für immer weg ist, besser ohne ihn, wieder ein Tunnel, zwei Stunden bis Termini, und dann noch der Vorortzug.

Ich wache auf, sehe mich um, draußen eine Eisenbahnbrücke, unten in Regenschleiern ein Fluss, neben mir liest der Jurist in einem dicken Comicbuch. Ich bin so hungrig, dass ich auf die Peinlichkeit pfeife und im Schweigen des Abteils Stücke von meinem alten Brot, der Salami und dem Fontina abschneide.

'Schließen wir die Augen', sagt der Held, Dylan Dog, und die Frau, 'No ... dite!', schön wie die Botticelli Venus mit offenem Haar, fällt in eine andere Zeit, liegt auf einer Straße, hat Tränen in den Augen und stirbt. Panorama eines menschenleeren Friedhofs. Die großen Flügel wachender Engel. Weinend kniet Dylan Dog vor ihrem Grab nieder.

SHOOTING

Akt 1, Szene 1, Via Parigi, 21.00
Nacht. Glänzender Asphalt. Schritte. Großaufnahme von Giuglios Gesicht im gelben Licht der Straßenbeleuchtung. Kamerafahrt, halbnah, Blick über seine Schultern. Kameraschwenk tief hinab auf eine freigelegte, altrömische Häuserzeile mit schmalen Gärten. G lehnt sich an das Geländer und sieht hinunter. Plötzlich erscheint dort unten eine Gestalt in einer Toga. Lateinisches Murmeln ist zu hören. Der Mann hat ein fahles Gesicht und gelbliche Zähne. G wendet sich ab, geht weiter. Amerikanisch, von vorn. Plötzlich taucht im Hintergrund wieder die steife Gestalt auf. Sie muss heraufgeklettert sein. G beschleunigt seinen Schritt. Aber der Mann verfolgt ihn nicht, sondern setzt sich auf ein Mäuerchen. G dreht sich um und geht langsam zu ihm. Der Mann, der etwas starr blickt, fragt G schnarrend etwas, das dieser nicht versteht. G zuckt mit den Schultern, dreht sich wieder um und geht weg. An ihm vorbei geht watschelnd eine Nutte. Gleich darauf hört er wieder die schnarrende Stimme des Mannes, der offensichtlich versucht, mit der Nutte zu sprechen. 'Jetzt halt mal den Sabbel', schnauzt ihn die Nutte genervt an. 'Lass mal sehen, hast du Geld? Jetzt hab dich nicht so ...'. Ein schnarrender Schrei. 'Nix, na dann, ciao... Was? Willst wohl noch frech werden? Denare, Denare! Ich geb dir gleich Denare! Was will ich mit Denaren? Na, das haben wir gleich.' G blickt zurück, Tiefenschärfe, Zoom, und sieht, wie die Nutte den altrömischen Schnorrer in seinen Graben zurückstürzt.

JACUZI

Im Film, nein hier, umgeben von hebenden Riesenidioten aus Marmor, lag nasser Kleiderstoff auf den Brüsten Signorina Ekbergs. Türkis leuchtendes Wasser lässt Lichtreflexe spielen auf

Utes, Brigittes, Luigis, Paolos, Karens, Melindas, Giannis, Tommasos, Yasukos, Fumikos, Dammianos, Giacomos und Gianbattistas kaugummikauenden Gesichtern. Er denkt sie sich weg, die Geldmünzen im Brunnen berühren unangenehm seine nackten Füße, doch da sind sie wieder, die klebrigen Hände, Tabakmünder, wundgeküssten Lippen, harten Stimmen, schüchternen Stimmen, Wespentaillen, Vespaklammerbeine ...

VOYEUR

Auf einer Insel aus Stein, umtost von Autowellen, steht der Fußgänger vor einem Brunnen. In seinem Rücken fühlt er den aufragenden Halbkreis und die metaphysischen Arkadenbögen. Über ihm bieten seine steinernen Schwestern ihre Brüste, Bäuche und Gesäße dem schwarzen Himmel dar. In ihren leeren Augen gluckst der Regen. Nun bei Nacht verebben die Autowellen allmählich.

Der Tourist geht an einem hohen Gitterzaun entlang. Das Museum dahinter wirkt jetzt wie eine verfallene Gladiatorenarena, in deren Erde sich längst die Knochen der Menschen und Löwen vermischt haben.

Eine Frau und ein Mann mit einer weißen Plastiktüte stellen sich in eine der Nischen einer Betonzeile skelettierter Marktstände. Der Voyeur schützt sich mit einer Zeitung vor dem Regen und beobachtet, wie sich die Frau vor den Mann kniet, ihm die Hose öffnet, sein Glied hervorholt, ein Kondom darüberstreift und es dann in den Mund nimmt, während neben ihrem Kopf die Tüte baumelt. Über seinem Kopf auf der Zeitung hört der Voyeur die Tropfen, die in unregelmäßigen Abständen aus den Zweigen des mickrigen Baumes über ihm fallen.

BELLADONNA

In ihrer gelb beleuchteten Kammer sitzt eine blasse Schönheit unbequem auf ihrem Bett und liest gelangweilt in einer Zeitschrift. Ein paar Plüschtiere beobachten sie mit glänzenden Augen. Schließlich zieht sie einen Schmollmund und wirft die Illustrierte in die Ecke. Neben ihrer Oberlippe hat sie einen kleinen Leberfleck. Der Flaum darauf sieht aus der nahen Sicht ihres Liebhabers aus wie das Antennenwirrwarr auf den Hausdächern, denkt der Pensionsgast. Oder er erinnert an die Nasenhaare der alten Frau, die einen Stock tiefer mitten in der Nacht kocht und ins trübe wallende Salzwasser schaut. Dort tauchen Nudeln auf und versinken wieder, wie die Wörter, die sich das Paar zuflüstert, das auf dem kleinen Sofa im Gang schläft, während in Ägypten der Chamsin heult, Sand alles einhüllt, liest der Gast. Draußen fällt ein sanfter Regen auf Dächer, Balkonfliesen und Plastikschlappen. In ihm sind Meer, Honigduft und Strumpfhosen enthalten.

RONDO

Schreiende Paarung zähnebleckender Nagetiere in einem Bau. Über Nacht sind die Dornen zu Himbeeren, ist der Arm zur wortlosen Zunge geworden. Schneckenspuren lösen sich im Wasserstrahl auf.

Rauschende Palmen, morgenklares Blau.
    Menschen drängen sich in einem schmalen Café. Hinter der Theke hantiert ein kahlköpfiger Mann mit den lärmenden Espressomaschinen, wirft Löffel auf Untertassen, lässt Wassergläser vor die Gäste rutschen. Der Deutsche gibt ihm seinen

Bon über einen Espresso und zwei Hörnchen, bekommt seinen Espresso, aber mit einer eleganten Bewegung seines Greifers gibt ihm der Barmann nur ein süßes, warmes, mit Puderzucker bestreutes Hörnchen. Der Deutsche hat Angst, sein zweites Hörnchen nicht zu bekommen und zeigt: zwei Hörnchen. Im Stimmengewirr, Rattern der Kasse, Brodeln und Geklirr beruhigt der Mann den Fremden, redet ihm gut zu, due cornetti, sì und spielt ihm vor, wie schwer es ist, zwei Hörnchen gleichzeitig zu essen. Währenddessen arbeitet er weiter, brüht Espresso, nimmt Bons entgegen, klopft Kaffeesatz in einen Eimer, sammelt Geschirr, wirft es in die Spülmaschine und reicht mit einem Lächeln dem Verzagten genau in dem Augenblick, als dieser mit seinem ersten Hörnchen fertig ist, auf einer kleinen Serviette das zweite.

SCHICHTEN

Leises Mahlen von Kiefern und Wetzen von Schnäbeln. Vorhang auf! Ein monumentales Gewölle liegt tief unten im Amphitheater. Die Zeit hat es hervorgewürgt und mit Knochenstaub bepudert. Marmorsäulen, wie Grissini gebrochen, stecken darin, blutrostige Dolche und Patronenhülsen von Erschießungen. Alles dort unten ist tot. Skarabäen gleich steigen manche an den Wänden aus plattgedrückten Körpern hinab. Sie formen Kugeln aus Unverdautem und versuchen, sie bis zu den eleganten Dachterrassen hinaufzurollen. Doch vielleicht liegt dort oben unter dem Azur zwischen den Pinien, zurückgesunken in einem Liegestuhl, schon jemand, dessen Blut schon zu Harz erstarrt ist.

SPINAL

Reuters. Unweit einer serpentinenartig verlaufenden Straße, die sich über Gesteinscluster erhebt, innerhalb derer einst Menschen badeten, sieht jemand eine Pyramide. Sie erinnert ihn vielleicht an ein Bild, das jahrelang an einer der orangenen Wände im Haus seiner Eltern hing. Die Pyramide auf dem alten Piranesi-Stich war groß und düster. Nun stehen Maulbeerbäume gegen den pergamentenen Himmel, ihre Blätter rauschen, ihr Schatten spielt auf seinem Gesicht, Mauersegler durchschneiden die gelblich fahle Luft, und ihre Schreie lösen die alte Sehnsucht aus.

    Er fährt in die Kleider der Metropolitana, hinab zu Nüstern, strömendem Atem, dem Kuss einer Unbekannten und steigt bald wieder auf.

    Regendämmerung zwischen Hochhäusern und hohen Kiefern. Hier herrscht eine andere Zeit. Menschenmengen drängen sich in einem Beton-Pavillon. Der ungeschlachte Obelisk, um den sich Automengen stauen, das Monstrum einer Halle, der See davor, die Bürogebäude: Kopien, wie sie bestimmte Insekten von Gegenständen bilden.

ACCATONE

Der lehmige Tiber fließt flach um die Brückenpfeiler. Es regnet stärker, und die Uferplatanen bieten keinen Schutz mehr. Schwarz nun der bootlose Fluss. Wohlbehütete Mädchen klappen ihre Kapuzen hoch. Ältere Leute öffnen Regenschirme, die ihnen Bangladeschis überall in der Stadt sofort beim ersten Tropfen verkauft haben. Ach, könnte er jemandem sagen, was er jetzt sieht: ein Boot mit roten und gelben Glühbirnen und Holly Golightly dort tanzen, vor auf- und zuklappenden Parapluies ein Mädchen singen, das aufgesprungene Lippen hat. Tevere - Fieber.

SCHEIBEN

Natürlich hatte er sich vor die einzige verschmutzte Scheibe im Waggon gesetzt. Nun dachte er schon geraume Zeit darüber nach, wie es wäre, wenn er aufstünde und sich an ein anderes Fenster setzte. Das aber könnte von den Zugreisenden in seiner Nähe als Affront aufgefasst werden, so als fühle er sich unwohl unter ihnen, so als röchen sie schlecht und stießen ihn ab. Missmutig und angestrengt starrte er also weiter durch das trübe Glas. An den Stationen stiegen Leute aus und ein. Ein alltäglicher Vorgang, dessen Registrierung ihm aber zu einer Idee verhalf. Am nächsten Halt tat er so, als stiege er aus. Stattdessen wechselte er nur den Waggon.

Einzeln stehen große weiße Wolken am Himmel, eine Stadt aus grauem Stein hockt auf einem kahlen Berg. Ginster zieht langsam vorbei, Ölbäume schneller, Feigen, Kakteen, ganze Familien auf Vespas, Kind vorn, Vater, Kind, Mutter, Mädchen mit schwarzen Lederstiefeln in Miniröcken, sich streitende Bettler, Schläfer, Bedrogte, taumelnd, ein mit kaputten Stimmbändern schreiender Mann, sich küssende Liebespaare ...
    Hinter Glas.

ALISCAFO

Das Meer. Seetangbrise. Ein weißes Deck. Männer, bis in den Mund gebräunt. Sie rollen die Taue auf und schließen die Türen des Tragflächenboots. Vierzig-Stunden-Woche, Schicht- und Wochenenddienst. Drinnen, in den engen Reihen, sitzen nur zwei ältere Damen. Auf den Bordfernsehern läuft im Nachmittagsprogramm Lassie. Außerhalb des geschützten Hafenbeckens drohen leise die Streicher, dann schlägt der Rumpf hart auf, erzittert, schießt rauschend hoch über einen Wellenkamm, Lassie bellt, sie hat eine Spur, das Boot fällt tief in ein Tal, es fällt und fällt, Lassie winselt, sie weiß nicht weiter, ein Würgen überkommt eine der Damen, die andere hilft ihr, umherirrende Oboen, absteigende Fagotts, der Rumpf taucht Gischt verspritzend in eine grünblaue Wand, Jaulen, wird wieder hochgeschleudert, eine Flöte spielt eine hoffnungsvolle Melodie, aber das Würgen hält an, Lassie bellt jetzt außer Rand und Band vor Freude, doch wieder geht es hinab, Filmmusik im Tutti, und hinauf, eine Kette von Encores, die Wellen.

BONJOUR TRISTESSE

'Nein, Piero kann nicht gut küssen', dachte sie, winkte eins der knatternden Micro-Taxis heran und stieg ein. - Faites votre jeu. Regen tropfte auf die Plastikplane. - Cin-Cin. Sie strich über den Bezug der Sitzbank und ließ die Fransen durch die Finger gleiten. - Non adesso. Erst gestern nacht hatte sie auf solch einer Bank Umarmungen und Küsse erlebt, nichts dabei gefühlt, - abbastanza, und der Blick ihrer immer offenen Augen war durch das Plastikfensterchen hinaus auf die verwischten Lichter des Hafens geglitten.

Sie bezahlte den Fahrer und ging dann die Hauptstraße des Ortes entlang. Warum nur hatte ihr Vater sie mit hierher genommen? Sie war siebzehn, und hier watschelten vor allem ältere deutsche Touristen in komischen kurzen Hosen herum. Mit hässlichen Hüten, die sie wohl schön fanden, auf dem Kopf. Sie wurde traurig. Diese Leute hatten für ihren Urlaub sparen müssen. Sie sah eine Oma in einer auf deutsch gemachten Konditorei einsam vor einem Stück Kuchen sitzen. Füße in Söckchen und Sandaletten schlurften über die Fliesen eines kleinen Supermarkts, wo es, wie sie wusste, ohne dagewesen zu sein, nach Käse und Waschpulver roch. Es war, als wären Erinnerungen, die sie gar nicht haben konnte, in ihren Kopf geflossen. Auf einmal kam sie sich furchtbar alt vor. Ihre grazile Gestalt aber ging aufrecht weiter hinunter zum Hafen.

VOLLPENSION

Das Esszimmer des Hotels Miramar ist ungefähr acht Meter lang und sieben Meter breit. Es hätte einen hübschen Panoramablick, wenn nicht vor allen Fenstern weiße Gardinen hingen. Zöge man eigenmächtig die Vorhänge für einen Augenblick, bis die Kellner kommen, beiseite, stellte man fest, dass die Fenster von Kondenswasser beschlagen und undurchsichtig sind. Wenn sich ein neuer Gast dort an seinem reservierten Tisch niederlässt, blicken alle Versammelten erst einmal stumm zu ihm hin. Wie auf ein Kommando kauen sie dann weiter, so dass die langen Hautfalten an ihren Hälsen rhythmisch erzittern. Ihre altersfleckigen Hände zurren an den Servietten herum, die vor ihren Hemden hängen. Sie essen solange, bis die Übersättigung sie zum Einhalten zwingt. Jetzt ist ihnen schlecht. Auf ihren vergilbten bis steakbraunen Köpfen liegen pomadestarr letzte weiße Haarfäden. Entschlossen greifen die Gäste nach einer Brötchenhälfte, starren sie an und seufzen. Sie gleitet ihnen aus der kraftlosen Hand, fällt zurück auf den Teller und erzeugt ein helles Geräusch. In den ledrigen Gesichtern wässern die Augen wie Austern. Unmöglich zu sagen, was in diesen Köpfen vorgeht.

Während die Kellner grimassierend von Tisch zu Tisch staksen, hat auch den neuen Gast die Erschöpfung ergriffen. Noch begreift er nicht recht, wie ihm geschieht, merkt nur, dass er nicht mehr imstande ist, sich zu erheben. Matt gibt er, wie alle anderen, ein Zeichen, hebt mühsam seine Hand, die sogleich von der kräftigen Hand eines Bediensteten umschlossen wird, der den Gebrechlichen nun wie ein Kind auf sein Zimmer führt, wo er ins Bett und der Schlaf auf ihn sinkt wie eine weiße Gardine.

LA LUNA

Der Mond hat lustige Sommersprossen bekommen. Lebhaft hüpft La Luna an einer Panettone-Moschee vorbei, durch das silbrig grüne Flirren eines Eukalyptusbaumes, den sie vor ein paar Tagen entdeckt hat, Stufen hinab zu einem leeren Strand.

AM KONGO

Zwischen die Seiten der zurückgelassenen Bücher, teils vergilbt, teils von Meer oder Regen durchnässt und wellig getrocknet, achtlos in einer dunklen Ecke des Hotels in ein Regal gestellt, zwischen die Laken eines Zimmers, in dem sich nach der Liebe schon unzählige Frauen vorm Spiegel die Lippen nachzogen, zwischen den Lamellen der Terrassentür hindurch zu den Liegestühlen, zu Brüsten im grellen Licht kriechen, aber Konsalik, das Gebiss einer alten Witwe, Bierbäuche finden und im Dunkeln hören, wie sich gewaltige Körper platschend aus dem schmatzenden Wasser des Thermalpools heben.

ADDIO, ROSEBUD

Der zu Hause gebliebene Sohn ging in den Ort. Da begann es zu regnen. Er sieht zwei Männern zu, die Plastiktüten zurechtkrempeln und wie Hüte aufsetzen. Er geht am Hafenbecken entlang, dessen Wasser vom Regen gesprenkelt ist. Winzige Fische knabbern dort an einem Stück Brot. Er betritt das Café und fühlt auf seinem nassen Gesicht angenehm Wärme, Kaffeedampf und Rauch. In einer Ecke sitzt eine Frau an einer Kasse. Hinter ihr türmen sich Zigarettenpackungen. Ihr „Fiammiferi" und der künstliche Limonengeschmack des grünen Weingummis erinnern ihn an lang vergangene Zeiten. Aber nun singt im Radio eine Frauenstimme, nach dem Regen komme Sonne und nach der Sonne wieder Regen. Während noch einige Durchnässte zur Tür hereinkommen, und ohne zu verstehen hört er weiter: você vem, você cai, você vem e cai und fühlt sich plötzlich wie der nach Hause gekommene verlorene Sohn.

STRAND

Urzeitlich liegt der Sand unter der monotonen Sonne. Plötzliche Nacktheit möchte sich in Begleitung gewaltigen Meeresrauschens zwischen den verschlossenen, harten Körnern lustvoll vergraben und auflösen.

Ein Kieselstein, eine Scherbe werden, denkt man noch, bevor das Denken aufhört und sich der Körper ganz den heißen Strahlen ergibt. Nur in Höhlen, bedeckt von gekämmtem, getrocknetem Wimperntang, schimmert es noch feucht. Dort spiegeln die Augen den tiefblauen Himmel wider.

Gelähmt sinkt man ins glühende Schwarz eines leeren, verkrusteten Taschenkrebspanzers hinein. Rettendes Lärmen ertönt.

Ein kleines Mädchen rauft lachend mit seinem bellenden Hund. Vor der grünen Wellenwand hält ihre Mutter einen roten Melonenschnitz und eine gelbe Tube Sonnencreme in der Hand. Ein schläfriges Flüstern, und man erhascht einen kurzen Blick auf einen Bauchnabel im Winterweiß, an dessen samtenem Schnee man seine Wangen kühlen möchte.

LEBENSLÄUFE

Gelassen sucht er einen Ort seiner Vergangenheit auf. Es ist alles Geschichte. Dieser Faun, eine kleine Statue im Garten einer Villa, ist seine Geschichte.

Er hat ihn in die Betten einiger schöner Frauen geführt und er hat ihn den maßvollen Genuss gelehrt, der in einem Stück Brot, Käse und einem Glas Wein liegt. Dem Faun folgt die Geliebte, nicht dem am Reiseführer klebenden Mann. Mit tänzerischer Anmut zeigt der Faun zum Himmel.

Von dort fiel einst ein giftiger Ascheregen, der die Geschichte eines Menschen ist, der nun als Gipsabguss in der Vitrine liegt.

DER ABSCHIED

Sieh nicht zurück! Dein Herz bleibt dort. Komm ohne aus. Gefällst dir nur in Orpheus' Rolle. Schau dir die Fischerboote an, die jetzt so früh am Morgen einsam hier draußen liegen. Dort geht ein Mann schon seinem Tagwerk nach. Er wartet in der Stille, die nur ein Glucksen unterm Rumpf manchmal durchbricht, und holt das Fangnetz noch nicht ein. Und deine Augen wandern hoch zum Rauch, der aus dem Fährenschornstein rückwärts flieht. Auch weißer Schaum und das hellgrüne Kräuseln weisen im geschwungnen Bogen zurück, dorthin, wo sie dich schon vergisst. Sieh nicht zurück, im Dunst hat sich bereits die Insel aufgelöst, du bist allein. Nun lausch dem Dröhnen der Maschinen, lies in den träumenden Gesichtern Schlafender andere Geschichten und denk nicht an Hart Crane, der einfach über Bord ging. Zerstöre kein Geheimnis, kipp nicht im grünsten Stand.

Divertimenti: raz - dwa

Bierchen

Die sinkende Sonne warf ihre goldenen Strahlen in die Straßenschluchten.

„Du Arsch!", schrie eine zerlumpte Gestalt. Der betrunkene Obdachlose wurde von einem Genossen, ebenso betrunken, ins Gesicht geschlagen. „Hilfe, Hilfe", rief er mit dünnem Stimmchen. Blut lief ihm aus der Nase. Jetzt ging er in die Knie.

„Lass uns ein Bierchen trinken gehen", sagte der Bekannte, den ich soeben vor dem kleinen Park, in dem die Szene spielte, getroffen hatte. Die schwebenden Spinnweben des Altweibersommers glitzerten in der Luft.

Erst einmal rief ich die Polizei. Während der Bekannte und ich auf ihr Erscheinen warteten, versuchten wir den Schläger von seinem Opfer zu trennen. Die Berührung des aggressiven Mannes, an dessen Kopf und Händen die Krätze ihre Spuren zeigte, war uns unangenehm. Aber was sollte man machen?

Als der Streifenwagen mit den beiden Obdachlosen weggefahren war, lenkten wir unsere Schritte zur nächsten Kneipe. Der Raum war düster und wenig einladend. Ein Geruch nach altem Fritierfett und kaltem Rauch hing in der Luft. Etwas wehmütig schauten wir durch die Butzenscheiben hinaus auf die Straße, wo der strahlende Herbsttag seine Licht- und Schattenspiele aufführte.

„Hast du schon einmal jemanden geschlagen?" fragte ich den Bekannten in der Hoffnung auf einen kleinen Plausch. Er war ein früherer Schulkamerad, den ich jahrelang aus den Augen verloren hatte.

Die Frage schien ihm unangenehm zu sein. Schweigend und mit finsterem Blick leerte er sein Bier. Nachdem er ein weiteres bestellt hatte, begann er zu sprechen.

„Es war während meiner Studentenzeit. Ich hatte mit einem guten Freund Bier in einer Kneipe getrunken. Wir beide waren bester Stimmung, als die Frage aufkam, ob Inhalt und Form in einem großen Kunstwerk voneinander zu trennen seien. Wir wussten, dass wir die Frage nicht klären würden: Aber was sollte man machen? Ein Wort gab das andere, Beleidigungen fielen, und ehe wir es uns versahen, ließen wir die Fäuste sprechen."

Während der Bekannte erzählte, hatte sich jemand neben mich an den Tresen gesetzt. Zu meiner Verwunderung hatte er den Hocker vorher näher an mich herangerückt, aber ich beschloss, mich nicht weiter darum zu kümmern. Vielleicht blendete ihn eine Lampe oder es störte ihn, hinter einem Pfeiler zu sitzen.

Jenseits der Butzenscheiben hatte nun die Dunkelheit Einzug gehalten, so dass es in der Kneipe geradezu gemütlich geworden war. Eine Kellnerin zündete Kerzen an.

„Wir waren einander ebenbürtig und spürten die Schmerzen nicht", berichtete der Bekannte. „Dann traf ihn einer meiner Hiebe an der Schläfe. Hier." Er zeigte mir die Stelle.

„Von Ihrem Nachbarn", sagte in diesem Moment der Wirt und platzierte zwei Schnäpse vor uns. Wir bedankten uns bei dem Stifter neben mir, prosteten ihm zu und leerten die Gläser.

Der Bekannte setzte seine Erzählung fort. Sein Gesicht war trotz des genossenen Alkohols fahl geworden. „Mein Freund sackte zusammen. Ich beugte mich zu ihm hinunter und sah zu meinem Entsetzen, dass er tot war."

Während ich gespannt dem Ausgang der Geschichte gelauscht hatte, war mir erst allmählich bewusst geworden, dass mein Nachbar mir mit seiner Hand die Schulter tätschelte. Da ich für derlei Vertraulichkeiten nicht zu haben war, wandte ich mich brüsk um und stieß ihn dabei unabsichtlich vom Hocker. Er fiel mit dem Gesicht auf den Schirmständer. Ich hätte dem Ganzen keine weitere Beachtung gezollt, wenn nicht ein anderer Gast, der dem Gestürzten aufhelfen wollte, einen gellenden Schrei ausgestoßen hätte. Jemand musste seinen zusammengeklappten Schirm falsch herum in den Schirmständer gestellt haben. Jedenfalls hatte sich die Spitze jenes Schirms meinem zudringlichen Nachbarn durch eins seiner Augen ins Hirn gebohrt.

„Das hat Heinz nun davon", meinte der Wirt. „Ich wusste, dass es irgendwann schiefgehen würde."

Der milde Kerzenschein entfachte ein bernsteinfarbenes Leuchten in den zwei neuen Bier, die wir in der Zwischenzeit bestellt hatten. Mir tat der Tote ein wenig leid. Aber was sollte man machen?

Der Wirt trug zwei Striche auf unseren Bierdeckeln nach, die er in dem Trubel vergessen hatte, und verständigte die Polizei.

Tschuf tschuf

Über den Bekannten der etepetete Frau eines Bekloppten, dessen neurotischer Hund mich einmal angefallen hatte, wurde ich Reisebegleiter einer Gruppe deutscher Touristen, die mit der Transsibirischen Eisenbahn nach Peking fahren wollte. Das Reisebüro stellte nur für Moskau und China professionelle Reiseleiter, meine Aufgabe war es, die Gruppe vor allem während der einwöchigen Zugfahrt zu betreuen. So wurde viel Geld gespart. Ich hatte noch schnell ein paar Wörter Russisch gelernt, einen Reiseführer gelesen und mir ein Jackett gekauft, in der Hoffnung, mir besser Respekt verschaffen zu können, wenn ich ordentlich gekleidet war.

Da standen wir nun auf dem Moskauer Flughafen, und der Geruch von Erbrochenem umgab uns. Die gut gefüllten Kotztüten hatten wir beim Aussteigen abgegeben. Ich verteilte Kaugummis, aber ein Mann mit rotem Eierkopf, auf dem sich ein letztes Haarbüschel poetisch im Wind wiegte, schrie mich an, ich solle ihm und seiner Frau Kaugummi geben, das nicht an Zahnersatz hafte. Seine blasse Frau bleckte derweil die Zähne und katschte demonstrativ. Ich musste passen und durfte feststellen, dass Herr Lüttringhaus mit seinem Gebrüll mühelos eine hinter uns startende Düsenmaschine übertönte.

In einem hohen Saal mit einem hübschen goldenen Stern an der Decke warteten wir auf unser Gepäck. Es gab nur eine Holzbank, auf der sich die älteren Ehepaare, aus denen unsere Gruppe größtenteils bestand, mit dem Sitzen abwechselten. Ich hatte es mir mit einem Buch im Stehen bequem gemacht. Während die Minuten verstrichen, hörte ich, wie der Unmut stetig wuchs. Die erregten Rufe und kehligen Zornausbrüche erschwerten mir die Lektüre schließlich derart, dass ich nach etwa vier Stunden von den Seiten aufsah. Das Bild, das sich mir bot, war alles andere als erfreulich. Einige der Alten schienen sich im wörtlichen Sinne die Beine in den Bauch gestanden zu haben, denn sie berührten im Stehen mit den Händen den Boden. Aber das ließ sich sicher beheben. Was mich stärker beunruhigte, war eine Splittergruppe, die sich unter der Rädelsführung von Herrn Lüttringhaus der Sitzbank bemächtigt hatte und diese als Rammbock verwenden wollte, um eine verschlossene Tür zum Gepäckraum aufzubrechen. Von russischen Überwachungsbeamten keine Spur. Vielleicht waren sie einfach weggegangen, um sich in einem anderen Teil des Flughafens mit dem Hütchenspiel oder ähnlichem etwas zu ihrem Lohn, den sie nicht ausbezahlt bekamen, dazuzuverdienen. Ich beobachtete, wie sich aus der Zusammenrottung der die Bank tragende Pulk löste. Neben Herrn Lüttringhaus, dessen Haarflaum wie ein zerrauster Hahnenkamm über dem kahlen Schädel wippte, tat sich Herr Stierendorf, ein kleiner Mann mit Mundgeruch, den verkniffenen Lippen eines Magenkranken und einem mit seinen Initialen bestickten Hemd, hervor, indem er seine große stämmige Frau, die zur Trägergruppe gehörte, mit schrillen Schreien antrieb. Gerade hatte sich aber der mächtige Leib in Bewegung gesetzt, - bei jedem Aufstampfen ließ das Erzittern der Fleischmassen unter ihrem Kostüm Frau Stierendorfs Umrisse vor meinen Augen verschwimmen -, da erschien das erste Gepäckstück auf dem Fließband.

Im Bus sammelte ich die Pässe ein und setzte mich vorne neben Sascha, den Fahrer. Obwohl die Straße in gutem Zustand war, hob es ihm den Hintern immer wieder vom knarzenden Sitz. Ein grauenvoller Geruch stieg wie unsichtbarer Bodennebel auf. Gutgelaunt sang Sascha etwas, das ich mit Hilfe meines Taschenwörterbuchs als 'Gebt mir Bohnen, gebt mir Zwiebeln' übersetzte. Jetzt grinste er mich mit seinen blechbeschlagenen Zähnen an und deutete auf das Mikrophon neben mir. Vielleicht sollte ich mitsingen. Doch ein lauter Knall und ein großer Gegenstand, der die Motorhaube von innen durchschlug und schräg ins Gestrüpp flog, ließen sein Lächeln ersterben. - Maschin kaputt, sagte er tonlos. Kurz darauf hatte er mit ein paar Ästen und Blättern den Motor wieder repariert.

    Während wir weiterfuhren, wollte ich die Pässe durchsehen, aber die Gesichter auf den Fotos starrten mich alle so verbissen an, dass ich die Büchlein schnell wieder zuklappte. Nur das Bild von Anke Wullmer, einer 27jährigen Studentin, hatte mir gefallen. Um die Wangen schien sie sogar noch ein bißchen Babyspeck zu haben, was ihren Zügen etwas angenehm Weiches verlieh. Unauffällig drehte ich mich um. Dort saß ja unser Nesthäkchen und sah mit süßem Silberblick auf sanftes Saatgrün. „Gibts hier denn nichts anderes zu sehen als Wald und Felder?" beklagte sich ein gewisser Herr Brenner. Da ich gelesen hatte, dass es entlang der gesamten Bahnstrecke kaum etwas anderes als Felder und Wald gab, beschloss ich, den Unzufriedenen auf das Unausweichliche vorzubereiten, um dem Schrecklichen etwas vom Schrecklichen zu nehmen. „Das wird sicherlich nicht das letzte Feld gewesen sein, das Sie auf dieser Reise sehen", wagte ich eine Prognose. „Ebensowenig die letzte Birke", fügte ich nach einer Weile stiller Betrachtung hinzu. Herr Brenner war verstimmt verstummt. Da stemmte sich Herr Greulich aus seinem Sitz, zeigte auf alte Panzersperren und stammelte: „Bis hie samma komm. Zwaandvürzg Kilometer voa Moskau. Do hamma umkehrn gmusst, grad do." Kaum hatte Greulich diese Worte wüst hervorgestoßen, setzte sich auch schon die junge Studentin zu dem alten Soldaten und fragte ihn bewundernd, ob er vielen Russen im Namen des Vaterlands den Garaus gemacht habe. „Etlichen von denna Spitzbuam, drekkaten." Dann erzählte er ihr von der Kriegsgefangenschaft. „Grausam woans, die Russn. Der Russ is a ganz a Grausama." Schließlich sang er ihr Landserlieder vor, und sie stimmte mit ein. Ich versuchte so zu tun, als ob ich nicht zu der Reisegruppe gehörte, indem ich interessiert auf die platte Landschaft und dann auf ein vom Innenspiegel baumelndes Stofftier blickte. Freudig streckte es kleine Patschehändchen aus, deren Rücken mit Fell bedeckt waren, hatte eine säuferblaue Igelnase und rotglänzende Pausbacken. Nun kreuzten wir den gigantischen äußeren Ring, und ich sah, wie ein PKW zur Gänze in einem riesigen Schlagloch verschwand. Über das so gestopfte Loch rasten die anderen Autos jetzt bequem hinweg. Der Fahrer konnte seinen Wagen nicht verlassen. Vielleicht saß er ja ganz entspannt in der dunklen Grube und versuchte trotz der über ihn hinwegdonnernden Laster Radio zu hören. Oder er saß am Ende als Skelett da. Wie viele da eigentlich in Schlaglöchern festsaßen, wusste niemand.

Sascha schnalzte mit der Zunge und fuhr einfach immer geradeaus. Zwiebeltürmchen kamen in Sicht, ein rötliches Gebäude. „Rechts der Kreml", flüsterte ich schüchtern ins Mikrophon. „Schön, dass unser Reiseleiter das auch schon erkannt hat", kommentierte die Stierendorf spitz. Ich war froh, dass Lüttringhaus eingeschlafen war. Spuckeblasen blähten sich zwischen seinen Lippen. Die Knubbel der Basilius Kirche schillerten bunt wie maligne beerenartige Tumore. Plötzlich wurde es dunkel um uns, der Schatten eines gewaltigen Gebäudes, das erst in Hunderten von Metern Entfernung emporragte, war auf uns gefallen. Sascha schaltete die Scheinwerfer an, und wir näherten uns dem Koloss von Hotel schweigend.

Im ewigen Schatten des 'Rossia' lagen noch schmutzige Schneereste. Ich hielt Ausschau, ob nicht unter dem grauen Eis das ein oder andere Bein eines tiefgefrorenen Obdachlosen hervorlugte, den man als warnendes Beispiel dort hatte liegen lassen, als mich jemand in gebrochenem Deutsch ansprach. Vor mir stand eine ältere, schmale Frau mit goldblond gefärbtem Pagenschnitt. Über ihren braunen Kulleraugen waren die recht dunklen Augenbrauen zusammengewachsen. „Ich bin ... ich bin", sie legte den Kopf mit tänzerischer Anmut schräg und überlegte lächelnd, „Rei ... se ... leiter." Sie unterstrich jede Silbe mit einer beschwingten Handbewegung, so als dirigiere sie ein kleines Lied. Ich wollte gerade etwas erwidern, als sie erschrocken fortfuhr: „ ... riin ... Leiteriiin, Entschuldigung." Während sie uns zu den Zimmern führte, erzählte sie, wie schön es sei, dass es jetzt keine Kakerlaken und Ratten mehr in diesem Hotel gebe, die Ratten hätten immer so seltsam an den Türen gekratzt und einige hätten sogar gelernt, genau wie der Zimmerservice zu klopfen. Herr Stierendorf zeigte der Reiseleiterin hinter ihrem Rücken einen Vogel. Als die ganze Reisegruppe lachte, dachte Frau Nel..., ich hatte ihren Namen nicht verstanden, man lache über ihre Geschichte und lachte mit. Wie eine Ballettmeisterin klatschte sie vergnügt in die Hände und verkündete strahlend, dass wir uns in einer halben Stunde unten an der Rezeption zu einem Stadtrundgang treffen wollten. Die zwanzig Teilnehmer verschwanden in den kleinen, dunklen, chemisch riechenden Zimmern, und die Türen klappten zu.

Ich hatte kaum den Sperrholzschrank geöffnet und einen Blick auf die alten Zeitungen geworfen, mit denen der Boden ausgelegt war, als ich die grummelnde Stimme des Wehrmachtssoldaten vor meiner Tür hörte. Zweifelsohne wollte er sich über irgendetwas beschweren. Einem Reflex folgend versteckte ich mich im Schrank. Dann hörte ich ihn fluchend in meinem Zimmer umherpoltern; offenbar suchte er nach mir. Mit einer Art Bajonett durchstieß er sogar mehrfach die Schrankwand, verfehlte mich aber. Schließlich zog er ab.

Als ich zur vereinbarten Zeit die Lobby betrat, vernahm ich von der Bar her die gebissknackende Stimme Herrn Müllers. Der gepflegte Silberhaarige hatte eine Hand auf den Schenkel einer jungen Frau gelegt und verhandelte mit ihr über ihren Preis. In diesem Moment nahm mich die Reiseleiterin bei der Hand, schüttelte traurig den Kopf und führte mich fort. „Zu teuer!", schrie Herr Müller plötzlich im Hintergrund, drohte der eleganten Frau, die gelassen rauchte, mit dem Zeigefinger und stapfte erbost auf uns zu.

Wir besichtigten eine zerbrochene Glocke, eine nicht funktionstüchtige Kanone und irgendwelche Kirchen. Ich konnte den Erläuterungen unserer Reiseleiterin nur bruchstückhaft folgen, weil ich die Gruppe im Auge behalten musste: Die Wullmer fasste alles an, Greulich lachte immer nur geringschätzig, und Herrn Sernd, den Oberstudienrat, erinnerte fortwährend alles an die Burg Eltz. Frau Nelzova, sie hatte sich ein Namensschild ans Revers geheftet, stampfte dann mit dem Fuß auf und ermahnte ihn streng. Auf dem roten Platz erzählte sie von Iwan dem Schrecklichen, der hier seine Schandtaten öffentlich bereut, aber bald darauf an derselben Stelle wieder

Hinrichtungen hatte stattfinden lassen. Tausende von Erschossenen, Gehängte und Geköpfte hätten hier in ihrem Blut gelegen, sagte sie und schüttelte wieder traurig den Kopf. Herr Stierendorf stieß einen kleinen Jungen um, weil er in einem Reiseführer gelesen hatte, dass solche kleinen Jungen zu Zigeunerbanden gehörten, die man so in Schach halten könne. Die Mutter des Jungen, der sich die Stirn blutig geschlagen hatte, verlangte Schmerzensgeld, das sich Herr Stierendorf zu geben weigerte. Seine Frau wollte gerade die Mutter umstoßen, als es Frau Nelzova gelang, dazwischenzuspringen. Nach langem Hin und Her wurde beschlossen, dass ich als Gruppenvertreter der Frau Geld geben sollte.

Im Mausoleum versuchte Frau Nelzova, die Laune der Gruppe zu verbessern, indem sie sich über den Schrumpfkopf Lenin lustig machte, dem seine Mütze nicht mehr paßte. Aber Herr Lüttringhaus unterbrach sie, indem er lautstark nach Essen verlangte. „Bitteschön, dankeschön", erwiderte Frau Nelzova und wies auf das langgestreckte Kaufhaus GUM.

Während wir an den Geschäften vorbeimarschierten, rief eine ältere Frau staunend: „Das ist ja wie bei uns im Kaufhof!" - „Soll ich etwa Pralinen fressen?", maulte Herr Lüttringhaus. Unsere Reiseleiterin schaute ihn etwas spöttisch an und sagte, wir hätten einen Termin in einem Restaurant um halb sechs.

Murrend stieg die Gruppe in die Metro hinab, unbeirrt verteilte Frau Nelzova durchsichtige Plastik-Jetons: „Bitteschön, dankeschön." Sie gab einer Frau mit sechs kleinen Kindern Geld, die an der Gangwand unter prächtigen Marmorsäulen und im Schein der großen Kronleuchter saßen und bettelten. Die Frau bekreuzigte und bedankte sich. Frau Nelzova erklärte uns, diese Frau habe ihrem Nachbarn geglaubt, dass es in Moskau Arbeit und Wohnung für alle gebe. Also habe sie für wenig Geld ihr kleines Häuschen an ihn verkauft. Nun lebe sie schon länger als ein Jahr mit ihren Kindern in der Metro. „Selber schuld. Da kann ich kein Mitleid mit haben", meinte Frau Stierendorf verdrießlich.

Als wir in die U-Bahn eingestiegen waren, sagte eine kühle Computerfrauenstimme etwas zu den Fahrgästen. Viele Leute schleppten in riesigen Taschen etwas zum Verkaufen mit. Einige Männer in verlotterten Jacketts oder Trainingsanzügen rieben sich mit ihren schmutzigen Händen die Gesichter. Ein Mann gähnte, und ich sah noch, wie Frau Wullmer bleich wurde, bevor mich selbst die Wodkafahne erreichte, so dass ich mein Gesicht abwenden musste und mit angehaltenem Atem in die Schwärze des Tunnels blickte.

An Uniformierten mit Maschinenpistolen vorbei betraten wir einen dunklen Saal. Dort führte man uns an einen langen Tisch und setzte uns einen Teller Suppe mit einer Scheibe dunklen malzigen Brots vor. Herr Lüttringhaus spuckte gleich sein erstes Mundvoll wieder in den Teller und kreuzte die Arme vor der Brust. Er schien verstimmt. Seine Frau sah ihn besorgt an: „Iss doch etwas, Heiner." Aber er wollte partout nicht. „Mögen Sie den Borschtsch nicht?" fragte Frau Nelzova. „Den Fraß kriegt doch kein Schwein runter!" Ich wagte einzuwenden, dass mir die Suppe ausgezeichnet schmecke. „Sie sind ja der verantwortliche Reisebegleiter. Sie müssen das ja sagen." Ich protestierte. „Ach, hören Sie doch auf! Sie sollen uns bei Laune halten. - Wozu ist er denn sonst da?" wandte er sich an die Runde. „Das habe ich mich auch schon gefragt, Schatz", pflichtete ihm seine Frau bei. „Er tut ja gar nichts." Ein etwas schmieriger Kellner bot uns nebenher Sektflaschen und Kaviardosen zum Kauf an. Herr Müller lachte nur schallend über den Preis, winkte ihn fort und spähte aufmerksam im schummrigen Saal umher. Sein faltiges Gesicht wandte sich wie bei einer Schildkröte langsam auf seinem ledrigen Hals hin und her. Immer mehr kleine Tellerchen häuften sich auf unserer Tafel: eingelegte Pilze, gebratene Hühnchenschenkel, Lachshäppchen mit Dill ... „'Fisch unter dem Pelz'", sagte Frau Nelzova und zeigte auf einen großen rosafarbenen Hügel. „Eigentlich dürfte ich ja nicht ...", meinte Frau Stierendorf und begann, sich das schwere Mayonnaisegericht einzuverleiben. Während im Gesicht Müllers die Kiefer unbeteiligt malmten, schlug er einer Bedienung auf den Hintern und kniff hinein. Die junge Frau konnte sich losreißen und stolperte fort. Frau Nelzova zischte Herrn Müller an, der aber nur ungestört weiterkaute. Plötzlich stand der Geschäftsführer mit dem weinenden Mädchen an unserem Tisch und forderte Schmerzensgeld. Herr Müller, der nur Augen für das Mädchen hatte, zeigte ihr, sie solle sich auf seinen Schoß setzen. In diesem Moment gab ihm Frau Nelzova eine Ohrfeige. Herr Müller aber lächelte nur, kaute weiter und starrte das Mädchen an. Da er sich weigerte zu zahlen, musste ich als Verantwortlicher für ihn einspringen. Frau Nelzova begann unvermittelt, mit mir ein Gespräch über Heine zu führen, und während sie ein Gedicht rezitierte, sah ich, wie Greulich den roten Kaviar von allen Häppchen wegsaugte. „Ich wollt, er schösse mich tot", schloss sie emphatisch, und ich seufzte. Als schließlich die Rechnung kam, beschloss die Gruppe nach eifriger Diskussion, dass der Betrag zu hoch sei. Mehr als soundsoviel, sie nannten einen niedrigen Betrag, würden sie nicht bezahlen, weil es das nicht wert gewesen sei. Den Rest könne ich ja begleichen. „Sie zahlen ja sonst nichts", polterte Herr Lüttringhaus.

 Wir traten wieder hinaus ins helle Abendlicht, in dem überall vergoldete Kirchturmspitzen und Kuppeln glänzten. Frau Nelzova führte uns zu der Kirche, in der Puschkin geheiratet hatte. Im Inneren sah Herr Sernd auf seinen Belichtungsmesser und justierte seine wertvolle Kamera. Er hatte gerade eine Ikone ins Visier genommen, als ihm ein zerlumpter alter Mann mit langem Bart den Apparat aus der Hand schlug. Unter den Verwünschungen des Alten sammelten wir die Einzelteile auf und liefen aus der Kirche. Frau Nelzova versuchte Herrn Sernd zu erklären, dass er Glück gehabt habe, er hätte dafür auch ins Gefängnis kommen können, aber der Oberstudienrat wollte ihr nicht glauben. Er bestand auf „sofortigem Schadensersatz" und drohte mir mit Klage, wenn er nicht unverzüglich den notwendigen Regress bekäme, um sich eine etwa gleichwertige Kamera zu kaufen. Erst als ich ihm alles Geld aus meiner Brieftasche gegeben und im Beisein von Zeugen einen Schuldschein unterschrieben hatte, hörte er auf zu schreien.

Wir gelangten zu einem viereckigen in Betonplatten eingefaßten Teich, auf dessen trübem Wasser Federn und Blätter schwammen. Frau Nelzova erzählte irgendetwas Abstruses von Limonade und einem Kopf, den hier Trambahnräder vom Rumpf getrennt hatten und der über die Straße gekullert war. Dann klatschte sie in die Hände und rief: „Auf zu Sperlingsbergen!" Aber die Reisegruppe meuterte und wollte zurück ins Hotel. „Dankeschön, bitteschön." Wortlos stapfte sie vor der Reisegesellschaft her. Vor dem Hotel drehte sie sich um, räusperte sich und fragte hoffnungsvoll, „Morgen Sperlingsberge? Treffen hier um zehn?" „Nix Spatzenberge", Herr Lüttringhaus sah sich beifallheischend um, „wir gehen morgen einfach so los." „Möchten Sie zum Arbat?" „Ja, aber ohne Sie." Frau Nelzova schien das erst nicht verstanden zu haben, dann bekam ihr Gesicht einen traurigen Ausdruck: „Bitteschön, dankeschön." Und in plötzlich schlechtem Deutsch und mit unsicherer Stimme sagte sie: „Morgen wir treffen im sieben in Bahnhof Jaroslavl. Auf Wiedersähn." Dann trippelte sie überstürzt auf ihren etwas abgetretenen Absatzschuhen davon.

Als wir mit schmerzenden Füßen zu unseren Zimmern humpelten, Frau Stierendorfs Fußschwellung hatte sogar das Leder eines ihrer Pumps zum Platzen gebracht, tänzelte ein alter Gigolo im Gang an uns vorbei. Er machte den Damen Zeichen, dass sie ihn unten in der Hotelbar treffen sollten. Müller, der wahrscheinlich eine Viagra-Pille genommen hatte, war gleich unten geblieben. Ich ließ mich erschöpft auf mein Bett sinken und hörte im Nebenzimmer das ploppende Geräusch, als Herr Stierendorf seiner Frau die Schuhe vom Fuß zog. Dann begannen ihre Kommandorufe, „lass Wasser in die Wanne, stell den Stuhl davor, hol ein Handtuch." Der schneidende Kommissston ließ mich nicht zur Ruhe kommen, und da für heute nichts mehr geplant war, entschied ich mich, eine Familie aufzusuchen, deren Adresse mir ein befreundetes Ehepaar gegeben hatte.

Ein Taxi, dessen unsympathischer Fahrer sein Taxameter nicht einschalten wollte, brachte mich in den Protopopovskij Pereulok. Bevor er mich entließ, griff der Mann einfach eine haarsträubende Summe von Dollars aus der Luft, die ich mit meiner Uhr beglich. Die Herrin des Hauses, eine madonnenhafte Erscheinung um die fünfzig, empfing mich freundlich, führte mich aber schnell in den Salon, wo zu Klavierbegleitung russische Romanzen vorgetragen wurden. Niemand nahm Notiz von meinem Erscheinen. Ein ältlicher Bariton sang mir Unverständliches, Schmelzkäseartiges, während die flinken kleinen Finger einer glutvollen Schönheit über die Ebenholztasten perlten. Ich sah auf ihren träumerisch halboffenen Mund und dachte darüber nach, wie es wäre, ihn zu küssen. Neben mir wogte der Busen einer Matrone. Ich wollte die heißen Hände der jungen Pianistin in den meinen halten. Ich wollte ihr Komplimente machen, sie lächeln sehen ... Aber waren es die Strapazen der Reise, war es die warme Luft, das gleichmäßige Auf und Ab der Riesenbrüste neben mir, das langsame Singen oder waren es die schweren Vorhänge und Parfüms -, ich schlief ein.

Als ich erwachte, hing mir ein Spuckefaden aufs Jackett. Mein Kopf lag auf meiner Schulter, mein Hals war gebogen. Man hatte mich einfach auf meinem Stuhl sitzen lassen. Vom langen Flur gingen viele Zimmer ab. Es war gegen Mittag, aber alle schliefen wohl noch, denn es war sehr still. Ich öffnete eine Tür, aber aus dem abgedunkelten Zimmer bellte mich ein Hündchen an. Ich flüsterte „Goodbye" in den Raum hinein, ein klägliches Quieken ertönte und etwas prallte gegen die Tür. Wahrscheinlich hatte die morgenmuffelige Hausherrin ihr Hündchen in Richtung der störenden Laute geschleudert. Ich meinte, noch so etwas wie ein verschleimtkehliges Fluchen zu hören, verließ das Haus aber mit dem Gedanken, dass es auch ein zarter Abschiedsgruß hätte gewesen sein können. Weil ich kein Geld für ein Taxi hatte, ging ich zu Fuß. Nach nur wenigen tastenden Schritten hatte ich mich verirrt.

Es war fast acht, als ich in die Halle des Jaroslavl Bahnhofs wankte. Frau Nelzova lief mir entgegen und berichtete mit betrübtem Gesichtsausdruck, dass sechs Mitglieder der Reisegruppe verschwunden seien. Darunter waren Frau Wullmer und Herr Greulich, die einem Mann gefolgt waren, der ihnen Wehrmachtsorden verkaufen wollte. „Tun Sie doch was!", fauchte mich Frau Stierendorf an. „Wir schleppen sogar Ihr Gepäck mit", sie klatschte mir meinen Koffer vor die Füße, „und Sie stehen hier nur rum." Ich warf einen Blick auf die Bahnhofsuhr: Unaufhaltsam schritt der Zeiger vorwärts. 20 Uhr 10. 20 Uhr 11. 20 Uhr 12. Gleich ging unser Zug, der Trans-Mandschurische Express. Ich bat Frau Nelzova um Kleingeld und versuchte, die deutsche Botschaft anzurufen. Jemand quasselte in der Leitung, und ich schrie immer wieder 'Deutsche Botschaft'. Frau Nelzova nahm den Hörer, sagte ein paar Worte hinein, wählte eine andere Nummer, lauschte und schüttelte dann traurig den Kopf. „Nicht jemand hause." Vor Anspannung hatte sie mittlerweile ihr Deutsch komplett verlernt. Herr Lüttringhaus winkte ab, „ist doch nicht mein Problem", und stieg in den Wagon. Frau Nelzova und ich hielten bis zur letzten Minute Ausschau, dann stieg auch ich ein. „Viele glücklich!" rief sie mir vom Perron aus nach, und ich sah zurück auf ihre winkende zierliche Gestalt. Der Zug fuhr mit einem Ruck an, und Frau Nelzova wurde immer kleiner, bis sie in der Düsternis des gewaltigen Bahnhofsgewölbes nicht mehr zu erkennen war.

Ich machte mir Vorwürfe wegen der fehlenden Gruppenmitglieder, aber der 'Provodnik', der die Aufsicht über unseren Waggon hatte, lenkte mich ab, indem er mir den Heißwasserapparat erklärte. Das war ein Ungetüm aus Messingröhren am Ende des Ganges. Der Uniformierte sah auf das Thermometer, drehte an einem Hebel und ließ Wasserdampf entweichen, der ihm die fettigen Haare, die unter der Mütze hervorlugten, zusätzlich verklebte. Vielleicht waren die Haare sowieso nur angeklebt. Obwohl es genug freie Abteile gab, quartierte er uns jeweils zu viert ein. Herr Sernd und Herr Müller besetzten sofort die unteren Kojen und bunkerten ihr Gepäck in dem dafür vorgesehenen Hohlraum unter ihren Pritschen. Aus dem Nebenabteil hörte ich das Schreien Herr Lüttringhausens. Ich hievte meinen Koffer in die Nische über der Tür, wobei mich ein Chinese, der mir gegenüber in der oberen Koje lag, teilnahmslos beobachtete. Es war stickig im Abteil, das Fenster ließ sich nicht öffnen, also trat ich auf den Gang hinaus, wo Herr Müller schon die anderen Abteile auf weibliche Fahrgäste hin inspizierte. Die russischen Passagiere waren in glänzende Trainingsanzüge und Badeschlappen geschlüpft. Auch ein Geschäftsmann, der gerade noch in einem eleganten Anzug gesteckt hatte, lümmelte jetzt in dieser Aufmachung herum und kraulte sich ungeniert das Scrotum. Eine blondierte Frau, deren Nasenhaare sogar gefärbt schienen, schnatterte auf ihre gelangweilte Tochter ein. Aus Lüttringhausens Abteil klangen jetzt dumpfe Schläge, Frau Stierendorf trieb mit ihrem Hintern als Rammbock ihren Koffer in die zu kleine Höhlung hinein. Der Waggonaufseher eilte besorgt herbei, unterband dieses Tun und versuchte, den Koffer wieder herauszuziehen. Schnell bildete sich ein Auflauf. Der 'Provodnik' scheiterte kläglich, und es blieb der schweratmenden Frau Stierendorf selbst vorbehalten, ihr Gepäck wieder loszubrechen, indem sie ihren leise wimmernden Mann als eine Art Hebel benutzte. Ich versuchte, etwas Ruhe zu finden und wollte mich, ein Buch über Marc O'-Polo in den Händen, hinsetzen, aber Oberstudienrat Sernd verbot mir seine Pritsche und drohte, es dem abwesenden Müller zu petzen, wenn ich mich auf dessen Bett niederließ. Mir blieb nichts anderes übrig, als meine Koje aufzuklappen und hinaufzuklettern. Der Oberstudienrat musste deshalb nun den Kopf einziehen, saß für ein paar Minuten zusammengekrümmt in seiner engen Parterrehöhle und verließ dann unter Protest das Abteil. Während ich in 30 Zentimeter Abstand unter der Waggondecke lag, wurde mir klar, dass ich auf dieser Reise noch lange genug herumliegen würde, und ich beschloss, mich wieder unter die Leute im Gang zu mischen. Kaum hatte ich diesen betreten, lief Oberstudienrat Sernd wieder in unser Abteil und schloss sich darin ein. Ich schaute mir den großen Fahrplan an, der an der Wand hing. Es gelang mir, die Namen der Stationen, an denen der Zug halten würde, mit Hilfe des kyrillischen Alphabets, das in meinem Wörterbuch abgedruckt war, zu entziffern: 'Sergiev Posad' hieß demnach der erste Bahnhof auf der langen Liste.

Wir hatten dieses Sergiev Posad noch nicht erreicht, in der Ferne sah ich die blaue Kuppel einer Kirche, als mich Frau Stierendorf am Arm packte und ins Abteil zog. Ihr Mann lag klein und leidend auf der Sitzbank. Seine Hosenbeine waren hochgezogen, und man sah über den weißen Söckchen in den Sandalen die etwas schuppigen Schienbeine, die zwei blaue Blutergüsse verunzierten. Mit brechender Stimme verlangte er etwas von mir, aber weil das Rumpeln des Zugs seine leise Stimme übertönte, verstand ich ihn nicht. Seine Frau blaffte ungeduldig, ich solle ihrem Mann etwas erzählen, eine lustige Geschichte vielleicht, die ihn aufmuntere. Schließlich sei ich zu ihrer aller Unterhaltung hier. In diesem Moment begann der Zug kreischend zu bremsen. Alles lief an die Fenster und sah ein langgestrecktes gelbliches flaches Gebäude mit einem höheren Portal: Der Bahnhof von Sergiev Posad! Es war ein ausgesprochen langweiliger Anblick. Aber er rettete mich davor, mir etwas aus den Fingern zu saugen. Um auszusteigen und sich kurz die Beine zu vertreten, war nicht genug Zeit vorhanden. Niemand stieg ein. Nichts geschah. Gebannt schauten wir aus den Fenstern. Der russische Geschäftsmann deutete in die Ferne. Ganz am Ende des Bahnhofsgebäudes hatte sich wohl etwas bewegt. Als ich die Augen zusammenkniff, konnte ich erkennen, dass dort eine alte Frau mit Kopftuch saß. Sie hatte wohl für einen Moment von ihrem Strickzeug aufgeblickt. Unter den russischen Reisenden entstand daraufhin eine erregte Diskussion, in deren Verlauf die blondgefärbte Frau in Tränen ausbrach. Ihre schöne Tochter stand derweil ohne jede äußere Gefühlsregung daneben. Schließlich musste die hemmungslos Schluchzende vom 'Provodnik' in ihr Abteil geführt werden. Die Tochter ging erst einmal eine Zigarette rauchen. „Ein kaltes Biest", flüsterte Müller, leckte sich lüstern die faltigen Lippen und folgte ihr in den kleinen Vorraum. Ich sah, wie er sie anredete, aber keinerlei Beachtung fand. Die junge Dame hüllte sich gelassen in eine undurchdringliche Wand Zigarettenrauchs und ging. Blind vom Rauch hatte Müller das nicht bemerkt und redete weiter auf den Qualm ein. Da drang mir der gebieterische Ruf Frau Stierendorfs ins Ohr. „Tun Sie etwas für Ihr Geld." Sie warf mir einen Beutel Tütensuppe zu. „Brühen Sie ihm das auf!" Erleichtert, dass ich ihrem Mann nichts erzählen musste, füllte ich kochendes Wasser auf das Pulver. Kaum hatte ich umgerührt, winkte schon ihr gewaltiger Arm wabbelnd aus dem Abteil. Folgsam brachte ich ihr das Teeglas mit der Bouillon. Sie band ihrem Mann ein Lätzchen um den Hals, kostete schlürfend vor und schob ihm einen Löffel in den kleinen Mund. Als sie ihm mit der Löffelkante die Lippen abgeputzte, hatte sie schon die Lust am Füttern verloren und löffelte sich die Brühe selbst schnell in den gierig schluckenden Schlund. In ihrem Bauch gluckerte es wie in einer Waschmaschine, aber sie nahm keine Notiz davon und befahl mir zu erzählen. Ich zeigte aus dem Fenster, was sinnlos war, denn dort gab es nichts außer Birken zu sehen, aber sie fiel auf mein Ablenkungsmanöver nicht herein. „Sie werden sich doch wohl auf diese Reise vorbereitet haben. Also! Darf ich bitten." Stockend begann ich, etwas zu erfinden. Hier sei schon so mancher Tatar durch die Wälder geritten. Wilde Gesellen, die die Pilze verschmäht hätten, immer nur Fleisch hätten sie essen wollen. Und wenn sie nichts unter dem Sattel gehabt hätten, hätten sie sich ein Stück aus ihrem eigenen, durchgerittenen, halbgaren Hintern geschnitten und genüsslich verspeist.

    Lautes Gebrüll vom Gang gab mir die Gelegenheit, aus dem Abteil zu laufen. Herr Lüttringhaus schrie seine Frau an, weil sie ein Kreuzworträtselheftchen, das er sich extra gekauft hatte, zuhause vergessen hatte. Die blasse Frau kam immer nur hilflos dazu, „Aber Heiner" zu stammeln, dann toste ein ums andere Mal ein Speicheltaifun aus dem Munde ihres Gatten über sie hinweg, der ihr sogar einen Regenschirm aus den Händen riss, den sie ohne große Hoffnung gegen den durchnässenden Ansturm aufgespannt hatte. Ich meinte, im aufgerissenen Maul Herr Lüttringhausens das Zäpfchen flattern zu sehen.

Der Zug überquerte die Wolga. Bei ihrem Anblick begann ein derber Mann mit breitgewalztem Gesicht zu singen, wischte sich dann aber die triefenden Augen und brach mitten in einem tiefen, ehrfurchtsgebietenden Brummen ab. Daraufhin strich eine alte Bäuerin ihr Kopftuch glatt und stieß einen markerschütternden Schrei aus, den sie im weiteren Verlauf ihres Vortrags mit einer eirigen Wehmutsmelodie verband und unablässig wiederholte. Von der Seite trat eine junge Frau an mich heran und erklärte mir in gebrochenem Englisch, dass es sich um Gesänge handle, die von den Frauen bei der Arbeit auf den Feldern gesungen würden, um über Sichtweite hinaus den Kontakt untereinander zu erhalten und den sibirischen Tiger zu verjagen. Erstaunt sah ich sie an, und auf ihrem Gesicht breitete sich ein Lächeln aus. Die schönen Lippen ihres großen Mundes legten ihre ebenmäßigen Zähne frei. Einer ihrer Vorderzähne war vergoldet. „Ich bin Tatjana", stellte sie sich vor und lud mich mit ihrer dunklen, etwas zu sexy modulierten Stimme in ihr Abteil ein. Sie seien dort eine lustige Gesellschaft, 'Mjüölli' sei auch da, sagte sie, drehte sich um, und ihre Formen wurden meinem Blick von der Abteiltür entzogen. Konnte es sein, dass mit 'Mjüölli' Müller gemeint war?

„Was den Fischreichtum betrifft, welche Fische gibt es denn in der Wolga?", fragte Oberstudienrat Sernd mich hinterrücks, wohl nur um mich in die Bredouille zu bringen. „Da wäre zu allererst und nicht zuletzt der Stör zu nennen", antwortete ich. „Ja?", bohrte Sernd. „Der mit seinen Barten über den Grund gründelnde Stör, natürlich in all seinen Altersstufen und Erscheinungsformen", versuchte ich Zeit zu gewinnen. Der Oberstudienrat drehte sich kommentarlos auf dem Absatz um und ließ mich einfach stehen. Durchgefallen. Jetzt blaffte mich der 'Provodnik' an und gestikulierte. Schließlich verstand ich: Er freute sich, weil wir schon 282 Kilometer von 8 ½ Tausend zurückgelegt hatten. Auf dem Bahnsteig standen alte Frauen, die in Zeitungspapier eingeschlagene Brathähnchen, Wodkaflaschen und Eimer voller Äpfel verkaufen wollten, aber weil der Zug etwas Verspätung hatte, drängte der Schaffner sie zurück. Igors, des Breitgewalzten, Augen traten hervor, er rundete den Mund, öffnete und schloß ihn wie ein vertrocknender Fisch und fluchte vor sich hin. Immer wieder schnippte er sich mit dem Zeigefinger an den Hals, was hieß, dass er saufen wollte.

Wir fuhren weiter. Eine Stunde verging. Gerade hatten sich die meisten beruhigt, ich war wieder einmal für ein paar Minuten im Gang, als deutlich ein Klopfen von oben zu hören war. Nur mit Hilfe eines jungen schmächtigen Geistlichen war der Waggonbegleiter, der inzwischen betrunken war, davon abzuhalten, eine Ladung Entenschrot durch die Decke zu feuern. Dann kletterte er ins Gepäcknetz und klopfte die Hohlräume ab. Wie eine halbtote Zimmerfliege hing er da, eine Fliege, die mit ihrem Rüssel noch sinnlos herumtastet. Ohne etwas gefunden zu haben, ließ er sich herunterhelfen. In diesem Moment klopfte einer der Passagiere an eine Wand, und ein Klopfen antwortete. Der 'Provodnik' lauschte andächtig: Da war es wieder! 'Stuk - stuk -stuk'. Aber plötzlich verlor er das Interesse an dem Phänomen, winkte ab und ließ sich einfach in sein Abteil fallen. Dem Geräusch nach zu urteilen, traf sein Genick die Pritschenkante, aber niemand machte sich etwas daraus. Er wahrscheinlich auch nicht. Und wieder klopfte es. Schließlich gaben auch wir es auf, die Ursache zu suchen. „Man muss es einfach akzeptieren", meinte eine ältere englische Touristin mit rosigem Teint und hellblauen Augen, die wie eine aus einem Englisch-Schullehrbuch entstiegene Figur wirkte.

Langsam senkte sich die Nacht über all die kleinen Weiler, an denen wir vorüberratterten. Auf dem Gang begegnete man Damen in Nachthemden und auf flappenden Flip-Flops. Sie hatten Zahnpasta in den Mundwinkeln und bürsteten sich die Haare. Wir hüllten uns in die feuchte Bettwäsche, die der 'Provodnik' noch vor seinem Abgang verteilt hatte und lauschten dem regelmäßigen Klopfen vom Dach, das uns einlullte. Müller war nicht im Abteil. Im Dämmerlicht sah ich einen

Mann angelnd an einem Entengrütz-Teich sitzen und Mücken totschlagen, die sich auf ihn gesetzt hatten, einen anderen sah ich den Kopf eines Schweines spalten. Ich nickte ein und erwachte, als die ersten Sonnenstrahlen sich über das platte Land stahlen, vom Schnarchen des Oberstudienrats. Ich pfiff, aber weil es nichts nützte, gab ich auf und betrachtete stattdessen das friedliche Gesicht des Chinesen. Allerdings beunruhigte mich, unter seinen nicht völlig geschlossenen Augenlidern die Augäpfel umherrollen zu sehen. Aber vielleicht suchte er im Traum ja nur Pilze, diese schwarzen morcheligen …

 Ich musste über diesem Gedanken eingeschlafen sein, denn jetzt lag der Chinese auf seiner Koje, sah mich an, und eine Hühnerkralle hing ihm aus dem Mundwinkel heraus. Genüsslich lutschte er sie ab und nahm sich eine neue aus einer Tüte. Es war Mittagszeit. Immer noch pochte es auf dem Dach, aber man hatte sich daran gewöhnt wie an eine tickende Uhr. Von der feuchten Bettwäsche hatten alle Passagiere das Reißen in den Gliedern und schlurften in den verrenktesten Haltungen über den Gang. So fiel der 'Provodnik' gar nicht besonders auf, dem der Kopf in seltsamem Winkel auf die Schulter hing. Er selbst schenkte diesem Umstand kaum Beachtung. „Brochen Hals nur", sagte er und versah seinen Dienst nicht verdrießlicher als zuvor. Der Zug machte an einem kleinen Bahnhof Halt. Erst jetzt entdeckten einige Passagiere mit fast herausploppenden Kulleraugen und hochroten Gesichtern, die draußen ihre Anti-Verstopfungsspaziergänge abschritten, - ich nannte sie für mich 'die Köttler' -, den Grund für das Klopfen: Ein altes Mütterchen saß oben auf dem Waggon und schlug mit einem Brathähnchen auf das Dach ein. Um das Huhn zu verkaufen, musste sie in Jaroslavl unbemerkt auf den Zug geklettert sein, wahrscheinlich hatte sie so etwas einmal in einem Film gesehen. Vernünftiges war aus der Alten nicht herauszubekommen. Jemand nahm ihr das zu klump geschlagene Hähnchen ab und aß es auf. Sie wurde abgeführt, und es hieß, man wolle sie einfach ins hiesige Altersheim verfrachten. Wir stiegen wieder in den Zug.

Die Zeit machte seltsame Sprünge. War ich wach oder träumte ich? Es war mir, als sei ich wieder ein Kind und läge im Fieber. Das Klicketiklack des Zuges wurde zum Klacken eines Holzbeins. Das Holzbein gehörte zu einem unheimlichen Bettler. Der Bettler humpelte schnell auf mich zu. Ich sah sein böses Gesicht. Es war das Gesicht von jemandem, den ich kannte. Mein Gesicht, merkte ich, wachte auf und sah auf einer Bahnhofsuhr, dass es draußen schon zwei Stunden später war als hier im Zug, das musste Perm sein. Vom Gang erklang 'Laras Thema' aus 'Dr. Schiwago', jemand plinkte die süßliche Melodie auf der Balalaika und wurde dabei sogar von einem ganzen Orchester begleitet. Wahrscheinlich hatten sich fünfzig Philharmoniker in ein kleines Abteil gequetscht und musizierten dort hingebungsvoll, nur um die Touristen zufriedenzustellen. Die Engländerin geriet jetzt ganz aus dem Häuschen. Sie zeigte aus dem Fenster und flötete: „Schauen das blaue Haus over there. Pasternak hat geschrieben 'Dr. Schiwago' da!" Ein dünner Mann in dunklem Anzug beobachtete sie und notierte etwas, wie ein Arzt, der ein Medikament für eine überspannte Patientin aufschreibt. Er selbst hustete, spuckte etwas in sein Taschentuch und sah es sich unauffällig an. Ich durchwanderte einige Waggons und warf einen kurzen Blick in den Speisewagen, wo kleine Lämpchen schon auf den weiß gedeckten Tischchen leuchteten und die Ehepaare Stierendorf und Lüttringhaus sich die Karte rauf und runterfraßen. Herr Lüttringhaus machte sich gerade einen Spaß daraus, Sektkorken nach dem Kellner zu werfen, der jedoch geschickt auswich. Frau Stierendorf polkte in den Piroggen, um herauszufinden, welche mit Kohl und welche mit Fleisch gefüllt waren. Die mit Kohl haute sie dann mit der Faust platt und schleuderte sie wie eine Diskuswerferin in Richtung Bar, während ihr Mann mit dämlichem Dauergrinsen langsam unter das Tischchen rutschte. Schnell, noch bevor mich einer der verzweifelten Kellner fragen konnte, ob ich diese Leute kannte, zog ich mich still zurück.

Zu beiden Seiten der Bahngleise erstreckte sich die endlose Taiga; Kiefern, Fichten und Lärchen rotteten sich in der Dunkelheit zu unheimlichen Konglomeraten zusammen. In meinem Abteil war es stickig. Herr Müller, der ausnahmsweise einmal anwesend war, lag mit dem Gesicht in Konsaliks 'Arzt von Stalingrad' und besabberte die Seiten. Er drohte, im Schlaf zu ersticken und hob das Triefmaul: Die Druckerschwärze hatte auf seine schimpansige Mundpartie abgefärbt, und im funzeligen Licht entzifferte ich in Spiegelschrift die Worte: 'Irinas straffe Brüste erbebten im Flak-Donner'. Der Chinese rülpste wohlig im Schlaf, ich aber fand keine Ruhe. Schließlich warf ich mir meinen Paletot über und trat auf den Gang. Ich dachte, alles schliefe schon, aber dort stand die englische Touristin und fotografierte ein paar Lichter in der Dunkelheit. „Jekaterinenburg", sagte sie stolz und erklärte mir, dass Boris Jelzin von dort stamme. Sofort bei der Erwähnung dieses Namens spuckte der russische Geschäftsmann, der gerade vom Rauchen zurückkam, abergläubisch über seine linke Schulter, so als sei der Teufel herbeigerufen worden. „Gott helfe uns", murmelte neben mir der bäurische Mann. Nun traten noch die nachtcremebedeckte künstliche Blondine und der elegante Huster hinzu. Letzterer begann in abgehacktem Englisch, aber ruhig und mit fast sanfter Stimme, die Geschichte von der Ermordung der Zarenfamilie zu erzählen. Hier habe man 1918 eines nachts die gefangengehaltene Familie in einen Keller geführt und erschossen. Die vier jungen Töchter seien von den Kugeln aber nicht getötet worden, weil in ihre Unterwäsche Juwelen eingenäht waren, und man habe die Verletzten schließlich mit Bajonetten erstechen müssen. Die Toten seien dann in eine verlassene Mine geworfen worden, die man mit Granaten zum Einsturz habe bringen wollen. Als dies nicht gelang, habe man sie wieder herausgeholt und einen Säureexperten hinzugezogen. Dieser mit 160 Litern Säure im Gepäck reisende Mann sei jedoch vom Pferd gefallen, habe sich ein Bein gebrochen und daher nicht mehr zur Verfügung gestanden. „Nun sollten die Leichen auf verschiedene Minen verteilt und dort verätzt werden, aber der Wagen blieb im Sumpf stecken. Also entschied man sich, sie zu verbrennen und begann mit den Geschwistern Alexej und Maria. Da sich herausstellte, dass dies zu lange dauerte, entschied man sich, die anderen Leichen zusammen in eine Grube zu werfen und mit Säure zu übergießen." Der Mann lächelte bitter. „Kurz darauf wurde die Stadt nach dem Mann, der für diese Taten verantwortlich war, in Swerdlowsk umbenannt." Die blonde Frau hatte zu weinen angefangen und tupfte sich die kullernden Tränen von ihren cremeglänzenden Wangen. Schluchzend taumelte sie in ihr Abteil, doch sofort darauf hörte man sie mit ihrer Tochter schimpfen. „Kennen Sie die Geschichte von Swerdlowsk-17 und dem Unfall mit biologischem Giftgas?", fragte der Huster mich und fuhr mit seinen rollenden 'R's in seinem Singsang fort: „Haben Sie schon einmal etwas von Anthrax gehört?" Ich schüttelte den Kopf. „Vielleicht erzähle ich Ihnen das ein anderes Mal." Er nickte mir mit dem Kopf zu, ging den Gang hinunter und verschwand in seinem Abteil. In diesem Moment wurde die russische Popmusik, die beständig aus dem Coupé der schönen Tatjana klang, sehr viel lauter. Sofort steckte Herr Lüttringhaus seinen kürbisartigen Halsfortsatz aus der Tür und schnauzte mich an, ich solle für Ruhe sorgen, wofür sei ich denn sonst da usw. Zaghaft klopfte ich an. Sofort riss die Schöne selbst die Tür auf, zog mich ins Abteil und schloss schnell hinter mir ab. Was ich sah, verschlug mir die Sprache: dass sie nur ein durchsichtiges, schwarzes Negligée trug, war noch das mindeste. Auf einer der unteren Pritschen aber lag Müller, der von Bauer Breitkopf festgehalten wurde. „Mjüölli macht eine Mutprobe, damit er von mir einen Kuss bekommt", erklärte Tatjana stolz und stürzte sich mit Feuereifer auf ihr Opfer. Mit einer Feder kitzelte sie 'Mjüölli' die nackten Fußsohlen, bis dessen Wimmern in entsetzliche Schreie überging. „Deshalb Musik", sagte sie, unterbrach kurz die Folterung und deutete lachend nach oben, wo aus der Koje das bebrillte Gesicht des jungen Geistlichen, der den Kassettenrekorder in Händen hielt, verschüchtert herabguckte. Müller, dem die Situation noch nicht einmal peinlich zu sein schien, spitzte schon hoffnungsvoll die runzeligen Schimpansenlippen, aber Tatjana gab ihm nur einen kleinen

Klaps, „Nuoch niiiicht, Mjüölli", und fuhr fort. Ich ertrug Müllers Schreie nicht mehr, wandte den Blick von seinem verzerrten Gesicht ab und verließ das Abteil. Erschüttert schlurfte ich zurück. Wenn mich Herr Lüttringhaus jetzt wegen der lauten Musik gestellt und heruntergemacht hätte, wäre es mir egal gewesen, denn ich war dankbar, dass der Russki-Pop mit seinen zuckrigen Mädchenstimmchen alles andere übertönte. Die Musik gefiel mir sogar. Vor Müllers Pritsche sah ich eine durchweichte graue Masse liegen. Das musste der durchgesabberte Konsalik sein.

Am nächsten Morgen wachte ich mit dem dringlichen Gefühl auf, dem Tee, den ich am Vortag so reichlich getrunken hatte, Tribut zollen zu müssen. Also stieg ich aus meiner Koje und trat dabei dem auf der Pritsche unter mir liegenden Herrn Müller ins Gesicht, der zum Glück besinnungslos zu sein schien. Unverzüglich begab ich mich zur Toilette, musste jedoch feststellen, dass diese blockiert war. Eine Schlange hatte sich davor gebildet, und einige, die es besonders eilig hatten, lösten sich ab, mit den Fäusten gegen die Tür zu bollern. Schließlich öffnete sich die Tür zaghaft, und ein vertrautes Gesichtchen lächelte uns blinzelnd an. Es war das alte Mütterchen, das wir im Altersheim geglaubt hatten. „Nach Jaroslavl?" war ihrem zahnlosen Gemümmel zu entnehmen. „Nach Peking", antwortete jemand. „Jaroslavl?" „Peking." Aber es ging nicht in ihren Kopf hinein, denn wieder fragte sie: „Jaroslavl?" Jemand zeigte schließlich genervt gegen die Fahrtrichtung und schrie: „Jaroslavl dort!" „Na dann", sagte sie und wollte sich wieder in der Toilette einschließen. Scheinbar dachte sie, es sei ihr Privatabteil, denn sie hatte sogar schon eine Ikone in die Ecke gestellt. Es gelang dem 'Provodnik', das Mütterchen herauszubugsieren. Sie setzten sich in sein Abteil, und er ließ sie erzählen. Ein eintöniges Gebrabbel begleitete uns nun.

Vier Stunden später, gegen elf Uhr morgens, draußen war es schon zwei Uhr nachmittags, passierte der Zug Omsk, und das Gebrabbel verstummte für einen kurzen Augenblick. „Dostojewskij", sagte das Mütterchen ehrfurchtsvoll, dann brabbelte es weiter. „Ja, hier saß Fjodor Michailowitsch im Zuchthaus", sagte der Huster nachdenklich, „und hat versucht, die Kohlsuppe zu essen. Kohlsuppe, in der Schaben schwammen." Er schmatzte leicht mit den Lippen, wie um das Aroma nachzuempfinden. „Kennen Sie Tomsk-7?" fragte er unvermittelt. „muss Ihnen bei Gelegenheit einmal davon erzählen." Nebenan redete sich das Mütterchen weiter den Mund fusselig. War es vor einigen Stunden noch um Einmachmarmelade gegangen, ging es jetzt um Einmachgurken. Der 'Provodnik' schrieb die Rezepte mit.

Als der Zug zehn Stunden später den Ob überquerte, verließ das Mütterchen gerade die Gurken und wandte sich den Einmachpilzen zu. Kaum hatte der Waggonaufseher seine Pflichten bei unserem viertelstündigen Aufenthalt in Nowosibirsk versehen, setzte er sich wieder zu Tante Ljusja, wie er sie nannte, und erbat von ihr Mariniertips für Schaschlik, die sie ihm auch bereitwillig zu unterbreiten begann. Der russische Geschäftsmann hatte an den Kioskbuden, die vor dem Bahnhof eine eigene, weitverzweigte Stadt bildeten, Mohrrübensalat mit Knoblauch und ein Hühnchengericht gekauft. Begeistert löffelte er aus dem Plastiknapf und rief wiederholt: „Che-namul!", gelegentlich auch: „Dakgogi!" So hießen wohl die Gerichte. Kurz darauf hörte man ihn fluchen, sein Bauch habe Überdruck, dann seine gellenden Schreie vom Klo. In einem ruhigen Moment gestand er mir, er habe das Gefühl, „aus dem Arsch kotzen zu müssen." Übrigens standen die Dinge mit meiner dezimierten Reisegruppe nicht zum besten. Sie sprachen nicht mit mir und spotteten hinter meinem Rücken, das hörte ich genau. Schließlich wurde mir sogar Marmelade ins Bett geschmiert.

Wir befanden uns irgendwo hinter ......, wo genau konnte man nicht sagen, nicht einmal ob es Tag oder Nacht war, denn vor den Fenstern herrschte völlige Schwärze. Als hätte jemand die Scheiben von außen mit schwarzer Farbe angemalt. Ein fleißiger Bahnarbeiter vielleicht. Es waren aber doch wohl die Mückenschwärme, wie ein Einheimischer gelassen bemerkte. Ich stand auf dem Gang und rubbelte mir Marmelade von meiner Schlafanzughose. Durch die halboffene Abteiltür hörte ich ein haltloses Schmatzen und dann die ausdrucksarme Stimme von Frau Lüttringhaus. „Du weißt doch, Heiner, was der Arzt dir gesagt hat. Speck ist Gift für dich." Ein verächtliches Schnaufen durch die Nase erklang, und ich sah, wie sich der altersfleckige Schädel Herrn Lüttringhausens seiner Frau zuwandte. Von der Stille im Abteil ging eine ungute Spannung aus. Diese Stimmung war es wohl, die Frau Lüttringhaus veranlasste, in etwas ängstlichem, unsicherem Ton eine sorgenvolle Bemerkung über die Mücken zu machen. Wahrscheinlich wollte sie nur ein wenig Konversation machen, um der Situation etwas von ihrer Unangenehmheit zu nehmen. Rasselnd holte ihr Mann Luft und sagte dann sehr ruhig: „Wie oft habe ich dir schon gesagt, dass mich das nicht interessiert." Plötzlich explodierte er und schnauzte sie an: „Du sollst mich mit solchem Dreck in Ruhe lassen! Hast du verstanden?! Schon tausendmal habe ich dir das gesagt", stimmte er eine Litanei an, „Tausendmal!" brüllte er und genoss es sichtlich, seiner Frau Angst zu machen. Er hatte offenbar viel Erfahrung darin, überraschend zwischen laut und leise zu wechseln. Über einen Spiegel konnte ich die zitternden Bäckchen seiner Frau sehen. Sie hatte sich rückwärts an die Holzwand des Abteils gepresst. Ihr Mann glotzte sie nur an. Unter seinem Blick begannen nun ihre Schultern zu zucken. Schließlich fand sie die Kraft, ihn zu fragen, warum er sie anstarre. „Weil ich immer wieder erstaunt bin, wie hässlich du bist", antwortete er und ließ sich zufrieden zurücksinken. Während ihr unterdrücktes Schluchzen ihren schmächtigen Körper schüttelte, las er Zeitung. Und als sie schließlich den Mut fand, ihn zu fragen, warum er sie so quäle, machte er sich nicht einmal die Mühe zu antworten. Ich ertrug diesen ungleichen Kampf nicht länger, verließ meinen Beobachtungsposten und trat in ihr Abteil. „Als Reisebegleiter ist es meine Pflicht, das Wohl aller Mitreisenden ..." Lüttringhaus unterbrach mich mit einem diffusen Gebrüll, das einige Zeit an- und abschwoll. Als ich mich danach sturmzerzaust und hilfesuchend seiner Frau zuwandte, sagte diese, ohne mich zu beachten, zu ihrem Mann: „Das geht doch entschieden zu weit, nicht wahr, Heiner? Wir sollten Dr. Otz hinzuziehen, um ihn zu verklagen." Unter weiteren Beschimpfungen des Ehepaars entfernte ich mich schnell. Auf dem Gang begegnete mir der Chinese und wollte mir in seiner abgehackten Sprache etwas mitteilen. Dabei kratzte er sich mit einer klobigen Konstruktion den Rücken und gab wohlige Miaulaute von sich. Scheinbar ging es ihm darum, mir stolz sein selbstgebasteltes Gerät vorzustellen: Er hatte eine abgenagte Hühnerkralle mit Kordel an einem Stöckchen festgezurrt. Es gelang mir noch, aufmunternd zu nicken und „weiter so" zu murmeln, bevor ich mich im leeren Abteil einschloss und mein weinendes Gesicht ins Bettzeug preßte.

Als ich aufwachte, war mein Schlafanzug wieder einmal sorgfältig mit Marmelade bestrichen, und eine Stimme sagte im Stockdunklen: „Diese Biester geben sich mit Blut nicht mehr zufrieden. Saugen einem sogar das Mark aus den Knochen." Ich wusste weder, wer dort im Dustern am mückenverhangenen Abteilfenster stand, noch, wie er hereingelangt war. Plötzlich aber lichtete sich die Schnakenschicht, und die warmen Strahlen der Morgensonne umspielten zärtlich befingernd die verquollene Visage des fluchenden Geschäftsmannes. „Wie? Zum Teufel! Hauen ab, diese A....! Warum? Sch... - Lutschviecher! Die werden doch nicht irgendwo in den Waggon eingedrungen sein, die Stinkrüssel, und sich über jemanden hergemacht haben!" Aber genau so war es. Schon waren ein paar schwindsüchtig-anämische Japser zu hören, und alles drängte sich an eine Glastür. Dahinter lag ein kleiner Haufen geschmackloser Kleider (Weste, Nadelstreifen, ein Hemd mit Initialen etc.), unter dem sich die saftlose Hülle Herrn Stierendorfs verbarg, der wohl zu einer freien Toilette im Nachbarwaggon hatte humpeln wollen. Der Geschäftsmann zuckte nur mit den Schultern und ging weg. „Tritt sich fest", brummte er. Frau Stierendorf sah auf ihr Häufchen Mann hinter der Glastür hinab und sagte verächtlich: „Das hast du nun davon. - Nicht einmal allein auf Toilette gehen, konnte er." Das alte Mütterchen bekreuzigte sich und murmelte Sprüche vor sich her wie 'Willst du leben, musst du dich drehen', 'Was du säst, das mähst du auch' oder 'Einen Bucklichten macht nicht einmal das Grab gerade'. Aufmerksam betrachtete Frau Stierendorf das Bündel. „Ist er auch wirklich tot?", fragte sie. „Bei dem ist die Luft raus", meinte der Provodnik. „Natürlich könnten sie sich ihn aufblasen und zu Hause in den Flur stellen, aber er würde Druck verlieren, ist ja ganz von Stichen zersiebt." Während der Provodnik noch vor sich hin faselte, rief Frau Stierendorf per Handy gleich ihren Anwalt in Deutschland an. „Guten Tag, Herr Doktor Rittling, Stierendorf. Sagen Sie, hat Hanno sein Testament seit Julei vergangenen Jahres noch einmal geändert? Was?! Zu wessen Gunsten? - Ich verstehe, dass Sie darüber keine Auskünfte erteilen können, aber ... - Das ist doch ... na, das werden wir noch sehen!" Sie beendete das Gespräch abrupt. „Seine Scheckkarten!", rief sie und wollte die Tür öffnen. Doch der Provodnik versperrte ihr den Weg, schrie: „Tot! Wir alle tot!", ohrfeigte sie und koppelte den mückenverseuchten Waggon einfach ab. „Und was ist mit den Leuten in den Waggons dahinter?" fragte die Engländerin erschrocken. Der Provodnik sah einen Moment lang nachdenklich auf seine Uhr: „Die sind jetzt am Blutspenden - So. Jetzt dürften sie tot sein." „Sie roher Mensch!" empörte sich die geborene Lisplerin. „15 Minuten Aufenthalt in Krasnojarsk", war alles, was der Provodnik antwortete.

Die drei verbliebenen Waggons überquerten den zwei Kilometer breiten Jennissej. „Schon von Krasnojarsk-45 gehört?" fragte mich der Schwarzberockte. Ich schüttelte den Kopf. Er flüsterte: „Und Krasnojarsk-26. Was ist damit?" „Das frage ich Sie." „Sie wissen es nicht? Das ist ja höchst interessant." Er rieb sich sinnierend seinen altmodischen Spitzbart. „-26, ja -26... -26 ist völlig unterhöhlt. Eine unterirdische Stadt, in der es alles gibt: mehrstöckige Häuser, Fabriken, sogar einen Atomreaktor. Man fährt durch die endlosen Tunnel, geht in den Gängen spazieren, veranstaltet unterirdische Picknicks, angelt und vertreibt sich die Zeit. Sie haben sogar einen Flughafen da unten, nur ist die Decke etwas niedrig, so dass ..." Er hielt inne: „Aber das führt zu weit. Ich langweile Sie." „Keineswegs", beeilte ich mich zu versichern. „Dort hängen die Wurzeln wie umgekehrte Bäume von oben herab, und alles riecht nach Kohlsuppe. Auf Schritt und Tritt Albinos ... Albinos, wohin man sieht ... an jeder Ecke ... überall ... Albinos ... zucken schon beim Licht einer Taschenlampe zusammen, wenn man sie genau auf die Augen richtet, diese Albinos ..." Er schien den Faden verloren zu haben und schwieg. Die blondierte Frau schaltete sich eifrig nickend ein: „Gute Menschen, sehr gute, auch wenn sie nie das Tageslicht gesehen haben." „Brauchen keine Sonnenbrillen", stellte der Geschäftsmann fest. „Auch kein Sonnenöl", spann die Frau den Gedanken weiter, während wir dem Brausen einer Etüde zuhörten, das aus ihrem Abteil drang, wo ihre Tochter wieder auf dem Flügel übte. Anfangs hatte ich mich noch darüber gewundert, wie der Flügel in das Abteil passte, aber inzwischen akzeptierte ich es.

Den längeren Aufenthalt in Irkutsk verschlief ich, wahrscheinlich hatte mir die Reisegruppe ein Schlafmittel in den Tee getan, um mich bei der Exkursion nicht dabeizuhaben. Gegen Abend weckte mich der Geschäftsmann, der in mein Abteil polterte und nach einer Pinzette fragte. „Wir alt sibirischen Holzhaus kucken", erklärte er und zog sich unter furchtbaren Flüchen zwei kleine Holzsplitter aus einem Finger. „Immer muss erwischen mich! Aber ..." - er lachte - „das lustig Geschichte, weil ich nicht einziger. Klein Mann mit Schultasch - wie seine Name?" „Oberstudienrat Sernd." „Egal. Sand zeigen Haus uns, erzählen und erzählen. Das alt alt Haus Holz, Tradition und alles alles erzählen. Das sehr sehr langweilig wart. Ich bisschen einschlaft und fallt gegen etwas. 'Balkan! Balkan!' schreit Mann mit Schultasch, und Wand fallt, Decke fallt, alles fallt, Haus kaputt, und mir kleine kleine Stuck Holz in Hand, mein Hand ist Schmerz, brauchen Pinzett, und hier ich bin." „Ja, das sehe ich", erwiderte ich etwas gereizt, „und wo ist der Oberstudienrat?" „Sand?" „Sernd" „Sand sterben."

„Na gut, dann werden er und die anderen ja bald da sein."
„Sand sterben!" „Was?" „Wand fällt auf Sand." „Das darf nicht wahr sein!" „Alles fällt, Decke fällt, Wand fällt ..." „ ... auf Sand", ergänzte ich.

Etwas geknickt trudelte wenig später der Rest der Gruppe ein. Erst als bald darauf zur Linken der Baikalsee auftauchte, aus dem der runde Kopf einer Nerpa-Robbe auftauchte, taute die Stimmung wieder auf. Die glitzernde, omulhaltige Weite, in der sich weiße, hochaufgetürmte Wolken spiegelten und über die hie und da der Schatten eines Vogels huschte, dehnte sich wie ein gigantischer flüssiger Kaugummi aus - ein Kaugummi, der fast ein Fünftel des gesamten Süßwassers der Erde enthält und in dessen dunkelster Tiefe, bei 1,5 Kilometern etwa, der kleine froschäugige Golomjanka-Fisch seinen trübsinnigen Beschäftigungen nachgeht. Hat man das Glück, einmal einen mit einer eineinhalb Kilometer langen Leine ans Tageslicht zu ziehen, muss man leider erleben, wie der kleine Kerl, nicht mehr als eine Portion glotzenden Gelees, in Sekundenschnelle zu einem Ölfleck zerläuft. Mit viel Zitrone mag's gehen, aber da es hier kaum Zitronen gibt, verwenden die Einheimischen den Golomjanka als Kugellagerfett. Plötzlich war der gesamte See schwarz; schnell ziehen hier die Unwetter auf. Aber dies sah nach einer totalen Sonnenfinsternis aus ... Auf Nachfrage erhielt ich die Auskunft, wir seien in einen Tunnel gefahren. Von nun an wechselten sich alle paar Minuten gleißendes Licht und tiefste Schwärze ab. Das schien Auswirkungen auf das zentrale Nervensystem zu haben, denn niemand wusste mehr, was er tat. Jedes Zeitgefühl kam uns abhanden, jede Handlung rissen die Tunnel in Fetzen: In einem Augenblick sah ich Bauer Breitkopf einen Schluck aus der vollen Flasche Wodka nehmen, im nächsten Moment schon spielten er, Lüttringhausens und andere mit der leeren Flasche Flaschendrehen. Wieder einen schwarzen Moment später wollten sie mich aus dem Fenster werfen, es wurde dunkel, und als es wieder hell war, stellte sich heraus, dass sie sich doch für den Chinesen entschieden hatten. Es passierte noch allerhand: Eine Patience der Engländerin ging nicht auf, und 'Mjüölli' wurde von Tatjana der Penis abgebissen. „Wölfe!" ging plötzlich ein Ruf durch den Wagon, und im kurz aufflackernden Licht sah ich, wie sich die vor Furcht grotesk verzerrten Gesichter der Mitreisenden an die Scheiben pressten. Nach kurzer Abstimmung verfütterten wir zuerst Bauer Breitkopf, der sogar damit einverstanden war, an die Tierchen, die ihn noch in der Luft zerrissen. Unsere Hoffnung, dass sein alkoholverpesteter Körper die Wölfe betrunken machen würde, erfüllte sich nicht. Im Gegenteil, sie schienen Alkohol gewöhnt zu sein und wirkten kaum angeheitert, sondern nur grimmiger entschlossen.

Nacht war es inzwischen geworden, und das Glimmen wölfischer Augen verfolgte uns durch Ulan Ude und Petrovsk-Zabaikalskij. Die Heizung fiel aus, bitterkalt wurde es, und wir mussten den Flügel der jungen Dame zu Brennholz zerkleinern. Als sie sah, dass ihre zarten Finger nur noch vergeblich versuchten, ein paar übriggebliebenen Tasten Töne zu entlocken, warf sie sich selbst den Wölfen zum Fraß vor. Ihre Mutter sprang, etwas pathetisch, wie alle fanden, hinterher. Es war inzwischen so kalt im Waggon, dass alles gefror. Der Kaufmann spuckte einmal mehr in langem Bogen verächtlich aus, die Spucke erstarrte im Nu zu einem Stalagmiten aus Eis, der sich ihm, als der Zug über eine Gleisfuge sprang, in den Rachen bohrte. Nach diesem gehaltvollen Hauptgericht ließ der Enthusiasmus der Wölfe nach, sie begnügten sich mit dem Priester als kleinem Dessert und zogen sich gesättigt in die Wälder zurück.

Einige Zeit später, nachdem wir den letzten Waggon in brennbare Einzelteile zertrümmert hatten, breitete sich kurzfristig eine gewisse Wärme und mit ihr eine zuversichtliche Stimmung unter uns Verbliebenen aus. Sogar der entmannte Müller konnte schon wieder lächeln, denn er versprach sich einiges von den chinesischen Mädchen. Es wurde viel gelacht. Mich, ihren Reisebegleiter, aber schnitten sie noch immer.

Wir flogen an Chita vorbei. Der Husten des Schwarzberockten legte sich etwas, und das Mütterchen begann einen neuen Pullover. Ich lag auf meiner Pritsche so nah unter der Decke wie in einem Sarg und dachte darüber nach, was diese Reise wohl noch für Überraschungen bringen mochte, konnte aber zu keinem Ergebnis gelangen.

Irgendwann in der Nacht überquerten wir die Grenze zu China …

Die Wesen

Über die große gleißende heiße Fläche liefen Wesen auf eine ihnen eigene Art. Sie starteten explosiv und bewegten sich mit großer Schnelligkeit eine kurze Strecke geradeaus. Dann stoppten sie abrupt, warteten einige Sekundenbruchteile und setzten ihren Weg auf einer anderen Geraden fort. Niemals überquerten sie die Fläche auf dem kürzesten Weg, oft kehrten sie sogar um.
  Warum sie sich so verhielten, war nicht ersichtlich. Vielleicht verging für sie die Zeit wesentlich schneller als für mich, den Beobachtenden, oder ihre kurzen Stopps und Richtungswechsel hatten einen mir verborgenen Sinn, z.B. Essbares zu erkennen und mitzunehmen oder kommunikative Signale zu setzen. Oder die Wesen waren extrem leicht ablenkbar, ähnlich hyperaktiven Jugendlichen. Ihr Verhalten glich in gewisser Weise auch dem von durch die Stadt gehenden Smartphone-Süchtigen, die nur alle 30 Meter von ihrem Display aufschauen, um sicher zu sein, dass sie nicht gegen eine Laterne laufen. Oder handelte es sich um mit Photozellen bedeckte Roboter, die Lichtenergie einfach in wenig gesteuerte Bewegungsenergie umsetzten? Viele Erklärungen waren denkbar, so z.B. auch geistige Verwirrung, eine Art kollektiver Demenz, mit so gearteter Vergesslichkeit, dass sowohl das ursprüngliche sowie jedes weitere Vorhaben nichtig wurde. Es konnte auch eine Art Zwangshandlung sein, die sie veranlasste, gewisse Wege zu vermeiden, beziehungsweise zu wiederholen – wie der Mann in unserem Stadtviertel, der auf den ersten Blick sehr entschlossen auf ein Ziel zuzusteuern schien, dann jedoch stehenblieb, den Anschein machte, etwas vergessen zu haben, um dann zielstrebig zurückzugehen. Kurz darauf sah man ihn wieder mit gleicher Entschlossenheit in die ursprüngliche Richtung gehen. Aber wohin wollte er überhaupt? Wie anstrengend das alles für ihn sein musste!

Als ich mich – weg von meinen inneren Bildern – wieder den seltsamen Wesen zuwandte, hatte sich eine lebhafte Gruppe um einen toten Artgenossen versammelt. Bei näherer Betrachtung wurde mir klar, dass ich selbst diesen Auflauf verursacht hatte. Unachtsam, weil über die Wesen nachdenkend, war ich auf eines von ihnen getreten und hatte es getötet. Still und gekrümmt lag es auf der grellen Fläche. Mir blieb nichts anderes übrig, als es seinem Schicksal zu überlassen – vielleicht wurde es gleich fortgebracht und verfüttert – also wandte ich mich ab und setzte meinen Weg fort.

„Mister - dead"

'I can feel the devil walking next to me'
- Murray Head, One Night in Bangkok

Der Regen hatte uns in eine von Geschäftsleuten besuchte Bar flüchten lassen. Ich hatte dem Schriftsteller, einem unauffälligen Mann mittleren Alters, nach seiner Lesung im Goethe-Institut vorgeschlagen, etwas trinken zu gehen. Nun fror er mit durchgeschwitztem Hemd und nassem Jackett im kalten Luftstrom der Klimaanlage am Tresen sitzend. Wir ließen uns Decken bringen.

Während wir schnell einige Mai Thai tranken, - er stieß mit mir auf das Klischée an -, zeigte sich, dass er ein guter Zuhörer war, der die Beobachtungen eines Botschaftsattachés äußerst interessant zu finden schien. Über sich selbst sagte er lediglich, dass er im Grunde nur noch schreibe und trinke, das Lesen zum Beispiel habe er eingestellt. Auf meine Frage, warum, antwortete er nebenhin „Ach! - J'ai lu tous les livres" - eine Zeile von Mallarmé, wie ich später herausfand.

dass er viel Alkohol vertrug, merkte ich bald, denn während ich meine gewöhnliche Zurückhaltung verlor, die amerikanische Musik der 50er – Sinatra, Mancini etc. - mich in eine seltsame Stimmung versetzte und die Barmädchen mir geheimnisvoll und wunderbar erschienen, obwohl ich wusste, dass sie nur ihrer Arbeit nachgingen, hörte er mir unverändert ruhig, gelegentlich nachfragend und nachdenklich rauchend zu. Ich schüttete ihm mein Herz aus – vor allem über die unangenehme Verpflichtung der Auslandsvertreter, sich mit unsympathischen Geschäftsleuten und Bürokraten abgeben zu müssen und nie die Wahrheit sagen zu dürfen. „Contenance wahren!", hörte ich mich rufen, während ich dieselbe zu verlieren drohte.

In diesem Moment trat ein sehr erfolgreicher Konzernmanager an uns heran, der mich kannte und den Autor erkannt hatte, und lud uns auf einen Drink ein. Offensichtlich hatte er schon getrunken, denn sein Gesicht war gerötet und seine Halsschlagader trat wulstig unter seinem Hemdkragen hervor. Mit ein paar Bemerkungen zeigte er, dass er die Werke des Schriftstellers, der sich nur zögernd auf eine Unterhaltung mit ihm einließ, recht gut kannte. Bald aber sprachen die beiden angeregt vom Gefangensein im System, im eigenen Körper, im eigenen Kopf. Es war, als hätten sich zwei Seelenverwandte gefunden. Ich trank derweil starken schwarzen Tee, um wieder nüchterner zu werden. Weil mir aber schwindlig und übel davon wurde, schwankte ich schließlich an Ladyboys und Nymphchen vorbei zur Toilette. Dort öffnete ich ein Fenster zum Innenhof und sah in den strömenden Regen hinaus. Der Regen trommelte auf alles, was ihm im Weg war.

Als ich wiederkam, versuchte der Schriftsteller gerade dem Manager zu erklären, was es bedeute überall Zeichen zu sehen, geplagt zu sein von Bildern, die einen unerwartet heimsuchten. Jetzt dort an der Wand die Schatten zum Beispiel sähen aus wie eine Maske, sagte er, mit dem entmenschlichten Ausdruck von Bali-Tänzerinnen. Wortlos stand der Manager auf und ging in Richtung der Toiletten. Wir schauten ihm – wegen seines brüsken Verhaltens - etwas verwundert nach und waren noch überraschter, als wir ihn eines der sehr jungen Mädchen ansprechen sahen. Wir folgten den beiden, die in Richtung eines Aufzugs gingen, mit unseren Blicken, und waren schockiert, als unser Bekannter, noch bevor die Tür sich schloss, dem Mädchen brutal zwischen die Beine griff.

Der Schriftsteller trank seinen Singapore Sling in einem großen Schluck aus. „Raus in den Regen", war alles, was mir einfiel.

Draußen begleitete ich ihn zu seinem Hotel und nahm dann ein Tuk-Tuk. Es war eine lange Fahrt im prasselnden Regen, die Autorikscha pflügte durch Pfützen, unsere Bugwelle überflutete die Trottoirs, Wasser spritzte auf mit Bambusmatten geschützte Verkaufsstände und die Hüte der Verkäufer. Im Stau stehend atmete ich tief die schwüle Luft ein, die Abgase und den Rauch gebraten werdender Heuschrecken.

Kaum hatte ich mein Haus in einem Außenbezirk erreicht, klingelte mein Telefon. Es war der Schriftsteller, den der Manager, der im selben Hotel wohnte, aufgesucht hatte. In sehr angeschlagenem Zustand, wie ersterer betonte, einem Zustand, der sich von Minute zu Minute derart verschlechtert habe, dass er sich nun ernstlich Sorgen mache. Inzwischen liege der Manager sich windend im Badezimmer, übergebe sich in einem fort und sei nicht mehr ansprechbar. Der Arzt müsse bald eintreffen, vielleicht sei es aber besser, wenn ich zu ihnen käme.

Auf dem langen Rückweg ins Zentrum stand mir immer wieder der abstoßende Übergriff des Managers vor Augen und jedes Mal schauderte es mich aufs Neue. Ich streckte meinen Kopf unter dem Dach hervor und hielt mein Gesicht in den Regen.

Als ich das Hotelzimmer betrat, lag der Manager bewusstlos in Kot und Erbrochenem. Sein Gesicht war starr und hatte sich gelblich verfärbt. Der Schriftsteller saß mit aufgestütztem Kopf am Fenster und sah in den Regen hinaus. Ich fragte ihn, ob der Arzt dagewesen sei und er verneinte. Gerade als er die Nummer der Rezeption gewählt habe, sei ein Zimmermädchen ins Zimmer getreten und habe den zu diesem Zeitpunkt bewusstlos auf der Couch Liegenden gesehen. Offenbar habe sie diesen gekannt. Noch nie habe er ein so vor Abscheu und Angst verzerrtes Gesicht gesehen. Mit einem Aufschrei sei das Mädchen aus dem Zimmer gerannt. Nach diesem Zwischenfall habe er den Hörer aufgelegt und auf mich gewartet.
  Ich rief unverzüglich einen Arzt. Dieser, ein trauriger, alter Mann, kam nach einer Viertelstunde und untersuchte den leblosen und aufgedunsenen Körper unseres Landsmanns. Er fand zwei kleine Löcher im Hüftbereich und sagte etwas, dass sich wie 'bite' und 'snake' anhörte. Der Schriftsteller und ich sahen uns an, - wir dachten wohl beide, dass ihm dieser Biss auf irgendeine Art absichtlich zugefügt worden war. „Not usual place", nuschelte der Arzt, „snake where? Look like?" Wir

zuckten die Achseln. „Krait? Cobra? Viper? Must know." Ich sagte, wir könnten dorthin gehen, wo er zuletzt gewesen war, um etwas über die Schlange herauszufinden. Vielleicht wüsste dort jemand, was passiert sei. Der Arzt sagte, er würde bei dem Patienten bleiben.

Während wir durch den Regen gingen, sagte der Schriftsteller unvermittelt, schon als er diesen Menschen zum ersten Mal gesehen habe, habe er gewusst, dass er nicht zu retten sei. Dann erzählte er von einer Geschichte Kiplings, die er vor einigen Jahren gelesen habe. Darin habe ein betrunkener Engländer, von zwei Landsleuten nach Hause begleitet, ein indisches Heiligtum entweiht und sei daraufhin von einem leprösen Priester gebissen worden. In den nächsten Stunden habe er sich, immer wieder große Mengen Fleisch verschlingend, in eine Art an Tollwut erkrankten Leopard verwandelt. Um ihn zu retten, hätten seine Begleiter den Priester gefoltert und schließlich zur Rücknahme seines Fluchzaubers gebracht. Ihr Handeln sei ihnen selbst zuwider gewesen. Der Verfluchte habe sich am nächsten Morgen an nichts erinnern können und über das nach verbranntem Fleisch riechende Haus beschwert.
 Ich verstand, was er mit der Geschichte sagen wollte. Langsam gingen wir an der Bar vorbei zum Fluss. Dort sahen wir den Fischern beim Hantieren mit Booten und Netzen zu.

Im Morgengrauen riefen wir den Arzt an - der Regen und die Leitung rauschten stark - und erfuhren, dass unser Bekannter tot war.

Costanera Sur

Hätte er gewusst, dass viele Jahre später die Regierung zu Tode Gefolterte nahe der Stelle, an der er gerade neben einer Dichterin mit nackten Knien saß, in den Rio de la Plata werfen würde, um die Leichen hinaus ins Meer spülen zu lassen, hätte er das gewusst, während sie, die Frau, in die er verliebt war und der die Meeresbrise in der Hitze das lange Haar ein wenig zauste, ihm eine Hand hielt - vielleicht um zu verhindern, dass er ihr etwas zerzaustes Haar mit dieser seiner Hand zu zausen versuchte ... - hätte er, der jetzt den Duft des Meers und der Pinien im Hintergrund, die wie die Pinien Roms aussahen, wahrnahm, den Geruch des noch heißen Steins, des Hundeurins zu ihren Füßen in der Ecke mit dem 'Schmutzplätzchen', dem schwarzen Schimmelfleck, hätte er, der all das roch - obwohl die Brillantine in seinem Haar etwas aufdringlich war, vertraut zwar und ihn an das Haus seiner Familie erinnernd und damit an seine Mutter - und der schon nicht mehr gut sah und bald gar nicht mehr sehen können würde, hätte er, der Entwickler des Gartens der Pfade, die sich verzweigen, nicht vielleicht sogar ahnen können, dass, während sie hier saßen, Anfang des Jahres 45, in Europa abscheuliche Grausamkeiten, Kriegsverbrechen begangen wurden, Erschießungen, Vergasungen, Winter-Todesmärsche aus KZs ... gleichzeitig ... während sie hier saßen ... vielleicht hätte er dann gefühlt, dass dies alles unter einem Unstern stand und hätte nie um die Hand der Frau, die in diesem Moment die seine hielt, angehalten, wäre aufgestanden und gegangen und hätte sich Kummer erspart, - doch dazu hätte er ein anderer sein müssen, hätte das verzweifelt Suchende im Blick der Frau erkennen und ahnen müssen, dass sie ihm auf seinen Heiratsantrag antworten würde, dass sie doch erst miteinander hätten schlafen müssen, bevor sie ihm das Jawort hätte geben können, und dass sie sich, nach seinem Tod, in einem Buch an seine unbeholfenen Küsse und geringe Anziehungskraft erinnern würde ...

Pontiac

Während ich, mich am Lenkrad meines Kabrios festhaltend, aus der Kurve hinaus ins Blau über dem Laurel Canyon schoss, wurde mir schlagartig die Lösung des Falls klar, an dem ich gerade arbeitete: In einer visionsartigen Rückblende sah ich die vergangenen Tage und hatte den Täter sowie jede seiner Handlungen, deren letzte das Außer-Betrieb-Setzen der Bremsen an meinem Wagen war, in aller Klarheit vor Augen. Dann aber nahm mich erst einmal der Aufprall in Anspruch ...

Es war eine jener malerisch in den Bergen östlich von Los Angeles gelegenen Villen der Superreichen, mit einer von importierten toskanischen Zypressen gesäumten Auffahrt, deren Kies kunstvoll so von Bediensteten geharkt wurde, dass er knirschte wie frisch gefallener Schnee. Ich parkte meinen 68er Pontiac Firebird Carribbean Aqua Metallic vor dem Prachtbau, den einst ein Zuckerrohrpflanzer in Mississippi hatte errichten lassen, - ja, ich hatte meine Hausaufgaben gemacht - und der (der Palast, nicht der Pflanzer), in Einzelteile zerlegt, hierher transportiert und wieder aufgebaut worden war. Weiß wie Kristallzucker, weiß wie die Lüge eines reinen Gewissens, weiß wie das Weiß eines vor Angst weit aufgerissenen Auges eines Plantagenarbeiters, weiß wie dereinst die Knochen des Ermordeten in seinem Grab sein würden, dessentwegen mich die Familie Berread mit Ermittlungen beauftragt hatte.

Sie saßen auf der Veranda, schlürften Mint Juleps und waren wenig angetan von meinem Wortspiel, das sich ergab, indem ich die anwesenden Geschwister ansprach: „Hugh - Will - Bee - Berread"[1] Während ich über meinen eigenen Witz lachte, stellten die beiden älteren Brüder, distinguierte Erscheinungen, mit eisiger Miene ihre Gläser ab. Hugh fragte, ob ich das nicht

---
1 'You will be buried' – Sie werden begraben.

geschmacklos fände. Belinda, die kleine Hippie-Schwester, Bee genannt, wie ich recherchiert hatte, suckelte nur an ihrem Julep und musterte mich mit ihren unergründlichen Waldmeisterwackelpudding-Augen. Ein hässlicher Hund, triefäugig mit Sabber an den Lefzen, lag in einer Art Körbchen und glotzte teilnahmslos vor sich hin.

Ich rekapitulierte den Fall: Belindas Verlobter, ein Deutscher, war im Jacuzzi von einem Stromschlag getötet worden, weil sein defekter Bierwärmer ins Wasser gefallen war. Die Polizei ging von einem Unfall aus, die Geschwister hielten dies für absurd. „Warum?", fragte ich. „War er etwa so ein typischer deutscher Genauigkeitsfanatiker und Heimwerker, dem so etwas nie passiert wäre. Ein Germane, der nie vergaß, gleich mehrere Liegestühle mit seinen Handtüchern zu reservieren?" - „Hat Ihnen schon einmal jemand gesagt, dass sie ein gefühlloser Kotzbrocken sind?", fragte Bee mich mit einem Lächeln. - „Dafür werde ich ja bezahlt." - „Na dann legen wir noch einige Scheinchen drauf, wenn Sie nicht mehr versuchen, witzig zu sein", sagte sie mit Grübchen in ihren Wangen. „Ja, Ma'am", ahmte ich einen übereifrigen, schwarzen Plantagenbediensteten nach. - „Dann eben nicht", sagte sie, und ihre Grübchen waren verschwunden.

Meine vorläufigen Ergebnisse - nach diesem Veranda-Geplauder und einer Schnellinspektion – teilte ich kurz darauf den immer noch Zusammenhockenden mit: An der Isolierung des Bierwärmers habe sich jemand zu schaffen gemacht, und alle Anwesenden hätten ein Motiv gehabt, den Deutschen 'abtauchen' zu lassen: Letztlich sei er einer mehr gewesen, der ans Geld der Familie wollte. Seiner Zukünftigen sei er mit seinem Bier und Sauerkraut sicher auch schon auf die Nerven gegangen, fügte ich hinzu.

Weil selbst mir die folgende Stille etwas schneidend schien, fragte ich, um etwas Konversation zu machen, nach dem Namen des Hundes.

„Das ist Ken", antwortete Bee, woraufhin ich bemerkte, dass dies doch ein eher unpassender Name für dieses Geschöpf sei, das aussehe wie das Schoßhündchen von Frankenstein, aus Hundeleichen zusammengenäht, 'Yuk' oder 'Uaagh!' wäre sicher ein passenderer Name als ausgerechnet Ken, blonder Freund von Barbie. So ein Ding hier passe doch eher in ein fauliges Sumpfgebiet zu Whiskeybrennern als nach Kalifornien, ins Land der goldgelockten Schönen. Mit angewiderten Mienen zogen sich die Familienmitglieder in ihre Gemächer zurück, der Hund trottete hinter Bee her, und es schien mir, als mustere er sich mit traurigem Blick in einem der großen Spiegel.

Ich nutzte die Zeit, um etwas auf dem Anwesen herumzustöbern, dann legte ich mich unter einem der alten Bäume ins Gras. Kurz darauf kam Bee in Reithosen auf mich zu und fragte, ob ich sie auf einen Ausritt begleiten wolle. Während wir auf die Ställe zugingen, schaute uns Ken nach, an einer Lefze hing etwas Weiß-Rot-Gestreiftes. Im Stall küsste Bee mich plötzlich gierig, ihr Mund schmeckte nach Rauch und Ahornsirup. Danach fiel es mir schwer, hinter ihrem Hintern, der über dem Hintern ihres Pferdes hin und herschwang, hinterherzureiten. Zu mehr kam es nicht. Am Ende des Ritts wies sie mir ein Zimmer über dem Stall zu.

Als ich nach einer kalten Dusche zum Herrenhaus hinüberging, war es dunkel geworden. Plötzlich hörte ich ein verdächtiges Knacken im Efeu, ich zog meine Luger. Ein Schatten trat aus dem Dunkel, ein Schuss fiel, reflexartig drückte ich ab und erschoss Hugh, der nach dem Rechten hatte sehen wollen.

Wie sich herausstellte, war der Schuss von einer Schallplatte gekommen. Aber wer hatte Bill Withers' 'Better Off Dead' aufgelegt - und genau bei dem Schuss am Ende? Ich war sofort überzeugt, Hugh und ich seien Opfer einer Inszenierung geworden, wurde jedoch mit sofortiger Wirkung von der Familie entlassen und nach der polizeilichen Befragung des Grundstücks mit der Auflage verwiesen, mich am nächsten Morgen auf dem Revier zu melden. Danach hatte ich die Abfahrt vom Berg angetreten, war aber nur bis zur ersten Kurve gekommen.

Während ich, sinnlos das Lenkrad meines Pontiacs drehend, in den Abgrund stürzte, hatte ich die Erleuchtung: Nur einer kam als Täter in Frage, hatte meisterhaft Desinteresse vorgespielt wie ein Hollywoodschauspieler ...

In diesem Moment schlug der Wagen das erste Mal auf dem mit Giftsumach überwucherten Fels auf, wirbelte um seine Längsachse und fiel weiter. Mit gebrochenem Genick dachte ich meine letzten Gedanken: Ken war in Bee verliebt, deshalb sein trauriger Blick in den Spiegel, deshalb die Zahnpasta an seiner Lefze - frischer Atem! Ken hatte aus Eifersucht das Isolierteil am Bierwärmer seines Rivalen manipuliert, Ken hatte im Unterholz geraschelt, die Platte ausgewählt und so aufgelegt, dass nur der Schuss am Ende des Songs zu hören war, - eine Meisterleistung mit seinen klobigen Pfoten. Ken hatte Hugh und mich gegeneinander ausgespielt und gewusst, dass Bee mich entlassen und ein zermürbendes Gerichtsverfahren auf mich zukommen würde. Aber weil er mich hasste, hatte er übertrieben und die Bremsschläuche des Pontiacs, in dem ich inzwischen weiterfiel, durchgebissen. Gelähmt und in dieser geradezu aussichtslosen Situation, konnte ich nicht viel anderes tun als hoffen, dass Ken dieses 'Zuviel' zum Verhängnis werden würde.

Meine letzten Worte, die der resigniert den Kopf schüttelnde Notarzt verwundert hörte, lauteten: „Ken ... du ... bist ... hässlich." Dann starb ich.

Der Nachtfalter

> *'black ... black ... black ...'*
> Amy Winehouse, Back To Black

In einer heißen Sommernacht – ich hatte, wie es meine Gewohnheit war, zum Abendessen eine Flasche Wein geleert – saß ich auf dem Balkon, von zirpender Dunkelheit umgeben und schaute zu einer Straßenlaterne hin. Die Trunkenheit verlieh meinen Augen eine außergewöhnliche Sehschärfe, ich kniff eines zu, um nicht doppelt zu sehen, und beobachtete das Geschehen um die grelle Lampe in dreißig Metern Entfernung mit unnatürlicher Genauigkeit. Ein ums andere Mal verfolgte ich, wie große Nachtfalter mit pelzigen Antennen auf das gelbe Sodium-Licht zuflogen und kurz darauf mit versengten Flügeln abstürzten. Dann fiel mir ein Falter auf, der sich erst am Rande des Lichtkegels aufgehalten hatte, dort, wo die Dunkelheit begann, und sich ganz anders als die anderen Falter verhielt. Er umflog die Lichtquelle nicht in einer immer enger werdenden Spirale, er folgte nahezu konzentrischen Kreisbahnen. Dieser Falter hielt Distanz, blieb – anders als Ikarus - dem verlockend gleißendem Glühen fern. Er war ein Odysseus im Reich der Insekten, der dem elektrisch sirrenden Gesang der Sirenen widerstand. Ich bewunderte seine unzweifelhaft große Intelligenz und sein maßvolles Wesen – wie unbeirrbar zog er seine Bahnen in der Nähe dieser künstlichen Sonne! Nein, er würde nicht abstürzen.

Ich freute mich noch nicht lange für ihn, da sah mein betrunkenes Auge mit Grausen, wie sich etwas in der Schwärze bisher Verborgenes aus ebendieser Schwärze löste. Wie aufgezogen mit den Flügeln schlagend schoss ein größeres schwarzes Wesen, behaart wie ein Affe mit der plattgedrückten Schnauze eines entstellten Mopses heran, riss sein Maul auf und packte mit seinen nadelspitzen Zähnen den Nachtfalter. Ich sah ihn einen Augenblick lang schreckgelähmt und aufgespießt im furchtbaren Zangengriff, noch lebend, dann verschwand das Monstrum mit ihm in der Dunkelheit, nicht ohne noch einmal zuzubeißen – ich hörte ein zerplatzendes und reißendes Geräusch –, und sofort darauf ein triumphierendes, metallisches Schneppern auszustoßen, ähnlich dem Geräusch gespannter elektrischer Oberleitungsdrähte vor dem Einfahren einer Straßenbahn. Während ich entsetzt auf den in diesem Moment gerade leeren Raum unter dem Laternenlichtkegel sah, fühlte ich, dass der Falter noch lebte, sich aber schon im Magen der Fledermaus befand, in der Schwärze in der Schwärze in der Schwärze ...

Ich dachte an die Tierfilme, die meine Mutter so gerne gesehen hatte - gerade lief die Gazelle noch unverzagt durch den Regen im Urwald, im nächsten Augenblick hing sie tot im Maul des Jaguars -, dann an die vielen Toten, die ich lebend gekannt hatte, und wurde so traurig, dass ich aufstand und in die Küche zum Kühlschrank ging.

Lago

Dunkle Wolken standen am Himmel über den Bergzacken. Seit sie von der Autobahn abgefahren war und einer Landstraße folgte, hatte sich das Wetter völlig verändert. Während sie am mondänen Luganer See entlanggefahren war, waren die ersten großen Wolken aufgezogen. Hinter Porlezza hatte sie im plötzlich düsteren Tal die Scheinwerfer anschalten müssen, und als sie jetzt Serpentinen folgte, fielen die ersten schweren Tropfen. Warum hatte sie ihre Reiseroute geändert? fragte sie sich und drosselte das Tempo. Jetzt hörte sie den Regen auf das Autodach prasseln, ein Geräusch, dass sie, wie sie sich erinnerte, als Kind immer als gemütlich empfunden hatte. Kurz darauf gelang es den Scheibenwischern nicht mehr, die Wassermassen schnell genug beiseite zu schieben: Die Lichter der wenigen entgegen kommenden Fahrzeuge brachen sich in den zerplatzenden Tropfen auf der Windschutzscheibe und blendeten sie. Unter ohrenbetäubendem Trommeln von allen Seiten fuhr sie den Wagen in eine Haltebucht und wartete ab.

Grell zuckende Blitze und knallende Donnerschläge wechselten einander ab. Ellen sah nur ein Stück Straße, dahinter, am Hang, ein schwach beleuchtetes Haus. Sie schaltete die Türverriegelung ein und dachte nach. Spontane Entscheidungen waren ihre Sache nicht, soweit kannte sie sich. Warum also dieses Abenteuer hier? Es musste das Schild ‚Lago di Como' gewesen sein, dass sie zum Verlassen der Autobahn gebracht hatte. Es hatte sie mit einem Schlag an ihre geliebte Tante Ingrid erinnert, die vor zwei Jahren im Urlaub am Comer See verschwunden war. Ellen ärgerte sich über sich selbst. Die Autobahn hätte sie auch so zum See geführt, nach Como. Und war nicht der Ort, an dem ihre Tante verschwunden war, auch am Südende des Sees gewesen? Jetzt war es zum Umkehren zu spät. Sie würde, wie das Navigationssystem ihr sagte, bei Menaggio auf den See stoßen und dann der Uferstraße in den Süden folgen. Sie dachte an Ingrid, die so viel jüngere Schwester ihrer Mutter, die ganz anders gewesen war als alle anderen Erwachsenen in Ellens Umgebung. Wenn Ingrid zu Besuch war, hatte sie viel mit ihr gespielt, - völlig im Gegensatz zu Ellens Eltern, die dazu weder Zeit – die Arbeit! - noch Lust gehabt hatten. Fantasiereiche, wilde Spiele: Ellen erinnerte sich, dass ihre junge Tante, damals Anfang zwanzig, oft ermahnt wurde, sie erinnerte sich an Verkleidungen, Tänze, Raufen ... Später Schminken, Stadtbummel, Kino und Problemgespräche ... Damals fuhr die Tante ein kleines Cabrio, trug coole Klamotten und hatte erste Erfolge als Parfümentwicklerin. Sie kam zwei bis dreimal im Jahr zu Besuch, - Ellens wegen, denn das Aufeinandertreffen mit Ellens Eltern führte meist zum Streit.

Die Blitze wurden seltener, der Regen ließ nach. Ellen startete den Wagen und fuhr los. Blond, natürlich, frei. Ingrid hatte Karriere gemacht, dann war eine große Liebe in die Brüche gegangen, und Ellen hatte ihre Tante als Trauernde erlebt, die ihr erzählte, dass sich ihr Freund, den Ellen nur einmal gesehen und nett gefunden hatte, einfach in eine andere verliebt hatte.

Jetzt sah Ellen den See: eine metallen spiegelnde, geriffelte Fläche, eng umgeben von schwarz aufragenden Wänden, die vor allem in Ufernähe von leuchtenden Punkten wie perforiert schienen. Sie wunderte sich selbst über ihre Gedanken. Dort drüben, das musste Bellagio sein, der Landkeil, gespickt mit Stecknadeln, deren Köpfe im Dunkeln glühten, im Schritt des gehenden Riesen, als den man den Comer See aus der Vogelperspektive sehen konnte. Der Rauch der Zigaretten, von denen Ingrid nicht lassen konnte, obwohl sie ihre Riechfähigkeit beeinträchtigten, der Rauch, der in leichten Wirbeln aufstieg, von der zwischen ihren langen Fingern gehaltenen Zigarette ... Aber sie hatte nie im Auto geraucht, auch nicht auf ihrer gemeinsamen Fahrt Zürich – Turin und retour. Wann war das gewesen? Wie froh war Ellen gewesen, wegzukommen, raus aus dem Spießerhaus, hinein in die Welt. Sechzehn war sie gewesen, Ingrid Anfang dreißig. In Zürich waren sie auf den

Spuren berühmter Gestalten gewandelt. Hatten im Café gesessen, in dem Joyce Stammgast gewesen war, hatten Thomas Manns Villa in einem Vorort am See von außen betrachtet, und Ellen erinnerte sich, dass Ingrid lustig gefunden hatte, dass ausgerechnet in der Stadt der reichen Banker, der Stadt Schweizer Kapitals, Lenin und Bakunin gelebt hatten. Während sie auf die Motorboote herab geschaut hatten, hatte sich die Tante über das voyeuristische Wesen Thomas Manns ‚mokiert'. - Hätte der Zauberer selbst dieses Wort benutzt, fragte sich Ellen, nein, ihm wäre es sicher allzu abgenutzt erschienen, dachte sie und spürte Ängste, die mit ihrer Arbeit als Gymnasiallehrerin zu tun hatten, aufsteigen, Ängste, die sie kannte und jetzt nicht zuließ.

Der See war schmal, ein tiefer Spalt im Berggestein, eine geflutete Spalte, seltsam hell glänzend, zwischen den schwarzen Trichterwänden, so als leuchte dort unten etwas, denn woher sollte die Helle der Wasseroberfläche kommen ... Damals hatte die Tante vom Duft blühender Linden geschwärmt, danach kämen für sie Jasmin und Frangipani, doch besonders das Aroma der Linden rufe in ihr unbestimmte, aber anziehende Jugenderinnerungen hervor. Ellen erinnerte sich, wie sie von den stinkenden Anteilen jeden Dufts gesprochen hatte, notwendigen Voraussetzungen für die Tiefe eines Dufts, die sinnliche Wirkung, animalische, sexuelle Gerüche ... Ellen wunderte sich immer mehr: Einerseits über all die Erinnerungen, die ihr mit einem Mal im Kopf umhergingen, andererseits über deren seltsame, für sie ungewohnte Färbung. In Turin damals hatten sie gut gegessen, mittags in einem Bett geschlafen, waren durch die Stadt gestreift, hatten noch einmal getafelt und getrunken – Ellen erinnerte sich an ihren ersten Schwips - und waren abends tanzen gegangen. Eine gewisse Exaltiertheit war Ellen damals schon an Ingrid aufgefallen. Honigduft ... Ihre Erläuterungen und die Intensität, mit der sie vorgetragen wurden, erinnerte sich Ellen, hatten sie damals verstört. Aber beim Tanzen hatten sie sich amüsiert und viel herumgealbert, geflirtet mit langwimprigen Männern mit Nougataugen. Am Morgen hatten sie in einem der wunderbaren alten Cafés mit hohen Decken und riesiger glänzender Espressomaschine gefrühstückt, das leichte Dunkel, das sie umgab, genießend. Und während Ellen Cornetti in ihren Capuccino getunkt und an Lucio gedacht hatte, dessen krauses Haar sich wie Drahtwolle angefühlt hatte, hatte Ingrid über die Liebe philosophiert. Es war darum gegangen, dass bei einem Liebespaar immer einer mehr liebe. Wie leicht sei es Thomas gefallen, sie zu verlassen. Wie sehr habe sie geklammert und gelitten! Aber sie würde immer wieder die stärker liebende Seite wählen, lieber verletzt werden als zu verletzen, hatte sie gesagt, lieber bleiben als fortgehen. Ellen vermutete, dass sie sich deswegen so genau an das alles erinnern konnte, weil es für sie als Backfisch völlig ungewöhnlich gewesen war und weil sie sich damals schon Sorgen um ihre Tante gemacht hatte. Einige Monate nach der Reise hatte Ingrid ihren ersten Nervenzusammenbruch gehabt. Danach war es über Jahre auf- und ab gegangen. Berufliche Erfolge hatten mit Auszeiten auf Grund von Krankheit abgewechselt, ein paar Beziehungen waren nach kurzer Zeit in die Brüche gegangen. All das hatte Ellen in den Telefonaten erfahren, die sie in unregelmäßigen Abständen geführt hatten, meist hatte Ingrid spät abends, gelegentlich nachts angerufen, so dass Ellen es einige Male einfach hatte klingeln lassen. Gesehen hatten sie sich dann eigentlich nur noch ein Mal, kurz, bei einer Familienfeier, und Ellen hatte Ingrid als sehr verändert empfunden, durch Krankheit früh gealtert. Sie hatten wenig miteinander gesprochen, und Ingrid war sehr früh gegangen. Letzteres konnte auch an Ellen gelegen haben, denn sie hatte nicht wirklich Zeit für sie gehabt, war zu beschäftigt gewesen, mit sich selbst, ihrem Referendariat an dem Gymnasium, an dem sie auch jetzt noch unterrichtete und mit ihrer Beziehung zu Rainer, die dann nach sechs Jahren in beiderseitigem Einvernehmen geendet hatte. Seitdem war Ellen Single und jetzt Anfang dreißig – so wie ihre Tante auf der Reise nach Turin. Aber sie dachte nicht gern über sich selbst nach. Sie machte ihre Arbeit, sie machte sie so gewissenhaft es ging, alles war wie es war.

Laglio. Hier hatte doch George Clooney eine Villa. Der Rand des Sees, sah sie, glitzerte besonders stark, und sie stellte sich vor, dass er gewölbt war wie Quecksilber, eine Welle in Spannung, eine von einer Haut gebremste Welle, die jeden Moment aufbrechen und das Ufer überrollen konnte.

Cernobbio – Jetzt wusste sie es wieder: Das war der Ort, an dem Ingrid verschwunden war. Ellen fuhr an einem alten Hotel vorbei, hier ging es nicht weiter. Sie stieg aus. Die verwitterten, weiß gekalkten Wände mit den geschwungenen Balkonen ragten über ihr in den Nachthimmel, der so klar war, dass sie die Milchstraße sah, diesen Schleier, den anstelle von Milch-Fetttröpfchen Sterne opak machten, - die Sterne, glühend, aber völlig teilnahmslose Zuschauer menschlichen Leidens. Hinter einem regungslosen Springbrunnen glitzerte der See.

Sie fuhr den Hang hinauf und hielt bei der ersten Pension, an der sie vorbeikam. Eine Kuhle im Kiesbett auf dem kleinen Parkplatz hinter dem Haus war mit Weinkorken aufgefüllt; sie roch den Wein. Ein großer bärtiger Mann, der, obwohl noch jung, etwas von einem Seebären hatte, öffnete ihr. Vielleicht kam er ihr so vor, weil er einen Norweger Pulli trug, dessen Ärmel ein wenig ausgefranst waren. Sein leicht gelocktes dunkles Haar war zottelig wie die Haare eines Ponys, dachte sie, und es schien ihr, als gehe der Duft gebratener Maroni von ihm aus. Während er freundlich und gelassen ihre Daten aufnahm, fielen Ellen seine großen Hände auf, durch deren starke Finger ihr Pass glitt. Auf dem Weg zum Zimmer kamen sie an einem kleinen Fernseher vorbei, vor dem zwei Sessel standen und eine Zeitung lag. Gemütlich sah das aus, fand sie und stellte sich vor, wie er dort saß, entspannt einen alten amerikanischen oder italienischen Film anschauend, Fellinis ‚Müßiggänger' oder Audrey Hepburn als Prinzessin im Rom der 50er Jahre. Über verwinkelte Treppen stiegen sie zu einem Balkonzimmer hinauf, das ihr sofort gefiel. Fensterläden aus verwittertem Holz, hohe Decken, Marmorfußboden, ein großes Bett, ein kleines Bad, ein Schrank und der Blick auf ein kleines Stück

See vom Balkon aus. Sie sah Palmen unter sich, die sich im Wind bewegten, früher einmal waren es ihre Lieblingsbäume gewesen, Zeichen des unbeschwerten und exotischen Südens, dann aber hatte sie erfahren, dass Ratten besonders gern in den haarigen Stämmen lebten und seitdem mochte sie Palmen nicht mehr sehr. Sie dankte dem Hotelier, der ihren Koffer getragen hatte, putzte sich die Zähne und legte sich ins Bett.

Wenige Minuten später stand sie wieder auf, nahm ihr Laptop und gab die Worte ‚Lago di Como' ein. Sie fand heraus, dass der See 425 Meter tief war, tiefer als alle anderen Seen in Mitteleuropa – der Lago di Geneva, Zurigo, Maggiore, Garda, Costanza, - wie schön die italienischen Namen doch klangen! Tiefer sogar als die Giganten in den USA und Kanada, Erie -, Huron -, Michigan - und Oberer See. Sie las vom heißen Innern der Erde, sich auftürmenden Bergen und Gletschern der Eiszeit und sah ihn vor sich, diesen tiefen Schnitt, - glitzernd wie eine Wunde, dachte sie schaudernd. Sie stand auf, ging ins Bad, kühlte ihr Gesicht, trocknete sich ab und schaute sich im Spiegel an. Was sie sah, gefiel ihr nicht so schlecht, wie sie es gewohnt war und erwartet hatte: Die blonden Haare, etwas unordentlich, im Pagenschnitt, die großen braunen Augen, Tieraugen, fiel ihr plötzlich ein, die Augen einer Löwin, die breiten Nasenflügel, den großen Mund. Sie lächelte und sah, wie sich die Labialfalten in großer Klammer um ihren Mund vertieften. sie stellte fest, dass sie gar nicht müde war, fühlte sich seltsam aufgeregt. widerstrebend schlüpfte sie unter die seidenglatte, nach einem fremden Waschmittel riechende Decke.

Sie musste schnell eingeschlafen sein, wachte aber schon eine Stunde später wieder auf. Nun konnte sie nicht mehr einschlafen. Sie musste an Ingrid denken, die unten am Seeufer, im Hotel Miralago, an diesen Namen konnte sie sich in Zusammenhang mit dem Verschwinden erinnern, wahrscheinlich ihre letzten Lebenstage verbracht hatte, mit dem Vaporetto über den See gefahren war, eine weiß schäumende Welle, eine in sich zusammensinkende Brautschleppe hinter sich lassend ... Allein war Ingrid in jedem Fall gewesen, einsam vielleicht, obwohl sie sich nie wirklich hatte anmerken lassen, dass sie darunter litt, nicht in einer festen Beziehung zu leben. Was hatte sie hier gemacht? Hatte sie jemanden getroffen? Gearbeitet? Düfte gesammelt?

An Schlaf war nicht zu denken, also beschloss Ellen, sich eine Tasse Kaffee zu machen. In letzter Zeit hatte sie nach einer Tasse Kaffee mitten in der Nacht gut weiterschlafen können. Sie verließ ihr Zimmer, ging an den zwei Zimmertüren auf ihrem Gang vorbei und die knarzende Treppe hinunter. In der ‚Fernsehecke' saß der Hüter des Hauses. Er hatte seine Beine hochgelegt, sich eine Jacke übergeworfen und trug Kopfhörer. Als er sie sah, nahm er diese erstaunt ab. Sie sagte auf Englisch, dass sie sich einen Kaffee machen wolle, und er stand auf und zeigte ihr die Küche. Dort war es kühl, er legte ihr seine Jacke um die Schultern, füllte die Caffettiera und stellte sie auf den Gasherd. Sie warteten, bis der Kaffee hinaufgebrodelt war und sprachen über dies und jenes. Ellen erzählte ihm schon bald von ihrer Tante, sich etwas wundernd, dass sie sich einem Fremden anvertraute, das passte gar nicht zu ihr. Alessandro sagte, er kenne jemanden vom Miralago und werde ihn fragen, was er wisse. Außerdem erfuhr sie, dass er Jazztrompeter sei und morgen einen Auftritt in einem kleinen Club unweit von hier habe. Sie setzte sich in einen der Sessel, sah, Kaffee nippend, den Abdruck, den das Mundstück der Trompete auf Alessandros Oberlippe hinterlassen hatte, und spürte, wie sich die Flaumhärchen auf ihren Unterarmen aufrichteten. Sie sprachen über Miles Davis, Chet Baker, kamen irgendwie auf Hoagy Carmichael und seinen Auftritt mit Lauren Bacall, und sie geriet in eine solche Erregung, wie sie sie an sich noch nie erlebt hatte. Sie sprachen dann über Lush Life und Chopin, und sie erzählte ihm etwas über Benn. Währenddessen lief ihr ein Schauer über den Rücken. Irgendwann fühlte sie, dass sie sich ihm um den Hals werfen wollte, und im selben Moment strich er ihr über die Wange. Kalte Hände – heißes Herz, sagte sie.

Sein Kuss schmeckte ein wenig nach Zigarette, ein wenig wie bitterer Nougat.

Am nächsten Morgen saß sie in dem kleinen Frühstücksraum und sah ihm zu, wie er den Gästen Tassen mit Cappuccino auf den Tisch stellte. Trotz des Schlafmangels fühlte sie sich stark: wie auseinander genommen und frisch zusammengesetzt, - in gewisser Weise unzerstörbar. Als sie an der Reihe war, wechselten sie ein paar Worte, er legte kurz seine Hand auf ihre und ein Zittern durchlief ihren Körper. So kannte sie sich nicht.

Alessandro hatte ihr von dem Hotelpianisten erzählt, einem Bekannten, der offenbar öfter mit ihrer Tante vor deren Verschwinden gesprochen hatte. Er telefonierte kurz mit dem Klavierspieler, erfuhr, dass dieser heute Mittag im Hotel spielen werde. Davor könne er sich mit ihr treffen. Alessandro musste Einkäufe machen und fuhr in einem zerbeulten Lieferwagen weg. Ellen ging in ihr Zimmer hinauf und sah etwas fassungslos auf das zerwühlte Bett. Dann schaute sie sich ihr blasses Gesicht an und machte sich ausgehfertig.

Als sie aus dem Schatten der Pension hervortrat, spürte sie die Hitze. Sie ging zum See hinunter, an einem Springbrunnen vorbei, dessen tausende Tropfen in Parabelbahnen der Sonne erst entgegen stiegen, innehielten, um dann weg von ihr zu stürzen. Ihr Glitzern erschien ihr wie ein Code, der eine Mitteilung für sie enthielt, ein Code, den sie aber nicht entschlüsseln konnte. Sie schaute lange auf den See hinaus: Auch er sendete Lichtreflex-Signale, die sie ebenso wenig verstand, - noch nicht, dachte sie und musterte die steilen Bergwände. Unten am Ufer sah sie die von der Feuchtigkeit angegriffenen Villen, mit großen Ziervasen auf bröckelnden Balustraden, von Fettgewächsen umwucherte, zerfallende Pavillons, Agaven, aus denen ungeheure Stämme ragten. Sie fühlte die Dekadenz reicher Familien, sich am Ufer festklammernder Familien, gleichzeitig verfallend und herablassend, um sich selbst kreisend, kalt, ohne

Mitgefühl. Waren nicht alle Reichen durch Unrecht reich geworden, durch das Verursachen von Leid, durch Verbrechen?

Die Vaporetto-Anlegestelle war nicht weit entfernt. Ellen stellte sich unter das elegante, schmiedeeiserne Pavillondach und schaute sich wartend die Verzierungen an. Verschlungene Wendungen, die einen Weg aufzuzeigen schienen, ähnlich einem in einer Karte eingezeichneten Geheimpfad zur Entdeckung eines Schatzes. Wie in Trance stieg sie dann in den kleinen altmodischen Dampfer und setzte sich ins Heck. Einige Ausflügler und Einheimische stiegen noch zu, darunter eine alte Frau, die immer zu ihr hersah, fast so, als sähe sie etwas in ihr oder wollte ihr etwas sagen.

Weiß hob sich die Heckwelle aus dem grünen Seewasser, gewölbt wie ein Strang halbgefrorenen Mint-Slushs, Eisbreis, der in einem Glasbehälter von Quirlen, Haken oder Schrauben ständig umgewälzt wird. Es sah aus, als zöge die Schiffsschraube grünen Sirup aus dem schmelzenden Eis des Seewassers. Ellen fragte sich, wie kalt das Wasser sei. Sie hatte plötzlich große Lust, in den See hineinzutauchen , um ihre brennende Haut zu kühlen.

Sie fuhr von Ort zu Ort, kreuz und quer über den See. Leute stiegen ein, Leute stiegen aus, aber die alte Frau blieb. Als sie schließlich doch an Ellen vorüberging, legte sie plötzlich ihre verschrumpelte Hand auf ihre Schulter und sagte, sie habe etwas in ihrem Gesicht gesehen, das ihr nicht gefalle. Die ein oder zwei weiteren Sätze, die die alte Frau in besorgtem Ton sagte, verstand Ellen nicht. Ohne sich noch einmal nach ihr umzudrehen, ging die Frau von Bord. Ellen folgte der kleinen, aufrechten Gestalt mit dem Blick, bis sie in einer Gasse verschwand.

Erschöpft kam sie schließlich wieder an ihrem Ausgangspunkt an: Die Anlegestelle, ein Karussell, ein Spielplatz – alles war leer, der Ort wie ausgestorben. Sie war zu spät und lief am Springbrunnen vorbei zum Hotel. In der Eingangshalle, die sicher seit den sechziger Jahren kaum verändert worden war, wartete der Bar-Pianist auf sie, ein grauhaariger Mann mit

Hundeblick. Er wartete ihre Entschuldigung nicht ab, schlug vor, ihr die Lieblingsstelle ihrer Tante zu zeigen und führte sie durch den Hotelgarten in einen seitlichen, verwilderten Teil bis zu einem überwucherten Tor, das er aufschloss. Dahinter war die alte Badestelle des Hotels, Ellen sah eine hölzerne Umkleidekabine, sicher ein Menschenleben alt. Hier hätten sie gesessen und auf den See hinausgeschaut, sagte der Klavierspieler, und über Musik gesprochen, über die Liebe. Nach ihren Unterhaltungen sei ihre Tante immer schwimmen gegangen. Sehr lebhaft sei sie gewesen, und einmal habe sie ihn umarmt und geküsst, sehr liebevoll, aber auch sehr ruhig. Danach sei sie nicht wieder gekommen. Ellen sehe ihr ähnlich, sagte der Pianist, während er sich zu gehen anschickte. Ellen folgte ihm, er aber winkte ab, mehr wisse er nicht und nun müsse er sich beeilen.

Sie hätte nicht sagen können, wie sie den Rest des Nachmittags verbracht hatte. Als habe die Sonne ihr Gedächtnis ausradiert. Jetzt stürmte die Musik auf sie ein, die Töne, jeder einzelne, sagten ihr zuviel. Alessandro hatte sie mit zum Konzert genommen, das er mit seiner kleinen Jazzband in einem Club auf irgendeinem Hügel in der Nähe gab. Auf dem Weg dorthin hatten sie in seinem Lieferwagen, der nach Rauch roch, gesessen und viel geschwiegen. Die Gedanken waren in ihrem Kopf nur so herumgerast. Er hatte gefragt, was sie herausgefunden habe, und sie hatte nur antworten können, dass ihre Tante traurig gewesen und jeden Tag geschwommen sei. Er hatte nicht weiter gefragt. Sie hatte sich ihm fremd gefühlt und plötzlich Angst gehabt, zu viel von sich preiszugeben. Während sie den verschlungenen Straßen gefolgt waren, hatten die Dinge um sie herum die Farbe verloren, so als blutete alles aus. Ellen hatte das Gefühl, an dem Ort zu sein, wo mussolini und seine Geliebte erschossen worden waren. Und plötzlich verstand sie, was die Musik sagte. Sie war nur eine Randfigur hier, das war nichts Neues, aber dennoch machte es sie traurig. Für Alessandro und sie gab es keine gemeinsame Perspektive. Die Töne, die er versunken spielte, hatten nichts mit ihr zu tun, das war seine Welt – wie wenig verband sie doch mit ihm ... Sie sah zu den Fenstern hin: In der Schwärze meinte sie den See glitzern zu sehen wie eine Träne auf einem schwarzen Auge.

Sie lief hinaus in die warme Nacht - Fledermäuse schwirrten um eine Straßenlaterne -, und sie hörte die Nacht mit deren feinen Ohren, durch die Schwärze schießend, hier das Sirren eines Insekts, eine dunkle, ungeordnete Welt ... ihr wurde wirr im Kopf - Gehen, dachte sie ...

Sie kam erst wieder wirklich zu sich, als sie das Schild ‚Cernobbio' am Straßenrand sah. Es dämmerte, rosafarben angestrahlte Wolken hingen am Himmel. Nun wusste sie, wohin sie wollte. Sie lief die Gassen hinunter zum See, sah vom Ufer aus den Hotelgarten, musste Umwege gehen, um näher zu kommen und kletterte schließlich über eine Mauer, um wirklich zur alten Badestelle zu gelangen.

Dort schöpfte sie Wasser und trank: weiches Wasser, das wunderbar schmeckte. Lebendiges und Totes. Das Licht wirkte wie auf alten, vergilbten Fotos. Sie sah sich, sie sah, wie sie sich auszog, wie sie in den See hineinging und tauchte. Sie sah die kleinen Wellenkreise ans Ufer laufen und auf den See hinaus.

Das dunkle Mädchen

Lieber R! Wie froh bin ich, dass ich weg bin! Weg aus dem Muffland. - Andererseits - O wie ängstlich klopft mein Herz! dass es meiner Mutter daheim gut geht. Kommt ein Vogel geflogen, setzt sich nieder auf meinen Fuß, hat einen Zettel im Schnabel, von der Mutter einen Gruß. Ja, ich bin ein Mammone, ein Muttersöhnchen, wie – und das gefällt mir - alle Männer hier. Lieber Vogel flieg weiter, nimm einen Gruß mit und einen Kuss, denn ich kann dich nicht begleiten, weil ich hier bleiben muss. muss ich aber hier bleiben? Und würde der Vogel nicht vielleicht über den Alpen in den großen Netzen gefangen, von denen wir Geschwister schon als Kinder gehört haben. Unsere Eltern haben uns davon erzählt, wenn wir nach Italien fuhren …

Nun stehe ich im alten Bahnhofscafé von Florenz, umgeben vom Lärm und duftenden Dampf der Espressomaschinen, und sehe von den Panini-Stapeln, hinauf zur hohen Decke, in deren Wölbung sich der Blick verliert. Während bei uns die ewigen Kaffeemaschinen blubbern und es nach Kohl und Spülwasser riecht, schwelge ich hier im Duft starken Arabicas und leicht mit Puderzucker bestäubter Cornettos. Klingt'n bisschen etepetete, dafür aber hier auf der Karte (siehe Pfeil) ein echter Cappuccinofleck. Ist das Kartenmotiv nicht traurig? Das Pantani-Denkmal: Pantani auf seinem Fahrrad, gefangen in einer Riesenmurmel, irgendwo an der Autobahn.

Du weißt ja, dass es mir schwer fällt zu telefonieren. Ich stelle mir immer vor, wie das lästige Gerät im ungünstigsten Moment am unerwünschtesten Ort klingelt, ich will mich nicht aufdrängen. Deshalb schreib ich dir lieber. Aber vielleicht mutiere ich ja hier zum supercafone, zum Superrüpel, ‚supercafone eccolo qua', wie's in einem Sommer-Popsong hieß. Hoffentlich kannst du die Minischrift entziffern. Liebe Grüße C

PS Ich lege noch ein kleines Lied bei, dass ich mir während der Bahnfahrt ausgedacht habe.

Niemand mehr da
(Nach der Melodie des Lieds ‚Felicità' von Al Bagno & Romina Shower zu singen.)

Als ich dich sah
- es war heiß und das
Meer war so blau und
im Radio lief ‚Felicità' –
da durchzuckte es mich à
la galvanisiertes
Froschschenkelpaar:

Nichts war wie's war
denn die Liebe spülts runter wie
ich nun dies Bierchen so kühl.
Wo bist du nur, Miss Italia,
ich fühl mich alt.

Nichts ist wie's war.
Es ist kalt und die
Stadt ist so grau und
im Radio läuft
‚Niemand mehr da'.

Lieber R! Herrlich: Niemand hier beachtet Vorschriften. Aber du kennst mich als Zweifler: Vielleicht liegt das ja nur am Desinteresse, dass die Hiesigen allem Grundsätzlichen entgegenbringen. Gerechtigkeit, Ethik, Metaphysik haben kein warmes Plätzchen am Herzherd, auf dem ein Ragú köchelt. Das angenehme Leben ist das große Ziel. Aber warum eigentlich nicht?

Vielleicht schneid ich mir eine Mortadella-Scheibe davon ab, - hauchdünn. Auf dem beigelegten Zettel hab ich mir ein paar typische Standardnummern ausgedacht, die diese Art Gleichgültigkeit der Tiefe gegenüber und die Obsession mit dem Essen zeigen sollen. Tanti saluti C

Interview all'italiana mit Umberto Eco
1   Was haben Sie heute zu Mittag gegessen?
    - Cellentani.
2   Was essen Sie heute zu Abend?
    - Radiatori
3   Und was steht morgen auf der Speisekarte?
    - Ziti.

Scherzo 1
Ein junger Mann liegt nach einem Unfall mit seiner Vespa verletzt auf der Straße.
Eine ältere Frau beugt sich zu ihm hinunter. „Hast du Hunger"
– Keine Antwort.
„Bist du müde?"
– Der junge Mann antwortet nicht.
Eine andere Frau erklärt ihr, dass der junge Mann verletzt ist.
„Wie auch nicht", sagt sie.

Scherzo 2
Ein junger Mann steht sprachlos vor einer hübschen Frau.
Sie sieht ihn verwundert an und fragt dann: „Hast du Hunger?"
– Keine Antwort.
„Bist du müde?"
– Der junge Mann antwortet nicht.
Eine ältere Frau sagt lachend, dass er sicher schüchtern ist.
„Wie auch nicht", sagt die junge Frau achselzuckend.

Caro R! Come stai? Bene? Im gequetschten Eros Ramazotti Sound gefragt, den fast alle italienischen Männer knödeln. Bei den Frauen ist dagegen oft ein tiefes, heiseres Bellen zu hören. Warum? Vielleicht weil die Männer viel jammern, vor allem wenn man ihnen ihre Sonnenbrillen und Goldkettchen wegnimmt, und die Frauen kommandieren? Oder rauchen sie heimlich? No lo so. Bin übrigens in Mantua und trinke eine supergute Zitronen granita, zerstoßene Eiswürfel mit succo di limone. Helden für mich sind hier die Kioskverkäufer, die in ihren mit Zeitschriften und Gimmicks verhängten Büdchen schmoren und trotzdem gut gelaunt scheinen. Die Comicheftchen nennt man hier Fumetti, denn für die Italiener sind Sprechblasen Wölkchen aus Rauch. Love is all. C

Im Kampf mit dem Bösen zeigen die Fumetti-Frauen ihre sexy Rundungen. Während die Helden-Helferin Legs einem phalloiden „Magmabot", der Vulkaneruptionen auslöst, um die Menschheit zu unterwerfen, im Nacken sitzt, wird ihr Körper vorgeführt. Der Leser hofft, die Pos, Schenkel und Busen der Fumetti-Frauen sprengen irgendwann die hautengen Latexanzüge, so dass endlich befreiende Nacktheit herrscht.

     Eva Kant, Altea di Vallenberg, Ispettrice Diane Merrill … Da hängen sie an den überladenen edicole, den Kiosken, liegen in den Auslagen oder präsentieren sich stehend. Und im Fernsehen turnen die ‚veline' herum, sex-geladene Assistentinnen, während geliftete Pop-Ikonen - Loredana Bertè als aufgequollene, wulstlippig schmollende Puppe, Patty Pravo als Mumie mit abgefeiltem Näschen - immer wieder ins Bild torkeln: ungewollte Parodien dieses Wahns.

Ciao R! Nach einer Zugfahrt durch etliche Apennin-Tunnel bin ich in Perugia ausgestiegen. Gesprochen habe ich unterwegs mit niemandem, vielleicht wirke ich zu abweisend, zu sehr mit unangenehmen Gedanken beschäftigt. Aber das ist ja normal für mich. Trotzdem wünschte ich mir manchmal, ein Sonnenscheinchen zu sein. Schluss mit der Analyse! Übrigens - ein Mini-Gespräch ergab sich doch. Ausgerechnet mit einem dieser typischen Freunde-Duos, die gerade in Italien häufig anzutreffen sind: zwei junge, wenig Vertrauen erweckende Männer, gelegentlich miteinander flüsternd, eher unangenehm auflachend, etwas zu eng miteinander, mit undurchschaubarer Motivation, vielleicht ein krummes Ding im Schilde führend. „Ich habe nicht verstanden. Ich bin Deutscher", hatte ich auf Italienisch gesagt, als sie mich ansprachen. Sie hatten gelacht und weiter getuschelt. Am Ende der Fahrt zeigte mir der eine dann plötzlich das Foto eines Audis auf seinem Handy und erklärte mir, dass sie dieses Auto in Stuttgart kaufen wollten. So stellten sich die zwei, die ich für Schurken gehalten hatte, als harmlose Provinzler auf Autokauf heraus. – Perugia: 30 Grad im Schatten um 10 Uhr morgens, Steineichen, 500 Meter hoch gelegen, von einem steilen Gewölbe-Gängesystem unterhöhlt. Die kühlen Gänge mit hohen Decken führen hinauf zu den Bauten mit Flüsterecken, den Brunnen, der Flanierstraße, den Panoramen. Von den Terrassen schaut man weit hinein ins umbrische Tal mit Städten auf den Flanken der Berge.

An einem der Brunnen textete mich ein verhaltensauffälliger, pickliger amerikanischer Student zu. Erst versuchte er mich für Umbria Jazz zu begeistern, Keith Jarrett und so, dann wurde er plötzlich düster und sprach von einem schrecklichen Mord vor ein paar Jahren.

Jetzt schaue ich mir im Museum Gemälde an: Die Engel sehen aus wie fliegende Kohlköpfe.

Lieber R! Wie viele Jahre kennen wir uns nun schon? Aber wir sind immer auf unserem kleinen Planeten geblieben, der jeweils um andere Sonnen kreiste - oder nur so vor sich hinflog.

Darum weiß ich gar nicht so recht, warum ich dir so viel schreibe. Aber, wie du dir denken kannst, sammle ich die Postkarten und Zettel nur. Ich schicke sie nicht ab. Also wirst du auch das hier nicht lesen: Ich bin aus Deutschland geflüchtet, weil ... Ach, lassen wir das!

Ich reise weiter. Umbrien liegt am Meer. Nein! Genau so wenig oder genau so viel wie Böhmen. Per Autostop fuhr ich weiter durchs breite grüne Tal. Der Fahrer, ein Vespaverkäufer aus Foligno, redete auf mich ein. Ich verstand nicht viel. Aber weil ich zustimmend nickte und die wenigen Wörter und Wendungen, die ich kannte, in einer Art Endlosschleife wiederholte, dachte er, ich verstünde alles. Zur Linken lag Assisi am Fuß des Monte Subasio. Am Straßenrand lag der aufgeblähte Körper einer toten Katze. Auf der Autostrada überholten wir immer wieder Kleinwagen voller junger Leute, die ihre Arme aus den offenen Fenstern baumeln ließen, manche streckten sogar ihre Füße zur Kühlung in den Fahrtwind hinaus, oder um längs auf den Schößen von anderen liegen zu können. Sie kamen wohl vom Meer, hatten am Strand übernachtet, ihre Haare sahen zerzaust aus, meerwassernass waren sie vom Wind getrocknet. Die ragazzi schienen alle kein einziges Gepäckstück dabei zu haben.

Als wir in Foligno waren, wollte der Fahrer gleich mit mir in sein Geschäft gehen und mir eine Vespa verkaufen. Er war enttäuscht, als ich mich dankend verabschiedete. Schnell ging ich weg. Offensichtlich hatten wir uns missverstanden. Nun stehe ich vor einem verkehrsumfluteten, mit Statuen bestückten Tor. Dort drüben, neben dem hässlichen, hohen Betonhotel, beginnt die Flanierstraße. Liebe Grüße C

Der Corso beginnt am Platz des am Po eines Mannes in faschistischer Pose schnüffelnden Hundes, so zumindest sehe ich die Statue - mit den Bergen und einem gewölbten Tankstellendach im Hintergrund. Morgens und abends ist der Corso voller Passanten, ein Schlauch, durch den etwas kühlender Wind weht. Zuerst geht man an einem alten Gebäude vorbei, passiert Tabacchi-Läden, ein Kino und Intimissimi und gelangt schließlich zur Piazza della Repubblica. Dort stehen das Rathaus, die Kathedrale und der Palazzo Trinci, eine ehemalige Brutstätte von Mord und Verbrechen. Durch eine Luke in einem überdachten Übergang hoch oben zwischen zwei Palastteilen waren Verurteilte ein Stück weit gefallen, Gehenkt-Werdende, bis das Seil sich straffte, und sie Gehenkte waren.

Hello R! Sitze auf der Piazza. Vorhin, als ich die ebenmäßige glatte Kuppe des Subasio sah, hatte ich eine Idee für die Christos. Aus himbeerroten Luftballons bauen sie ein riesiges steil aufragendes zylindrisches Gebilde auf die Kuppe. Nach meinen Berechnungen müsste es 200 Meter hoch sein und einen Durchmesser von 150 Meter haben. Sofort wird der Berg zur Brust mit einer wunderschönen Brustwarze, und Mann schaut automatisch hin. Das alles oberhalb von Assisi wäre eine große Provokation. Als nächstes eine Performance: Ein Hubschrauber, an dem ein riesiges Kreuz hängt, schwebt über dem Berg, dann fliegen weitere Hubschrauber einen gigantischen BH heran: hauchdünnes, schwarzes, mit Spitzen besetztes Material, Körbchengröße Triple X, geschätzte zwei Kilometer Durchmesser, circa zehntausend Tonnen schwer. Der BH wird auf die Brust gesenkt, so dass sie züchtig bedeckt ist. Planungsfehler der Christos oder Absicht? Eine Hälfte des BHs wird nicht gebraucht. Italienische Nonchalance: Sie wird einfach auf Assisi herabgelassen: Die ganze Stadt liegt unter halbdurchsichtiger Reizwäsche. Wie findest du die Idee?

Früher schossen hier auf der Piazza vor dem Rathaus Fontänen zehn Meter hoch aus einem Springbrunnen, ich habe ein Foto gesehen.
    Die Kathedrale, ein Kiosk sowie zwei Cafés, die Bar Centrale und das Caffè Barbanera, komplettieren den Platz. „Zack" hat man in der ersten Bar einen guten Capuccino auf dem Tresen, hier laufen Videos auf Flachbildschirmen und

leicht erotische Zeichnungen hängen an den Wänden. Im original belassenen anderen Café werden kandierte Früchte, Eis und altmodische Bonbon-Sorten verkauft.

In der Bar Centrale wird die Rosette, Spielerei an der Kathedrale, am Kirchenfenster, und an Geländern zur Spirale in der Cappuccinotasse: Im weißen Milchschaum zieht der Kaffee seine Spur, die von der spiralig Richtung Grund laufenden Schrift in der Tasse aufgenommen wird: • Centralbar Foligno • Il centro del mondo •

Auf dem Boden der Kaffeesatz.

Blick auf den Haarwirbel deines Sohnes.

Über dir der Flug der Stare.

R! Bin herumgelaufen und wieder hier auf dem Platz gelandet. Die Stadt gefällt mir, es gibt nur wenige Touristen und genug Schatten. Die Schwalben jauchzen. Ich tue so, als läse ich Zeitung - du weißt, wie gerne ich angebe - und denke über die Liebe nach. Schon als Kind habe ich zu meiner Mutter gesagt, ich weiß nicht, ob ich dich liebe. Dabei liebe ich sie doch ... Ich weiß auch nicht, warum ich dir das jetzt schreibe. Na ja. Ich werd schnell mal zuhause anrufen. Heute lege ich nichts bei. PS In einem alten Bürgerhaus gegenüber stehen die verwitterten Fensterläden offen, und aus dem hohen, dunklen Raum tritt eine Frau ans Fenster. Irgendwie ein typisches Bild für Italien. - Woran denkt sie wohl? C

Carissimo R! Ich bin verliebt! Sono innamorato! Vor mir stieg ein Mädchen von ihrem grünen pininfarina Fahrrad ab. Ich fühlte mich sofort zu ihr hingezogen. Ein dunkler Typ, fast indisch, mit mühsam gezähmtem Haar, beinahe in einer Art Afro-Look. The dark lady, mit einer Brille vor tiefdunklen Augen, über denen sich dichte Wimpern senkten und wieder hoben und dabei winzige Luftwirbel an der starken Nase mit den eigensinnigen Nasenflügeln entlang fächelten. Ein Hauch von Flaum, ein kaum wahrnehmbarer Schatten, lag über ihren Lippen. Jetzt beugte sie ihren braunen Nacken über das Schloss, ein Armreif fiel ihr vom Unterarm zurück auf das Handgelenk, und an ihren Füßen floppten Flip-Flops, während sie auf eine Freundin zuging. Sie umarmten und küssten sich, und ich hörte ihre samten dunkle, melodiöse Stimme. Ich musste ihr folgen.

Die Freundinnen schlenderten zu einer Stehpizzeria, ‚Trivio' las ich. Auch ich ging hinein. Die beiden hatten schon bestellt und nuckelten per Strohhalm an Nestathé-Bechern. Ein dampfendes Blech in der Hand, begrüßte der Pizzabäcker, ein kräftiger Mann mit geröteten Wangen, einen gerade eintretenden Stammkunden mit den Worten „Ich dachte, du seist tot." - Gleich darauf forderte er einen verdutzten Schüler mit „Sprich, Teufel!" zur Bestellung auf. Die beiden Freundinnen kicherten.

Während Carlo, so hieß er wohl, Pizza mit frischen Feigen, mit Zucchiniblüten oder mit Stracchino-Weichkäse und Speck anbot, kam eine extrem braun gebrannte Frau herein. „Was ist mit dir los?", fragte Carlo sie sofort. „Was hast du getan?"

Ich sah die hübschen Zähnchen meiner Flamme, während sie lächelnd in ihre Pizza biss, und war mit der Bestellung überfordert. Ich zeigte stumm, der Pizzabäcker riss die Augen auf und sagte irgendetwas Lustiges, das ich nicht verstand. Stumm zeigte ich wieder und ging dann schnell mit dem Stück Pizza hinaus.

R – ich folgte den beiden bis zu einem Park, der etwa drei Meter über dem Straßenniveau liegt, größer als ein Fußballfeld und mit Pinien bestanden ist. Die Freundinnen schlenderten das äußere Rund entlang, tranken an einem Trinkwasserhahn. Die Nadelbüsche der Pinien hoben sich gegen den blauen Himmel ab. Die Bäume spendeten uns Schatten und den Kindern auf den Schaukeln, Rutschen und Klettergerüsten, den Eltern und den Alten. Eine betreute Gruppe sehr alter Frauen machte sich gerade auf den Heimweg. Als ich sah, wie zwei noch rüstige Frauen zwei Rollstuhlfahrerinnen durch den Kies schoben, musste ich fast weinen, weiter gehend durch einen Erinnerungen auslösenden Duft - wilde Zistrosen, freie Steilküste, Platanen -, unter Linden entlang und vorbei an einem smaragdgrünen Becken mit kleiner Fontäne, deren Tropfen glitzerten. Ihr Plätschern wurde schließlich von der Popmusik übertönt, die aus Lautsprechern vor einer kleinen Bar schepperte. Dort setzten sich die beiden Freundinnen und tranken Fruchtsaft.

Ich sah einem Jungen und einem Mädchen zu, die versuchten, vor den Büschen neben dem Springbrunnen sich sonnende Eidechsen zu fangen. Der Junge ging dabei etwas brutal mit einer durchgesägten Plastikflasche zu Werke, und ich fragte ihn, nur um ihm zu zeigen, dass ich ihn beobachtete, in meinem schlechten Italienisch, was er da mache. Er antwortete irgendetwas und hörte dann mit seinem Experiment auf.

Nun gingen die Freundinnen weiter. Wir kamen an einer Bimmelbahn und an einem Karussell mit Pferdchen, Autos und anderen Vehikeln vorbei. Von einem Tarnfahrzeug aus schoss ein kleiner Junge mit dem Maschinengewehr auf mich. Er hielt den Abzug durchgedrückt: piependes Dauerfeuer. Die Freundinnen verabschiedeten sich voneinander, und ich folgte der dunklen Schönen.
Caro R, wir gingen eine Schräge hinab und an der Mauer des Parks entlang. ‚Parco dei Canapè' konnte ich auf einem Schild lesen. An einem großen Müllcontainer blieben die beiden stehen, und ich sah, wie die Dunkle mit dem Fuß auf eine Art Pedalleiste trat, so dass sich der Deckel hob. Sie warf etwas hin-

ein. Dann gingen sie weiter, auf ein sepiafarbenes Mehrfamilienhaus zu, in dem sie verschwanden. Vor dem verglasten Eingang las ich die Namen auf den Klingeln: Cillanesta, D'Arome ... - die Ehefrauen behalten in Italien ihren Namen, so dass oft zwei Familiennamen auf einer Klingel stehen. Ein Mann mit Hund kam aus dem Haus und sah mich fragend an. Ich nickte ihm zu und ging fort. Um das Haus standen Pinien und Zedern. Ich hoffte, das Mädchen würde auf einen der vielen Balkons hinaustreten oder sich aus einem Fenster beugen, aber nichts geschah. Der Himmel wurde erst lapislazuliblau, dann dunkler, so als verteile sich ein wenig Tintenfischtinte im Blau. Mir blieb nicht viel anderes übrig, als mir die Adresse zu merken und langsam in Richtung Zentrum zurückzuschlendern.

Carissimo R, ich beschreibe dir mal den Rückweg. Vor einer verfallenen Villa, die rostrote Farbe blätterte ab, stand ein Baum mit fein gefiederten Blättern und Blüten aus zarten rosafarbenen Flaumfäden, die kleine Kissen bildeten. Hinter einer Mauer ragte der verlassene Sprungturm eines Schwimmbads auf.

Kurz danach in einer Allee geriet ich in eine Parade, in der Männer und Frauen kostümiert waren. Die Frauen trugen Kleider mit Reifröcken, die im Takt ihrer Schritte bzw. ihrer Pos hin- und her schwangen, die großen Hintern der Pferde schwenkten ebenso die Straße entlang. Lindenblütenduft mischte sich mit dem Geruch der Pferde ...

Irgendwie landete ich in einer Buchhandlung in einem ehemaligen Kino. Ich muss Italienisch lernen, dachte ich, setzte mich mit ‚Emmanuelle' auf einen der roten Klappsitze und begann zu lesen. Ich verstand nicht viel. Während ich nach heißen Szenen suchte, wurde in der Libreria die Vorführung eines italienischen Films aus den 60ern geprobt. Ich sah Männer und Frauen in Mäntel gehüllt, denn es war ein Winterabend, über einen Platz in einer Provinzstadt gehen, in Zweier- oder Dreiergruppen, niemals gemischt, Arm in Arm. Vor einem alten Café hatten junge Nichtstuer ihre teuren Autos geparkt. Drinnen rauchten sie eine Zigarette nach der anderen, tranken Kaffee und Cognac gegen die Langeweile. Bei einem Fest in der Villa seiner Eltern zog der junge Verführer – während ein sehnsuchtsvoller ‚Klammerblues'-Song durch die Räume klingt – Claudia Cardinale auf ein Sofa und zwingt sie zu einem langen Kuss, den sie schließlich erwidert.

Ich hatte die Vision, in dieser Stadt an einem heißen Tag zusammen mit meiner Frau aus einem Alfa Romeo zu steigen, dessen spitz zulaufende obere Türecke sich in meine Brust unterhalb des Schlüsselbeins rammte, und unseren kleinen Sohn über den Platz laufen zu sehen. Ein altes Ehepaar quetschte sich lachend in einen Ape, das winzige Kabinen-Dreirad mit Ladefläche, und knatterte winkend davon. Aus einer Wolke, die ich kurz sah, ragte eine Hand nach unten und zeigte auf einen Ring.

Irgendwann fasste ich Mut und fragte den Buchhändler, einen intellektuell aussehenden jungen Mann mit neonblauer Kunststoffbrille und krausen Koteletten, ob er wüsste, wo man ein Zimmer für einige Nächte mieten könne. Er telefonierte gleich mit einer Bekannten und erklärte mir dann den Weg zu dem Zimmer, in dem ich jetzt sitze. Ich habe schon mit meiner Nachbarin, einer sehr alten Frau, ein paar Worte über die Hitze ausgetauscht.

Lieber R, heute habe ich zum ersten Mal das Abendessen in der kleinen Küche der Signora Bizarri eingenommen. Sie nimmt dafür 5 Euro mehr pro Tag, aber es tut mir gut, mich an einen Tisch zu setzen und schmackhafte Speisen vorgesetzt zu bekommen. Höre ich mich an wie Goethe? Heute eine Parmegiana mit Gobbo, einer Art Sellerie. Während die Signora, die etwa fünfzigjährige Tochter der Vermieterin, mir ihren dicken Hintern zuwendet, über dem die Bänder ihrer speckigen Kochschürze zur Schleife gebunden sind, sehen wir beide auf den Fernseher. Es läuft ‚La Botola' – die Falltür. Zur Erkennungsmusik gibt es den Beifall des Studiopublikums. Fliegenträger Fabrizio Frizzi, ein spießiger Belmondo-Lookalike, der Schwarm der Signora, begrüßt die Kandidaten: „Und Sie sind?" Der alte Mann murmelt etwas. „Gian-Carlo Ponti di Bari!" Beifall. Eine Verwandte liest eine Charakterisierung des Kandidaten vor, der dieser etwas gequält zuhört. Dann beginnt seine Darbietung. Eine Hintergrundmusik ertönt, und als hätte man auf einen Knopf gedrückt, fängt der Alte plötzlich an schief zu singen und einstudiert zu tanzen. Der nächste Kandidat, ein mittelalter Mann aus dem Lazio, jongliert. Ein paar Bälle fallen zu Boden. Der dritte ist ein junger Breakdancer, der sich auf seinen Schultern um die eigene Achse dreht.

Bei der Abstimmung fliegt der Jongleur raus. Nun werden die zwei Übriggebliebenen auf die Falltüren gestellt. Frizzi legt einen großen Hebel um. Es wird wieder abgestimmt. Plötzlich öffnet sich die Falltür unter dem Alten, und er fällt in ein Bassin unter dem Bühnenboden. Gleich darauf wird die Zeitlupe eingespielt. Man erkennt, wie er mit verzerrtem Gesicht nach seiner Nase greift, um sie sich zuzuhalten, und wie er ins Wasser klatscht. Froschmänner eilen herbei, denn er kann nicht schwimmen. Abspann. Irgendwie mag ich diese Show. Was ist mit mir los, R? Bin ich schon so verblödet durchs Fernsehen wie dies ganze Land durch die Fernsehdiktatur Berlusconis?

Nach dem Essen machte mir die Signora noch einen Espresso. Ich bedankte mich, und sie scheuchte mich aus ihrer Küche hinaus. Ich hielt es nicht lange aus, in meinem Zimmerchen auf eine gekalkte Mauer gegenüber in Spuckweite zu starren. Die Rufe der Schwalben zogen mich hinaus, und ich lief ziellos durch die verwinkelten Gassen der Altstadt. Überall gurrten Tauben und ich schritt durch knisternden in der Hitze getrockneten Taubenkot. Plötzlich stand ich unter einer zwei Meter großen, blauen Taube aus Kunststoff. Sie saß auf einem niedrigen Vordach und hatte blaue Pellets gekackt. Übrigens: Postkarten reichen mir nicht mehr, hast du's gemerkt? Du be-

kommst jetzt richtig lange, altmodische Briefe, die ich aber auch nicht abschicken werde. Deshalb achte ich auch nicht so besonders darauf, was ich dir schreibe ...
Inzwischen habe ich mir ein paar Bierchen gegönnt. Birra Moretti mit dem Hut-Mann auf dem Etikett, zwei Zwei-Drittel-Liter-Flaschen, ich zeige ein völlig unitalienisches Trinkverhalten ... *Blau blau blau sind alle meine Kleider / Blau blau blau ist alles, was ich bin / Darum lieb ich alles, was so grün ist / Weil mein Schatz eine Umbrierin ist // Grün, so grün sind Tal, Alleen und Hänge / Und das silberweidengrüne Glitzern / Von Olivenbäumen fällt wie Tropfen / In das Springbrunnenbecken hier im Park // Dort im Schatten tauchen Liebespaare / Ihre Gesichter ineinander wie ins Meer* – so in etwa sang ich vor mich hin und bin - dem ausgetrockneten Flüsschen, das den Stadtkern umrundet, folgend - auf eine von jungen Leuten besuchte Bar gestoßen, am Anfang einer Art Einkaufspassage. Dort habe ich zufällig Andrea, den Buchhändler getroffen, und er hat mir auf Englisch von seinem letzten Projekt erzählt, einer Art Tour zum Motiv ‚Pferde'. Am Ende wurde auf einem der umgebenden Berge das Lied von Vladimir Wyssotskij von den launischen Pferden, die ihn in den Abgrund ziehen, gespielt. Apropos Pferde: Die Stadtteile, die hier in einem Reiterwettkampf antreten, haben Namen wie Morlupo, da wohnt meine Mich-Schlaflos-Machende, oder La Mora, der Maulbeerbaum. Der Buchhändler erzählte mir noch, dass in Foligno das erste Buch Italiens gedruckt wurde, Dantes Göttliche Komödie. Ich zitierte ‚Siena mi feci, disfecimi Maremma', die einzige Zeile, die ich kenne, ich gebe eben wirklich gerne an, und die Leute denken, ich kann Italienisch, aber mir fiel noch der Anfang ein, etwa so ‚In der Mitte meines Lebens geriet ich in einen dunklen Wald'. Jedenfalls sehr auf mich zutreffend. Ich dachte an ihre Haare ... Fulignu, brachte Andrea mir im hiesigen Dialekt bei, Lu centru de lu munno, sagt man, das Zentrum der Welt, weil ungefähr das Zentrum Italiens und damit das Zentrum der Welt, dann spielte er mir auf seinem Smartphone ein Lied vor, das ich gut fand, obwohl ich kaum etwas ver-

stand. Mit absichtlich weicheiig zittriger Stimme sang der Sänger in Dialekt „Siamo gende di Fulignu, siamo fatti cusi". Andrea hat mir den Anfang übersetzt. *Wir sind die Leute aus Foligno / sind so gemacht* („Mir sin de Leut aus Fulignu / Mir sin esu gemacht.") *sind so gute Leute / sind so gemacht / niemand kann was gegen uns haben / wir haben nie jemandem was Böses getan*

Ich bin jetzt mitten in der Nacht aufgewacht und kann wegen des Schrillens der Zikaden und metallischen Piepsens der Fledermäuse nicht wieder einschlafen. Ich denke an das nougatdunkle Mädchen ...

Es ist superheiß hier, R! Du kannst das daran erkennen, dass ich, einer der schnellsten Eisesser der Welt – wie du weißt, beiße ich große Teile aus den Kugeln (die hier allerdings ja gar nicht existieren, hier spachtelt man die Eiskrem auf die Waffel) und zermalme sie am Gaumen –, selbst ich aber schaffe es hier nicht, das Eis so schnell zu essen, dass es nicht tropft.

Mit einem zerfließenden Cassata-Eis in der Hand lief ich heute morgen in Richtung meiner bellezza. Dunkle Schöne, DS, déesse, Göttin! Vergeblich versuchend, meine klebrigen Finger an der Hose abzuwischen, starrte ich dann etwa eine Stunde auf die Balkons ihrer Wohnung. Dann trat sie auf den mit irgendwelchen Pflanzen bewachsenen Mini-Küchenbalkon heraus, ihr Haar war turbanartig mit einem Handtuch umwickelt. Sie sah toll aus und kramte in einem Schrank, der dort im ewigen Gebäudeschatten steht. Dann ging sie wieder hinein und kam etwa eine Stunde nicht mehr heraus. Ich vertrieb mir die Zeit, indem ich an Oleanderblüten schnupperte und versuchte, herauszufinden, woran mich ihr Duft erinnerte. Es musste irgendeine, etwas künstlich schmeckende Süßigkeit aus meiner Kindheit sein, dachte ich. Im lichten flirrenden Schatten der Pinien, die das Haus umstanden, ließ es sich aushalten. Ein- oder zweimal fiel ein Zapfen zu Boden ... Nach etwa einer

Stunde verließ sie das Haus, - ihre dunklen Augen schienen über mich hinwegzuschweifen, und ich meinte einen hellblauen BH-Träger auf ihrer kurz halb bloß liegenden Schulter zu sehen. Aber was war das? Ein großer junger Mann begleitete sie. Sie stieg zu ihm in ein großes schwarzes Auto und wurde wegchauffiert. Durch die dunkel getönten Scheiben war nichts im Innern des Wagens zu erkennen. Wie sehr ich diese schwarzen Fenster hasse, die nichts als ein das verformte Bild des eigenen Gesichts zurückwerfen!

Du wirst dir vorstellen können, wie niedergeschlagen ich war. Durch das grelle Schmutzweiß des Lichts schleppte ich mich irgendwelche Straßen entlang, bis ich mich in meinem Zimmer aufs Bett werfen konnte. Bald aber hielt ich es nicht mehr aus und ging in die leere Küche, in der der Fernseher lief. Ein Zeichentrickfilm im Kinderprogramm. Züge fahren herum. Ihre Gesichter sind eingezwängt, sie können eigentlich nur geradeaus schauen. Wenn sie etwas am Streckenrand sehen wollen, müssen sie ihre großen Augen verdrehen. Traurige, gefangene Wesen, die nur den Schienen folgen können ... Durchs Fenster sah ich zum Kirchturm hinauf: oben ein segnender Mönch in Kutte.

Ach ja, auf dem Parkplatz eines Supermarkts wäre ich am Morgen fast auf eine Gottesanbeterin getreten. Sie war etwa 15 cm lang und hellgrün. Besonders scheußlich die Fangarme und der gepanzerte keilförmige Kopf. Und dieser Blick! Wahrscheinlich ist sie kurz darauf von einem Reifen zerquetscht worden.

Sie ist weggefahren zu den Stränden, und ich bin allein hier in der Stadt. Der Nachmittag ist zu azurblau und zu lang für mich. Erkennst du das Lied, R? Und ich hatte immer gedacht, ‚Azzurro' wär ein Gute-Laune-Schlager über den Sommer in Italien ... Ist sie wirklich ans Meer gefahren und amüsiert sich da mit diesem Typen? Ruhelos streife ich durch die Stadt, in meinem Kopf Bilder der Eifersucht, Szenen, die ich erlebt habe, im Ohr irgendwas aus ‚Othello', wenige, von ein paar

Streichern gespielte, absteigende Töne, gespiegelt vom in die Tiefe sinkenden Gesang, ‚Dio! …'
…
Wieder stehe ich vor ihrem Haus, schaue durch die verglaste Eingangsfront in das marmorne Treppenhaus, - niemand geht hinein oder kommt heraus, lese wieder die Namen neben den Klingelknöpfen und versuche, sie mir zu merken, denn ich habe nichts zu schreiben dabei, sehe mich in einem großen Spiegel im Inneren und mag mich nicht, sehe doof aus …

Irgendwann fand ich mich auf einem kleinen Spielplatz ganz in der Nähe ihres Wohnhauses wieder. Er war von einem Drahtzaun umgeben und schmutzig. Ein paar Bäumchen mit vertrockneten Blättern gaben kaum Schatten. Das wenige Gras war ausgedörrt. Die Sonne brannte gleichgültig, verwüstete das Grün, zersetzte Organisches, die Erde drehte sich nicht schnell genug von ihr weg. Ein regenloser Sommer. Die Spielgeräte waren beschädigt. Auf der Rutsche stand neben Romantischem und Albernen mit Filzstift geschrieben: ‚Ti piace cazzo' Düstere Gedanken denkend lief ich weiter.

Endlos, dieser Tag! Du weißt, dass ich ein Tagmensch bin, aber diesmal sehne ich die Nacht herbei, damit ihre Dunkelheit den Menschen, die mir begegnen, den Anblick meiner durch den Fleischwolf der Gefühle gedrehten Hackfresse erspart – ha!, das zu schreiben hat Spaß gemacht! Aber die Erde hat aufgehört sich zu drehen, die Sonne glüht einfach weiter starr und hoch am Himmel. Während ich mich von Schattenfleck zu Schattenfleck bewege - mal ist es ein Baum, mal eine Markise - sehe ich kaum Menschen. Die haben sich nämlich für fünf oder sechs Stunden in ihren dunklen Wohnungen verschanzt. Ich muss in Bewegung bleiben: In meinem Zimmer würde ich verrückt werden, unter einem Baum liegend auch und von Tigermücken ausgesaugt … Zypressen geben keinen Schatten, denke ich immerfort, eine Spur geleerter Wasserflaschen hinterlassend. 'The Sun is Shining', obwohl es in meinem Herzen regnet, kennst du den Song von Elmore James? Die Natur spiegelt nicht unser Inneres wieder, sie ist gleichgültig, unerträglich gleichgültig ...

R. Ich schreibe weiter. Ich setzte mich in eine leere Bar. Nach einer kleinen Weile hörte ich Regenrauschen und stellte mir vor, wie ich gleich hinaus in den fallenden Regen schauen würde, wie ich gleich durch den Regen liefe, wie mir die kühlen Tropfen übers Gesicht rinnen würden, da aber entdeckte ich, dass es ein Ventilator war, der das Geräusch verursachte. Verstehst du? Ein Vertreter der Sommerhitze, ein Gegenspieler des Regens also, täuscht vor, der Regen selbst zu sein und verhöhnt mich!
 Überall suchen die Augen Erholung vom grellen Licht. Sie wandern vom Schatten des Einkaufsmarkts über den großen Fleck zerquetschter Maulbeeren auf dem Asphalt hin zum schwarzen Reis, den jemand kocht, in dessen schwarzen Augen der Blick eines anderen versinkt. Wirbel ziehen in die Schwärze zwischen den Musikstücken und Tönen, in die Dunkelheit einer betäubenden Siesta hinter Rollläden. Wenn man Glück hat, wacht man nicht im Weiß gebleckter Zähne, sondern im Druckschwarz eines Dylan-Dog Hefts wieder auf.

Es war wirklich ein schwerer Tag, R! Irgendwann begann es doch zu dunkeln, und die Wohnsiedlung, durch die ich gerade ging, schien etwas hübscher, die Konturen weicher ... Ich setzte mich erschöpft auf ein Mäuerchen und sah dabei zu, wie das Weißstichige aus den Farben verschwand. Bald umgab mich samtene Dunkelheit.
 Kurz darauf am Fluss entlang gehend, spürte ich, wie der harte, verbrannte Lehmboden die gespeicherte Hitze ausstrahlte, Gräser und Schilf sich aufrichteten. Ein Wind kam auf,

der duftete, - wonach konnte ich nicht sagen, nach abkühlendem Asphalt und irgendwelchen Nachtblüten vielleicht ...

Ich ging über eine Brücke und kam zu einer Art Amphitheater. Ein Bier trinkend setzte ich mich auf eine der Steinstufen. Erst wurde ein ‚Baby Dance' veranstaltet: Kinder strömten nach vorne und tanzten, angeleitet von zwei Animateuren, zu ‚Ai se eu te pego', diesem Sommerhit, dann gab es einen Gesangswettbewerb. Die Steine, auf denen ich saß, gaben noch Wärme ab, und endlich gelang es mir, mich ein bisschen zu entspannen.

Caro R. Die Nacht war so heiß, dass ich lange nicht einschlafen konnte. Ich wollte lesen, aber ich hatte Angst, durch das Licht Mücken oder pappataci anzulocken, also musste ich das Fenster schließen. Die Hitze der nachglühenden Hauswände wurde unerträglich. Ich lag nackt auf dem Bett und der Schweiß lief mir an Brust und Keule hinab. Ich gab auf, löschte das Licht, wartete etwas, damit die vor dem Fenster lauernden Insekten das Interesse verloren, und öffnete das Fenster wieder. Nun kam zwar etwas kühlere Luft ins Zimmer, aber ich hatte Angst vor hereinflatternden Fledermäusen. Außerdem würde mir der Luftzug einen steifen Hals verschaffen. Ich musste mich also bei dieser Hitze zudecken. Unter der Decke aber war es die Hölle ... Irgendwann hatte ich dann wirklich den Eindruck, eine Fledermaus wäre im Zimmer und wollte mein Blut saugen ...

Jetzt, am nächsten Morgen - nach einer etwas schwierigen Wäsche am Waschbecken – kippe ich in einer Bar ein paar Espressos in mich hinein. Weißt du eigentlich, R, wie reichhaltig und abwechslungsreich das italienische Frühstück ist? Mal gibt es ein Hörnchen zum Espresso, mal einen Keks. Haha.

R! Ich versuche, den Verstand einzuschalten, aber alles hier ist so sinnlich aufgeheizt – Sinnlichkeit ohne Sinn – Jane Austen dreht sich im Grab um –, deshalb die bella figura, das Festhalten an ... – woran eigentlich? Daran, die eigene Person in möglichst gutem Licht zu präsentieren. Und das, um nicht in den Abgrund der Sinnlichkeit zu stürzen? Oder ist das nur die Oberfläche, auf die ich als Deutscher hereinfalle, und sind die Einheimischen in tiefster Seele kühl? Sie fallen nicht, ich falle. Mich packt das Körperliche: die Hitze, die undurchschaubaren Sonnenbrillen, der Schmuck, die Kettchen um den Hals, an gebräunten Handgelenken und Fußknöcheln, das nackte Fleisch auf den Bildern der alten Meister in den Kirchen, die Posen der Werbung, der Fisch-, Käse- und Seifengeruch in den Supermärkten, die prallen Feigen ... la bella ... ihr zurückhaltendes Lächeln, ihre dunkle Stimme ...

Lieber R, das hier wird der Versuch, von etwas anderem als von ihr oder mir zu reden: Auf einem alten Foto sieht man, dass das Gebäude am Anfang des Corso, hinter dem superhässlichen Beton-Hotel, früher Albergo della Posta hieß. Vor mehr als zweihundert Jahren hat dort Goethe eine Nacht verbracht, nachdem er zuvor in vier Stunden von Assissi nach Foligno gegangen war. Im Internet hab ich seinen Tagebucheintrag gefunden:

„*d. 26. Abends.*
Ich hatte heute Abend ein unaussprechliches Verlangen dir zu schreiben und kann es nicht befriedigen.
Ich bin in
Fuligno.
völlig in einer Homerischen Haushaltung, wo alles um ein Feuer in einer großen Halle versammelt ist und schreyt, lärmt, an langen Tischen speist, wie die Hochzeit von Cana gemahlt wird. Ich ergreiffe die Gelegenheit da einer ein Dintenfaß hohlen lässt dir schnell auch etwas zu sagen. [...]

(Sie lärmen mir so entsetzlich um die Ohren dass ich fast nicht fortschreiben kann.) [...]
   Verzeih mir, der Wind zieht durch die Fenster ich sudle nur so fort.
   Gute Nacht."

Etwa dreißig Jahre später stieg Lord Byron dort ebenfalls ab. Und nochmal dreißig Jahre später Garibaldi. Wahrscheinlich war's die einzig annehmbare Herberge. In das fast ausgetrocknete Flüsschen hier, den Topino, mündet der Clitunno, dessen Quelle Byron in seinem ‚Childe Harold' bedichtet. Ich hatte die Idee zu einem Gedicht auf das Foligno-Flüsschen in Byrons Manier:

O Topolino, scusi: o Topino,
Der du da dürftig darbst,
Hast Energy in dir vom Fluss,
Den einst das Super-Lordchen schon besang,
Du trägst die schlammig kühle Fracht voran,
Bringst kräft'gen Trank in den Tiger, äh Tiber,
Tigergleich springend von Kiesel zu Stein nach Rom
O Mickymaus! ...

Du siehst, das Gedicht ist mir etwas misslungen – trotz einiger guter Stellen. Ich kann mich einfach nicht konzentrieren. Dann hatte ich aber eine andere gute Idee, als ich an einer Kirche vorbeiging, in deren Wänden Öffnungen waren, aus denen mir Tauben ihre Hinterteile entgegenstreckten. Mir stand plötzlich eine Szene vor Augen, in der Geistliche durch die Schießscharten auf Ungläubige draußen feuern. Störende Piepmätze werden schnell in die Kirche reingezogen: flutsch! – und am Abend gibts bei den Mönchen lecker Täubchen.
   Auch blöd? Ich glaub, heut ist nicht mein Tag, bin in so einer komischen Stimmung ...

Carissimo R

Die Nächte sind echt quälend. Verfluchter Bettbezug, den die alte Wirtin immer wieder so richtet, dass meine Beine quasi in der Falle stecken. Also muss ich mich jedes Mal freistrampeln. Nackt bis auf einen Slip, der meinen Schwanz einzwängt, - nein, auch diesen Brief werde ich wohl nicht abschicken -, wälze ich mich schwitzend herum, bis ich in den wee small hours das völlig zerknitterte Betttuch wieder hervorzerre, um mich vor den Luftwirbeln des unverzichtbaren Ventilators zu schützen. Wie im Fieber bestürmen mich Bilder: Ihre nackten Füße, ich stelle mir ihren Körper nackt vor, meine zu fühlen, wie wir uns küssen, schmecke ihren Mund ... Wenn es hell wird und die ersten dreirädrigen Ape-Transporter durch die Gassen knattern, denke ich einen Moment lang, ich wäre der Sinnlichkeit entkommen, aber dann wandert mein Blick zum Leuchter hinauf, der fünf gläserne Glockenblumen hat, mit muschelförmiger Öffnung ... Ich dusche, aber von der kleinen Kabine aus sehe ich die Wandkacheln, deren Motiv zwei zartrote, halb offene Blüten sind ... Wenn ich dann auf die Straße hinausflüchte, ist es auch nicht besser: ein Ledergurt zwischen den Brüsten einer Frau, ein Hund schnüffelt an einer Hündin, Anchovigerüche ...

Lieber R,

die ungeheure Hitze draußen hatte mich wieder in die Buchhandlung getrieben. Dort saß ich auf der Galerie und blätterte lustlos in Büchern. Plötzlich sah ich unten das Mädchen vor einem Regal stehen. Ich konnte etwas ihren nackten Rücken hinunter sehen. Sie las in einem Buch und ging dann damit zu meinem Bekannten, dem Buchhändler, auf den ich sofort eifersüchtig wurde. Sie schienen sich gut zu kennen, denn sie plauderten und scherzten sehr entspannt. Ich überlegte, ob ich einfach ein Buch von der Galerie fallen lassen sollte, um die beiden zu unterbrechen. Aber da kaufte sie ihr Buch und verließ den Buchladen. Schnell lief ich die Treppen hinunter und folgte ihr auf die kochende, schattenlose Straße. Mir wurde schwindelig, sie stand bei ihrem Fahrrad, ich hielt es nicht mehr aus und sprach sie an. Ich sei Deutscher und mache Ferien in Foligno. Ob sie einen Kaffee trinken wolle. Auf ihre Antwort, sie habe wenig Zeit, sagte ich meinen vorbereiteten Satz, dass in Italien einen Kaffee zu trinken ja nur eine Minute dauere. Das schien sie zu überzeugen. Wir sind um die Ecke in die Centralbar gegangen, haben uns an die Theke gestellt und eine Tasse Cappuccino herunter gestürzt. Es wurden dann doch zehn Minuten, in denen vor allem ich sprach, wie mir danach klar wurde. Ich habe von meinen Plänen und meiner Familie erzählt, besonders von meiner Mutter! Federica spricht gut Englisch, ist aber kaum zu Wort gekommen. Dann hat sie mir ihr Buch gezeigt, einen Gedichtband von Montale, und erzählte von einem ihrer Lieblingsgedichte darin. Es ist wohl eine Art Mitteilung an seine gestorbene Frau, die ‚Fliege' genannt. Er spricht sie mit ‚Liebes kleines Insekt' an und erzählt, sie habe sich am Abend an seine Seite gesetzt, sie beide hätten sich aber nicht sehen können. Ich verstand nicht alles. Dann hat sie gefragt, ob ich heute Abend mit zu einem Freiluftkonzert einer italienischen Band kommen wolle. Ich habe begeistert zugestimmt, sie hat bezahlt und ist schnell gegangen. Ich hatte mich dagegen entschieden, ihr anzubieten ihren Kaffee zu zahlen, weil ich das als zu sehr ‚Kavalier alter Schule' empfand.

Endlich ist die Nacht da. Alles glüht nach: die Gebäude, der Asphalt, die Körper. Die Pflanzen dünsten ihre Aromen aus, die Grillen singen. Endlich kann man die Augen wirklich öffnen, ohne geblendet zu sein. Die Haut entspannt sich und lässt sich vom leichten Wind liebkosen, der von den Bergen herabkommt. Ich schreibe später weiter …

Carissimo R! Wie lange hatte ich schon mit niemandem mehr wirklich von Angesicht zu Angesicht gesprochen? Telefongespräche mit Germania: sì. Tanti, tanti! Dann hab ich in eine Art Zwischenraum hinein gesprochen. Rastlos, von vielen Orten der Gegend aus, vom Parkplatz eines Outlets, - im Schatten von Bäumen, Blick auf das platte Land, Felder und Lagerhallen -, hin- und hergehend, mit einer meiner Schwestern, die unsere kranke Mutter gesund pflegt, ein anderes Mal von einem Winkel für Verliebte in Trevi aus, mit Blick über das weite Tal, wo ist er, der älteste Olivenbaum Italiens, 1700 Jahre ... später mit einer anderen Schwester von Norcia aus, der Stadt, in der ausgestopfte Wildschweine vor den Geschäften Werbung für ihre Salami machen, wegen des sich immer weiter verschlechternden Gesundheitszustands meines Vaters am Tag eines Fußballspiels, das auch mein Vater noch ein wenig mit meinem Bruder sah. Vom Park aus, auf ein Karussell blickend, mit der Vision eines Karussells für Erwachsene, in dem die Obsessionen Gestalt angenommen haben, die nackten Frauen, die Flaschen mit Alkohol, die Würfel ... jeder sitzt in seinem Gefängnis und dreht sich im Kreis, immer weiter und weiter ... jetzt auf meiner Lieblings-Piazza, eigentlich hässlich, umstellt von hohen Mehrfamilienhäusern in den üblichen Beige- und Brauntönen, mit Wäsche auf den Balkons, in der Mitte eine offene Telefonzelle, ein paar Bänke und Müllcontainer, aber der Blick wandert an den Pinienstämmen hinauf, in lichtgrüne Nadelbüschel unterm blauen Himmel voll Sommer und Meer ... das Superblau der ‚Madonna di Foligno', Schafe und die Häuser Folignos im Hintergrund, und nun? Wie bin ich auf dieser endlosen Landstraße gelandet?, ohne Schatten und Lufthauch, - selbst die Mücken über den Bewässerungskanälen sind zu faul zum Stechen -, meine zusammengekniffenen, vor Salz tränenden Augen schauen durch die flimmernde Hitze über die dunstenden Felder hinweg, wo sich die Sonnenblumen nicht drehen, auf einen großen Pilz, der über den Kamm eines Hügels ragt. Das ist der Wasserturm von Montefalco ... mal bin ich am Hang in Spello, werfe eine Postkarte an meine Mutter ein, mal bei einer kleinen Kirche in Assisi, vor der in einem Olivenhain ein frisch getrautes Paar herumgeht, weiß gegen den dunklen Himmel sie, silbrig glänzender Anzug er ... später bin ich wieder in der Stadt, bei der Ex Zuckerfabrik, Fledermäuse gegen den Nachthimmel über den dunklen, verlassenen Bauten, Radierung, Meryon, Lichtreste, durchscheinendes Papier, darauf Farbspuren. Eine Parodie fällt mir ein auf den bekloppten Pound, - andererseits auch mein Selbstporträt: *An der Ex Zuckerfabrik / Die schwarzen Gedanken eines alten Mannes; / Der Flug der Fledermäuse.*

R! Ich bin so nervös vor dem Treffen!
Nein, keine Fledermäuse! Lieber ein Liebeslied:

Der Mond trifft mein Auge wie ein großer Mozzarella
Du lässt mein Herz schlagen so stark wie die Wellen wenn es dunkel ist
Ich male mir Hände und Gesicht blau an
Ohé! Wer hört zu?
Im Morgengrauen werde ich siegen. Ich werde verlieren! Ich werde verlieren!
Ohé! Wer hört zu?
Du bist zu den Stränden weggegangen
Wirst dich nicht erinnern an meine Küsse
Der Nachmittag ist zu hellblau für mich

Ach R! - Es ist schief gelaufen! Federica kam mit kaum gebändigten Haaren, in einem teilweise glitzernden T-Shirt und einem Jeans-Rock. Unbeholfen drückte ich meine Wange an die ihre, erst links, dann rechts, und küsste in die Luft. Ich weiß immer noch nicht, wie man das eigentlich macht... Wir nahmen einen Aperitivo, sie nippte an einem Aperol-Spritz, ich ließ vor Nervosität ein Bierchen nach dem anderen in mich hineingluckern. Ich weiß gar nicht mehr, worüber wir redeten. Ach ja, sie erklärte mir ein Wortspiel. Es ging so: „*Ein Telegramm: Caramella / mortadella / mandarino / tamarindo*" (Liebe Mella / Della gestorben / schick Rino / es liebt dich Rindo).

Anfangs hielt ich mich gut, wenn ich auch einige etwas unpassende Witze machte, was ich an ihrem bemühten Lächeln merkte. Vielleicht gefielen ihr auch meine schwarzen Söckchen in den Turnschuhen nicht so besonders. Mit der knielangen Schlumperhose sah ich aus wie ein altes Kind. Bis zum Konzertende wars nett, glaube ich, die Musik von Subsonica gefiel mir, ich stand neben ihr unter freiem Sternenhimmel, sah sogar eine Sternschnuppe ..., aber dann stellte sie mich Freunden vor. Und sofort fing ich an zu provozieren ... Du kennst mich, wenn ich so bin, mein verrücktes zweites Ich. Ich meinte, so etwas wie Fassungslosigkeit in den Gesichtern um mich herum zu sehen. Federicas Abschied fiel kurz und kühl aus. Schon während ich zurücktrottete, war mir klar: Ich hatte gegen das Prinzip der bella figura verstoßen.

Als ich am nächsten Tag gegen elf – wunderbar blau war der Himmel, grau wäre mir lieber gewesen - mit schmerzendem Kopf bei Federicas Wohnung ankam, waren die Rollläden heruntergelassen. Ich wartete etwas und klingelte schließlich sogar, um mich für mein Fehlverhalten zu entschuldigen. Als ich noch einmal klingelte, trat der alte Mann mit Hund heraus, sah, welche Klingel ich drückte, und murmelte etwas von ‚mare', ‚mare'. „Marche", sagte ich, weil ich mich daran erinnerte, dass Federica diese Region erwähnt hatte. Abgelenkt von seinem Hund, der an ein Geländer pinkeln wollte, sagte er: „Sì, sì - Gabicce." Beide verschwanden um die Ecke. - Am nächsten Kiosk kaufte ich mir eine Landkarte und fand den Ort schnell. Aber wie komme ich dahin, R? Ohne Geld?

Ich bin per Anhalter ans Meer gefahren. Ich war an der langen Außenmauer der Kaserne entlang gegangen, an der Totengedenkanzeigen kleben - mit Fotos, auf denen mich die inzwischen Verstorbenen ansahen -, hatte mich an einem Verkehrskreisel mit einem Pappschild hingestellt, auf das ich MARE geschrieben hatte, und ein schweigsamer Fahrer hatte mich in seinem Fiat Punto mitgenommen. Wir fuhren auf die Berge zu, den steilen 1000 Meter hohen kahlen Monte Pale mit seinem Kreuz auf dem Gipfel, wieder in einen großen Kreisel hinein, mit einem Brunnen in der Mitte auf einem Rasenstück und einer Tafel mit Blumenstrauß für einen dort tödlich Verunglückten, links Blumengeschäfte, ein Friedhof, die Kirche, Zypressen, eine Allee,. Wir durchquerten einen kleinen Ort, - auf der Veranda einer Bar saßen alte Männer, alle ohne Getränk, sie schauten nur -, rechts ging es weiter bergauf, - ‚Belfiore' auf einem Schild, an einer Kirche und einem kleinen Fußballplatz vorbei, bis hin zu einer Wand, auf die 4 große Sterne gesprüht sind. Olivenhaine erstrecken sich silbrig glitzernd über die Hänge, der Fahrer bog um einige Ecken, eine Pferdeweide war auf der anderen Seite des Flüsschens zu sehen. Er parkte vor einem verfallenen Fabrikgebäude und sagte, er müsse noch schnell zu seiner Großmutter, ich solle mitkommen. Über ein paar Backsteine stiegen wir hinauf zum kleinen Gemüsegarten der Nonna, - Zucchini, Salat, Zwiebeln, Tomaten -, Mücken umsirrten uns, ein Feigenbaum über der zerfallenen Mauer, ein leerer Hühnerverschlag … Vor der kleinen Hütte saß eine sehnige Frau im dunklen Hausrock und hatte die abgearbeiteten Hände in ihren Schoß gelegt. Hinter ihr sah man die Häuser, in denen nach dem großen Erdbeben viele Jahre nicht gewohnt werden konnte. Wie mir der Fahrer erklärte, war auch sie, wie viele der anderen Bewohner hier, in eine Hüttensiedlung umgesiedelt worden. Ihre Augen blickten in die Ferne und sahen vielleicht kalte Nächte im Winter, wenn sie mit den anderen Frauen und Kindern mitten in der Nacht aufgestanden war, um über die Berge zu gehen, Brennholz zu sammeln und wieder nachhause zu tragen.

Während der Weiterfahrt lief im Radio ein Lied, dessen ersten, sehr langen Satz, ich erstaunlicherweise verstand: ‚*Ich hab erkannt, dass ich dich liebe, als ich sah, dass eine Verspätung von Dir reichte, um die Gleichgültigkeit in mir verschwinden zu fühlen, weil ich fürchtete, dass Du nicht wiederkommen würdest.*' Aber die Straße, die das Auto fraß, führte nur zurück, zurück zum Abend zuvor und in mein Inneres. Ich schämte mich. Meine plumpen Angriffe, versuchten Scharfsinnigkeiten, Federicas trauriger Blick ... Warum war ich so? Eifersucht? Minderwertigkeitskomplexe? ... Ich kam zu dem Schluss, dass ich mich nicht verstand. Dennoch dachte ich weiter darüber nach, und meine Gedanken bildeten Schlaufen, in denen ich mich verfing. Es wurde dunkel, und ich sah Lichter auf den Hügeln, nah aneinander wie in kleinen Plattenbausiedlungen. Wer mag da wohnen?, dachte ich und merkte erst nach einer Weile, dass es die Lichter der Friedhöfe waren. Dort liegen die Toten wie in Wohnungen übereinander. Eine mini città mit vielen Stockwerken und einem Licht vor fast jeder zugemauerten Wand. Tagsüber, stellte ich mir vor, blickt man, umzirpt von Zikaden, aus dem Zypressenschatten auf die Ebene – zusammen mit den Toten, auch mit dem Schmetterling, der vielleicht noch ein paar Wochen hat, und der Fliege, deren Tage schon gezählt sind.

Für den Ort, an dem mich der Fahrer absetzte, hatte ich kaum einen Blick. Er lag hoch über der Küste, der Blick ging weit über das Meer. Nun musste ich nur noch die Küste nach Norden hinauffahren. Aber das stellte sich als schwierig heraus. Niemand wollte mich mitnehmen. Es war zu spät. Ich schlief auf einer Bank.

Heute, lieber R, bin ich schon viele Kilometer am Meer entlang gelaufen, meistens neben den Bahngleisen. Es ist so heiß, dass der Asphalt schmilzt, und ich habe mir ein T-Shirt um den Kopf gewickelt. Niemand nimmt mich mit ...

Geschafft! Ich bin in Gabbice Mare und kann weiter schreiben. Gegen Mittag, - ich saß an einem Kreisverkehr am Gestänge eines der vielen Riesenplakate – hatte mich doch jemand mitgenommen. Es war peinlich, so verschwitzt und verschmutzt im Auto, aber wie gut taten mir Schatten und Fahrtwind! Der Fahrer stellte nur ein paar der üblichen Fragen, die ich einigermaßen beantwortete, dann ließ er mich in Ruhe. Jetzt sitze ich im flirrenden Schatten einer Platane neben einem Kiosk. Plastikeimer, Taucherflossen und so weiter hängen in großen Bündeln unter der Markise, Postkarten, auf denen eine große Krabbe in ihren Scheren Strandfotos hält mit Oben-ohne-Mädchen … Für eine Plastikflasche Wasser hat mein Geld gerade noch gereicht, jetzt muss ich mich erst einmal waschen. Ich muss die letzte Stunde der Siesta nutzen, alles ist wie ausgestorben, nun kann ich mich vielleicht unauffällig unter eine der Strandduschen stellen …
Fatto. Die Dusche war eiskalt! Meine Kleider sind inzwischen wieder getrocknet, aber der Muff ist leider drin. Mich schämend bin ich die unendliche Reihe der Strandbars abgegangen, vorbei an den Plakattafeln mit gigantisch vergrößerten Eiswaffeln, immer in der Hoffnung, Federicas Familie zu treffen. Aus den Lautsprechern überall am Strand tönte Werbung für eine Riesendisco. Ein Sportflugzeug flog in Strandnähe über dem Meer entlang, ein Banner mit dem Namen eines ehemaligen Pornostars hinter sich herziehend, der am Abend in der Disco zu Gast sein würde. Ich hielt die Sonne nicht mehr aus und setzte mich in einer schattigen Parallelstraße auf ein Mäuerchen.

Einige Stunden später verließen die Menschen allmählich den Strand, zuerst zockelten die Familien zurück zu ihrer Pension, dann kamen Gruppen von Jugendlichen. Ich folgte solch einer scherzenden Bande. Einer der Jungs drehte sich einmal um, und ein geringschätziger Blick traf mich. Ich gab auch wirklich eine lächerliche Figur ab: gerötete Haut, platter Hinterkopf, wenig Haare vorne, Puschel an den Seiten, schlumpig gekleidet mit karierten knielangen Hosen, Krampfadern, etwas hüftsteif nach vorn gebeugte Schlurfhaltung mit krummem Rücken ... Wir gingen an Restaurants vorbei, die sich langsam zu füllen begannen. Über den Tischen brummte gelegentlich ein elektrischer Käfer- oder Falterverglüher, wenn Strom durch den Körper eines Insekts floss. Schließlich löste sich die Gruppe auf, ich ging weiter und landete in der Nähe des gigantischen Eingangstors der Disco. Dort setzte ich mich, den Kopf an einen Laternenmast gelehnt. Vielleicht würde Federica ja plötzlich aus der samtenen Nacht auftauchen ... Lärm weckte mich: stampfende Bässe, aufheulende Automotoren, das Knattern der Motorinos, schrilles Gelächter von Gästen ... Schnell ging ich weg und suchte ein ruhiges Plätzchen zum Schlafen, abseits der großen Straßen, deren hellem Licht und flanierenden Massen. Aber ich fand nichts, und ging schließlich erschöpft zum Strand hinunter. Der Sand war zu feucht und kühl von der Abendbrise, um sich einfach hinzulegen, aber auf einem der kleinen Spielplätze vor den nun verlassenen Bars setzte ich mich in ein Spielhaus aus Plastik. Ich dachte an einen Jungen mit einer geschwollenen Backe, den ich als Kind vor vierzig Jahren in einem Ferienort an der Adria mit meinen Geschwistern zusammen als Kind vor vierzig Jahren - auch in einem Ferienort an der Adria, in der Abenddämmerung hatte schaukeln sehen. Wir hatten damals unsere Eltern gefragt, ob er bald sterben müsse.

Caro R! Als ich am frühen Morgen aufwachte, ging die Sonne gerade auf. Noch war niemand am Strand. Ich ging zum Wasser, zog mich aus und watete ins Meer, auf das mein Vater und meine Mutter damals jeweils allein weit hinaus geschwommen waren. Ich tauchte unter, öffnete die Augen und schaute ins leuchtende Grün. Dann ließ ich mich vom Wasser tragen und sah von weitem auf den Strand und die Häuser.

Jetzt schmore ich seit Stunden hier am Strand in meinen verschwitzten Sachen, mit hochgeschlagenem Kragen und in Socken - Angst vor Sonnenbrand! -, umflutet von einer Menschenmenge. „Coco bello" rufende Afrikaner, die Kokosnussschnitze verkaufen, dickbäuchige Deutsche, Italiener mit winzigen Badehöschen, spielende Kinder – alle mustern mich verständnislos. Eine Gruppe flanierender Mädchen kichert über mich. Ich hoffe weiterhin, Federica zu sehen. Die Karte, auf der ich jetzt schreibe, habe ich an einem Postkartenständer geklaut, weil das Bild darauf mir so gut gefällt. Von den drei Männern vor dem Haus im Sonnenschein sehen die zwei im Gespräch aus wie Diplomaten, der Traurige hat einen Blick, als habe er eine Vision gehabt. Ihm scheint vor Augen zu stehen, was gleichzeitig im Inneren des Hauses hinter ihm geschieht. Dort wird Jesus gegeißelt, als sei es das Selbstverständlichste der Welt. Als ich das Bild sah, musste ich an die „Plow-Meile" im Zentrum von Taschkent denken, wo sich ein Stand an den anderen reiht, Duft aus den hüfthohen Töpfen aufsteigt und Karaoke gesungen wird. Wie viele andere flanierte ich dort entlang, ahnend, dass zur gleichen Zeit im Keller des Geheimdienstgebäudes nebenan Inhaftierte gefoltert wurden.

Gegen Mittag bin ich vor der Sonne geflohen, - durch den glühend heißen Sand gestapft – und habe mich in den Schatten an der Seite einer Strandbar gesetzt, bis der Barmann mich vertrieb. Aus einer Bar schallt ein Song, in dem von großen Wellen und zwei Liebenden gesungen wird. Die Musik schlug mitten im Song wie eine erlösende Welle über mir zusammen, über mir und ihr, dachte ich.

Langsam sinkt die Sonne. Gerade ist ein Mann in Gummihosen bis zum Bauch ins Wasser gewatet und hat den Grund mit einem Metalldetektor abgetastet. Er sucht wohl Schmuck – wahrscheinlich arbeitet er für ein Hotel. Ich muss meinen Posten wechseln, um eine Chance zu haben, Federica zu finden. Also gehe ich den gewundenen Weg zwischen Pinien und Oleander und an einem Hotelswimmingpool hinauf zur Straße und setze mich wieder auf mein Mäuerchen. Übrigens nervt mich meine Brille – sie rutscht: Jedes Mal, wenn ich mich nach vorn beuge, muss ich sie auffangen. Irgendwann wird sie mir so in ein Klo fallen ... Na ja, irgendwie bin ich auch froh, ich zu sein. Einmalig. Wir sind alle einmalig ...

R! Du wirst es nicht glauben, ich bin ihr begegnet, und sie hat mich angelächelt! Vor den Augen ihrer unruhig wartenden Familie hat sie sich mit mir verabredet. Heute Abend am Strand, dort, wo die Kette der Bars endet, und wo ich jetzt schon auf sie warte. Ich habe mir mit Salzwasser und meinem Zeigefinger die Zähne geputzt. Da kommt sie! Ich melde mich ...